우리 집에 불났어

아리엘 도르프만 소설집

한기욱 옮김

창작과비평사
1998

우리 집에 불났어

그냥 거기에 있어준
아내 마리아 안헬리까에게
이 단편들을 바친다.

한국어판 저자 서문

내 단편들이 한국에서 출판된다는 것이 매우 감격스럽습니다. 이 단편들은 내가 칠레에서 쫓겨나 망명중이던 시기에 씌어진 것으로, 그 당시에 작품을 써내려가다 종종 고개를 들어보면 남한 역시 내 조국과 마찬가지로 유사한 독재정권에 예속되어 있었습니다. 또한 세월이 흐름에 따라, 떨어져 있지만 비슷한 길을 걷는 이 두 나라에서 똑같은 희망과 저항의 형태들을 알아볼 수 있었습니다. 우리 두 나라가 치열한 투쟁을 통하여 민주주의를 되찾았으되, 아직 해야 할 일과 바꾸어야 할 것이 너무 많은 현 시점에서, 내 책이 내 나라와 이 책을 읽는 사람들의 나라 사이에 미약하나마 다리를 놓는 데 힘을 보탤 수 있다는 것이 특히 기쁩니다. 나의 바람은 내 희곡 『죽음과 소녀』(*Death and the Maiden*)의 경우 그랬듯이 이 책 역시 그런 괴롭고 복잡한 시대에 우리가 의사소통을 하고 살아남을 수 있는 여러가지 길들을 탐구하는 데 도움이 되었으면 하는 것입니다.

1998년 1월

아리엘 도르프만

차례

식구

오레스떼스   나보다 더 충실한 친구를 얻으리라고 기대하지
　　　　　　마.
엘렉뜨라   이방인! 내 불행을 비웃으려는 건가.
오레스떼스   그건 나 자신의 불행을 비웃는 게 되겠지.
　　　　　　　　　—아이스킬로스 『제주(祭酒)를 바치는 여인들』

아가멤논   그렇다 해도, 넌 항해를 해야 할 것이고, 그때는
　　　　　　네 아비를 기억하게 될 거다.
이피게니아   어머니와 떠나나요 아니면 혼자 가나요?
아가멤논   혼자 간다. 네 아비도 네 어미도 없이.
　　　　　　　　　—에우리삐데스 『아울리스의 이피게니아』

어떤 개자식이라도 나보다는 운이 좋을 것이다. 일년 만에 처음 탄 버스인데 마리아 에우헤니아는 보이지 않고, 마치 내가 그 버스에 타고 있는 줄 안다는 듯이 저기 버스 정류장 벤치에 앉아서 나를 맞이한 유일한 사람이 누구겠는가? 버스에서 내리는 저 빌어먹을 승객들에게 매번 염병할 눈길을 보내는 사람이 누구겠는가? 누구겠는가 말이다.

일년 전만 해도 난 버스가 멈추기도 전에 뛰어내렸을 테고, 언덕 저쪽에 있는 사람들의 고막까지 모조리 터지도록 돌격의 함성을 내질렀을 테고, 나와 아버지는 엄청 부둥켜안았을 텐데.

하지만 지금은 운전사가 버스를 멈추었을 때 차창 밖으로 아버지를 바라보는 것밖에 나는 달리 할 일이 없었는데, 그의 굳은 표정과 다리를 쭉 뻗은 품으로 보건대 오늘도 어제와 그제처럼 그리고 내가 떠난 후의 여느 날처럼 일이 잘 풀리지 않았음을, 그의 다리는 새벽부터 줄곧 일자리를 찾느라고 힘들게 버텨왔음을 알 수 있었다. 아무도 그에게 일자리를 주고 싶지 않은데다가 요즘같이 경기가 나쁜 상황에서는 줄 일자리도 없었던 것이다. 나는 거기서 그를, 벤치 등받이에 기댄 저 근엄하고 냉정한 몸뚱어리를 보는 수밖에 없으니, 정말 다시 한번 온통 엿같은 느낌이 들기 시작하고 초장부터 너무 불편하여 버스에서 내리지 말고 그냥 부대로 돌아갈까 하는 바보 같은 생각까지 들 정도였다. 그건 그 시점에선 명백히 불가능한 일이었지만 그런 때는 아무리 터무니없는 생각이라도 떠오르기 마련이다. 마리아 에우헤니아와 먼저 의논할 기회도 갖기 전에 아버지의 얼굴을 대할 일을 피할 수만 있다면 말이다.

어떤 개자식이라도 나보다는 운이 좋을 것이다! 내가 그 버스로 온다는 것을 알고 있다니 아버지는 악마와 계약이라도 맺었단 말인가. 왜냐하면 내 자신조차 몰랐던 일이니까. 조금 전만 해도 휴가가 내일, 토요일 아침에 시작될 예정이었고, 기차를 타고 오면서는 얼마 되지도 않지만 그래도 몇푼이라도 아끼려고 항상 그렇듯이 걸어서 집에 올 요량이었으니까.

그런데 역 앞의 거리에 나오자 숨구멍을 오그라뜨리고 혈관을 바싹 말려서 나를 끝장내기로 작정한 듯한 저 열기에 휩싸여 나는 숨이 막히는 듯했고, 당장 가족을 보고 싶은 열망으로 몹시 애태우고 있는 참에 저 아름답고 자그마한 버스가 악랄하게도 창문을 활짝 열어젖힌 채 마치 시뻘건 유혹처럼 굴러온 것이다. 나는 그냥 생각만으로도 순전한 즐거움에 빠져, 벌써 산들바람이 내 달아오른 목을 어루만져 얼굴을 식히고 목구멍을 수정처럼 맑은 폭포로 만드는 것을 느낄 수 있었다. 그런데 외로움은 나를 너무나 모질게도 구워대서 거기서 다시는 빠져나올 수 없으리라는 생각이 들었고, 그러자 난 기계체조 선수처럼, 군마에 올라타는 사람처럼 펄쩍 뛰어 올라탔던 것이다. 올라타버렸단 말이다. 그렇게 하지 않을 도리가 있겠는가? 이 모든 것을 아버지한테 설명하기란 불가능했다. 무엇보다도 아버지가 지난 일곱 달 동안 내게 말을 한마디도 하지 않았기 때문이다. 그렇지만 아버지는 나보다도 나 자신을 더 잘 알고 있었다. 오후 일찍이, 심지어 내가 일을 저지르기도 전에 가족의 경제사정에 역행하는 반역행위를 냄새 맡았고, 따라서 가족 중의 불한당인 나의 출현을 목격하고 심판하고 단죄하기 위해 정확히 이 버스 정류장 방향으로 발걸음을 돌리기로 했던 것이다. 마리아 에우헤니아가 나왔을 법도 한데. 그 예쁜 계집 애——내 눈이 우울한 만큼이나 거울처럼 촉촉하고 온화한 그녀의 눈은 행복했다——가 철이 들어 나를 마중나왔을 법도 하건만. 시냇물같이 쏴아 하는 그녀의 목소리가 환영인사와 수다로 가득 찼을 텐데, 도대체 왜 나오지 않은 걸까? 아버지 대신 그녀가 내 발길을 짐작했을 수도 있지 않은가?

아니면 엄마가 나왔을 수도 있는데. 따지고 보면, 한달 전에 내게 돈을 준 사람은 엄마였다. 그 지폐는 너무 꼬깃꼬깃해서, 엄마는 그 돈을 선사시대부터 간직한 것 같았다. 난 엄마한테서 그 돈을 받고 싶지 않았다. 그건 미친 짓 같았다. 누이동생들한테나 쓰라고 나는 말했다. 우유나 차를 사라고. 하지만 엄마는 끝끝내 고집을 꺾지 않았다. 그 낡디낡은 지폐를 작별선물인 양 내 손에 쥐어주었다. 신통력이 있는 엄마는 필시 내가 부대에서 뭔가 비참한 소식을 갖고 돌아오리라는 것을, 그리고 그런 경우에는 빨리 오는 것이 최고라는 것을, 적의를 품고 몇 마일 터벅터벅 걸어오는 동안 슬픔을 동반하고 오는 것보다 더한 불행은 없다는 것을 미리 안 것 같았다. 버스비로 쓰라고 엄마는 고집했다. 빨리 돌아오도록 말이야. 아버지한테 쓰라고 마다면서 나는 그 돈을 돌려주려 했다. 너 쓰라는 거다라고 엄마는 나를 바로잡았다.

나는 나머지 승객들이 다 내리기를 기다렸고 운전사가 고개를 돌려 문둥병 환자라도 되는 양 나를 쳐다보았을 때야 비로소 내리기로 결정했다.

아버지는 즉각 나를 알아보았으나, 이 사건에 속으로 어떤 중대한 의미를 부여했건간에 버스에서 내린 것이 돌멩이라도 되는 듯이 대했다. 틀림없이 놀랐을 테지만 아는 척도 하지 않았다. 아버지는 사람들이 흩어질 때까지 가만히 있었고 마침내 우리 둘만 거기 남아 몇 피트의 공허와 침묵을 사이에 두고 있었다. 마치 누군가가 우리를 영화로 찍는 중이고, 내가 마을에 금방 도착하여 권총을 뽑아 그를 날려버릴 절호의 순간을 기다리는 범인이라도 되는 것처럼. 일분, 아니면 일분이 채 못 되는 시간이 흘렀고 그때야 비로소 그는 땅바닥에서 눈길을 들어올려 친히 나를 뜯어보았다. 아니 내 군복을 뜯어보았다고 말하는 편이 낫겠다. 왜냐하면 나, 루초로서는 내가 거기에 존재하지도 않는 듯했으니까. 그는 그냥 그 독수리 같은 눈길로 내 애국적인 군복 누더기를 한치도 놓치지 않고 노려보고 싶었을 따름이었다. 그는 마치 아침점호 때와 같이 혹은 내가 군사박물관의 유리상자 속에 들어 있는 마네킹만큼이나 아무 생명이 없는 듯 천천히 머리끝에서 발끝까지 훑어내려갔다. 필시 옷걸이가 이런 기분이었을 것이다. 내 자신을 어디에 숨겨야 할지, 군복을 어떻게 해야 할지 몰라 당장 그 자리에서 군복을 찢어버리고 우리 둘 다 가능한 한 빨리 사라졌으면 싶었다. 나는 군용백을 꼭 붙잡고 힘들게 몇마디를 뱉어냈다.

"안녕하세요, 아빠." 나는 그에게 말했다. "여긴 좀 어때요?"

여전히 일어서지도 내게서 눈을 떼지도 않은 채 그는 천천히 바지의 먼지를 털어내기 시작했다. 우선 오른쪽 다리를 툭툭 털자 누런 먼지가 고운 물보라처럼 일었다. 내게서 결코 눈을 떼지 않은 채 그는 바지에서 신발까지 계속 털어댔고 그러는 동안 먼지는 마른 거품처럼 떨어져나갔다. 공장에서 일자리를 구하려고 다른 실업자들과 함께 줄을 서지만 허탕치고 다섯 시간 후에는 또다른 줄을 서고, 그런 다음 호화로운 동네의 주택가 쪽으로 올라가 잔디를 깎거나 유리창을 닦거나 개를 산책시켜줄 사람이 필요한지 알아보고, 끝으로 용케 최소고용계획의 혜택을 본 어떤 친구한테서 혹시 도움을 받을 수 있을까 싶어 시립공원을 찾아가고, 또 때로는 물건이 쌓여 있는 상점들과 떠돌이 걸인들로 가득한 도심 상가지역을 기웃거리며 부랑자처럼 온 도시를 헤매다닌 결실없는 하루 동안 쌓아올린 그 모든 먼지들이었다. 아버지는 마치 사하라 사막을 횡단한 것 같았다. 그는 전군(全軍)을 족히 질식시킬 정도의 먼지를 지고 다녔던 것이다. 그런 다음 그는 이 모든 동작을 왼쪽 다리에 되풀이했다. 지옥 같은 불볕 한가운데 바람 한점 불 기미조차 없고, 먼지는 그냥 불볕 속에 매달려 있다가 받쳐줄 것 하나 없어 아찔한 듯 저 시들어가는 대기 속을 떠돌다가 마침내 제 무게에 겨워 떨어져서 다시 바지와 신발과 땅으로 흡수되었다.

그때가 이 경쟁에 뛰어들어 내 존재의 세포 하나하나로부터 천근의 먼지를 뱉어내고 내 혀 아래에서조차 먼지를 파낼 순간이었으나, 바로 그날 오후 나는 세상에 태어난 날처럼 깨끗하여, 찬란한 땀 한방울, 고통의 징후 하나, 심지어 응어리 맺힌 목소리 하나조차 내놓을 것이 없었다. 물론 아버지에게 그 나쁜 소식을 불쑥 내뱉을 수는 있었다. 내가 토요일이 아니라 금요일에 이렇게 나온 것은 최악의 일이, 몇달 동안 말없이 예상해온 그 일이 일어났기 때문이라고 설명할 수는 있겠지만, 그렇다고 아버지한테서 어떤 동정심을 불러일으킬 것 같지는 않았다. 오히려 그는 마치 화난 대령처럼 분노에 사로잡혀 당장 그 자리에서 내게 영원한 저주를 퍼부을 공산이 컸다. 그래서 나는 기침을 한번, 두번, 세번 했다. 적어도 기침으로 내 목구멍의 매듭을 풀어, 다른 것은 몰라도 우리에게 주어진 이 황지(荒地)의 메마름만이라도 그와 함께할 수 있을지, 나 역시 수십 차례 걷어채면서 짐승처럼 억센 하사의 명령에 코를 구멍에 처박고 전쟁연습을 하느라고 일년 내내 고개를 숙인 채 먼지를 삼켜왔고 더없이 외롭게 생고생을 했음을 어렴풋하게나마 그에게 상기시킬 수 있을지 가늠하려는 것이었다. 그에게는 그것으로도 부족하였을까?

아버지는 갑자기 일어섰고 따라오라고 장교처럼 고갯짓을 했다. 적어도 어떤 유대가 아직도 우리를 한데 묶고 있다는 신호였다. 그는 이 순간 우리를 갈라놓고 있는 거리가 지당하다는 것을, 마치 내 수치스러운 군복 호주머니마다 전염병이 득실거린다는 듯 그와 나 사이에 적어도 6피트의 거리를 유지해야 함을 내게 굳이 이야기할 필요가 없었다. 그는 내게 그런 이야기를 할 필요가 없었으니, 왜냐하면 징집을 피할 수 없어서 내가 그 다음날로 소집에 응해야겠다고 결심한 그날 밤부터 일곱달 동안 매달 한번씩 집으로 찾아올 때마다 그는 그 점을 잔인할 정도로 분명히해두었기 때문이다. 마리아 에우헤니아로 말하자면, 비록 나와 팔짱을 끼고 걷는 것이 아버지와 가족에게뿐 아니라 사실상 마을 사람과 당(黨)과 나라 전체에도 당혹스러운 것이었음에도 태연히 그렇게 할 수 있는 여자였다. 아버지로서는 적어도 얼마간의 자존심을 간직하고 있었고, 그렇기에 그 자신이 대중 앞에서 저 살인자들, 반역자들, 이 세상의 최악의 호로자식들의 공모자와 함께 걷거나 혹은 심지어 그 가까이에서 걷더라는 비난을 누구한테서도 당하지는 않겠다는 심산이었다. 그래서 나는 6피트, 9피트, 1000피트, 아니 가능하다면 1000마일까지 떨어져 있어야 하고 군복을 입고 있는 동안에는 그에게 말도 붙일 수 없었다. 하지만 그는 적어도 모든 연결통로를 불사른 것은 아니었다. 일단 내 군복무가 끝나면 화해로 갈 수 있는 문을 열어놓았던 것이다. 나는 그의 지시를 외우고 있었기에 그의 그림자에조차 접근할 생각을 하지 않았다. 그의 등이 적절한 거리로 떨어졌을 때 나는 그를 따라가기 시작했다.

나에게 남은 유일한 희망은 우리가 지금이라도 마리아 에우헤니아와 우연히 마주치는 것, 그리하여 그녀가 검은 머리타래를 힘차게 한 번 치켜올리면서 상황을 단박에 바꾸어놓는 것뿐이었다. 그녀는 진짜 공주 같은 소녀로, 한 팔로 나를 그리고 다른 팔로 아버지를 붙들어 우리 모두를 언덕 위로 끌어올릴 수도 있었다. 그녀는 아버지를 전혀 개의치 않았다. 첫날부터 그녀는 사방천지에다 아빠가 잘못이고, 어느 누구도 군복무를 거부할 수는 없으며, 누구라도 그런 식으로 총살당하는 것은 말이 안되고, 게다가 일년은 금세 간다고 선언했다. 아버지가 나한테 집안의 문을 완전히 닫아걸지 못한 것도 그녀의 영향력 덕분이었다. 그래서 나는 오로지 마리아 에우헤니아가 신통력으로 아버지의 약한 구석을 찾아내 내가 안고 있는 그 문제를 그에게 적시에 들이댈 수 있기를 기대하고 있었다. 그녀가 내게 상황이 그렇게까지 나쁘지는 않다는 것을 확신시키는 데는 2분도 채 걸리지 않을 것이다. 그녀는 내 머리를 붙잡고 흰 머리카락을 찾곤 했다. 이 영감태기, 그녀는 내게 말하곤 했다. 오빠는 태어날 때부터 늙고 슬프고 지쳐 있었어, 아직 스물하나도 안된 주제에. 흰머리를 뽑아줄 테니 그 모든 미친 생각일랑 그만 해. 이런 식으로, 파안대소와 농담과 간지럼 태우기와 생명력이 흘러넘치는 춤으로, 그녀는 비애를 내던져버렸다. 항상 그랬었다. 마치 모든 기쁨은 그녀에게 주어졌고 내가 가진 것은 불확실성밖에 없는 것 같았다. 그녀는 어떤 문제라도 단 한방울의 눈물, 티끌만한 눈물조차 흘릴 만큼 중요하지 않다고 항상 말하곤 했다. 어려운 일들은 그녀의 예쁜 등에서 그냥 미끄러지거나 그녀를 지나쳐 갔고, 그녀는 걱정할 만한 것이 있을 수도 있다는 점조차 절대로 인정하려 들지 않았다. 오빠는 영감태기야, 음흉한 영감태기라구 하고 그녀는 말하곤 했다. 이웃에서 모두들 그녀를 알카셀쩌(미국의 진통·제산 발포정—옮긴이) 아가씨라고 부르는 것도 이 때문이었다. 당찬 그녀의 성격에다 눈 속에서 반짝이는 매혹적인 불꽃, 그리고 슬픔의 존재를 끝까지 거부함으로써 슬픔을 덜어주는 그녀의 방식 때문이었다. 그녀는 이웃에서, 노조에서, 아빠한테서, 어머니회에서 마스코트가 되었으며, 초강력 비타민 아가씨 소리를, 비애를 끝장내고 비참한 것들을 제거하는 신비의 약이라는 소리를 들었으며, 우리의 귀여운 알카셀쩌 아가씨로 통했다. 그런 식으로 그녀는 누렇게 시들기는커녕 점점 더 푸르러지는 풀처럼 계속 자라났던 것이다.

나는 눈을 감았고, 눈을 떴을 때는 그녀가 내 앞에 서 있을 것이라고 상상했다.

그러나 마리아 에우헤니아는 나타나지 않았다.

반면에 아버지가 기분을 전환하는 데는 그녀가 필요하지 않았다. 판자촌에 들어서자마자 그의 태도는 요술처럼, 마치 죽은 친구 하나가 그의 내부에서 샘물처럼 솟아난 것처럼 돌변했다. 그의 발걸음도 크고 단호해졌으며 확신에 찼다. 나는 그가 어깨를 활짝 펴고 고개를 들고 자신의 피로를 몰아내는 모습을 보았다. 언제나 그랬듯이 나는 그의 발걸음에 맞추어 내 발걸음의 리듬을 자동적으로 바꾸었으며, 그럼으로써 저렇게 떨어져 있는 거리에서도 그가 우리 사이에 설정한 얼어붙은 심연이 유지되도록 했다. 아버지가 판자촌을 가로지르는 모습은 침몰하기를 거부하는 배 같았다. 그의 등뒤에서 그가 패배한 모습이나 심지어 풀죽은 모습을 본 적이 있다고 속삭일 사람은 아무도 없었다. 어림없는 일이었다. 그는 애들의 이름을 모조리 알고 있었고, 길을 가면서 그들 모두에게 인사말을 건네며 웃고 손으로 그들의 머리를 쓰다듬고 낡은 깡통을 차고 하여 마침내는 한 떼거리의 꼬마들이 뒤를 졸졸 따라다녔다. 누구에게나 친절한 말을 건넸고, 할머니들한테는 빠짐없이 농담을 건네 그들 모두에게 활기를 불어넣었으며, 지나는 김에 이웃들에게 내일 실업자 모임이 있음을 상기시켰으며, 일자리를 얻은 사람한테 축하를 했고, 문간에 나와 키득거리는 검은 눈의 소녀들한테도 듣기 좋은 말을 했다. 약간은 다정하고 약간은 자랑스러운 듯한, 어찌 보면 서사적인, 희미한 미소가 그의 입가에 번졌다.

내 아빠는 그랬고, 나는 항상 그런 식의 아빠를 기억하고 싶었으며 또한 그런 식의 아빠 곁에서 자라났던 것이다. 아빠는 이제 과거건 미래건 더 나은 길거리들로부터 돌아오는 길이었으며, 그 순간과는 전혀 무관하고 오히려 다른 행진들과 다른 노래들로부터 물려받은 열기와 차분함으로 충만했으며, 한동안 그의 손에는 보이지 않는 깃발이 펄럭이는 듯했으며, 그 거리를 걷는 것도 단지 두 발이 아니라 수천의 발이었으며, 앞으로 나아가면서 자신의 씨를 뿌리고 있었다. 아버지는 부서지지 않았다. 마치 한번도 감옥에 간 적이 없었던 것처럼, 노동자들이 사장한테서 아주 빼앗았다고 생각한 섬유공장에 그 사장이 되돌아왔던 날 자신의 눈을 바닥에 내리깔아야 했던 일이 없었던 것처럼, 마치 그 도시의 구석구석이 모두 자기와 자기 동지들의 소유인 것처럼, 마치 동지 대통령(칠레 민중들이 아옌데를 칭하는 말—옮긴이)이 바닷가 잊혀진 공동묘지의 어느 구덩이에 묻혀 있지 않고 아직도 살아 있기라도 한 것처럼, 승리를 축하하는 장군처럼 아버지는 당당하게 마을을 돌아다녔다. 내 아버지. 옛날에는 아버지가 내 손을 잡아주고, 그의 거대한 그림자가 나를 보호하고 있음을 느꼈건만. 온 가족이 한 사람도 빠지지 않고 지평선 끝에서 끝까지 나란히 행진을 했었다. 제길, 지금도 아버지는 여전했다. 걸음마다 희망의 별빛들을 남기고 미심쩍어하는 사람의 원기를 북돋고 신념에 충실한 사람의 믿음을 새롭게 하고 아무리 깊숙이 숨어 있는 깜부기불에도 숨길을 불어넣어 불꽃을 되살리면서, 놀라운 내 아버지는 슬럼가를 독수리처럼 의기양양하게 지나갔다. 그토록 많은 열의와 그토록 많은 관용을 베풀면서도 내게는 아무것도 없는 것이었다.

나는 구경꾼으로만 있기로 했다. 그가 멈춰설 때마다 멈춰서서 마치 화면에서 전개되는 듯한 눈앞의 장면을 지켜보았다. 나는 내가 자라났던 판잣집들 사이에서, 이웃사람 하나하나의 슬픔과 기쁨, 모든 여자들의 신비스러운 주름치마들, 모든 남자들의 거짓말과 허풍을 알았던 그 판잣집들 사이에서 이름없는 침입자가 되어 있었다. 풍경의 일부가 된 나는, 6피트의 거리를 지켜야 하는 나는 그의 신성한 말씀의 반경 안에 닿거나 들어가거나 혹은 그 말씀의 보호를 받기에는 너무 멀리 떨어진 채, 가로등 기둥, 바람빠진 풍선, 오븐에 넣어 굽기를 잊은 생일 케이크, 선인장이 되었다. 그의 병정 아들인 나는.

언덕 발치까지 가서 그가 다름아닌 닐다 빠레데스에게 말을 걸기 시작할 때까지 그랬다. 나는 그녀를 몹시 좋아했다. 그녀는 내 애인 같은 여자였는데, 그녀의 입술은 싱싱한 포도 같은 키스를 베풀었고 내게 안긴 그녀의 몸이 뜨거워질 때는 더 멋지고 더 좋고 더 경이로운 것들을 기약했다. 그런데 내가 첫 휴가를 받아 돌아왔을 때 그녀는 눈으로 내 단추를 모조리 끄르고, 내 옷깃들을 얼음 녹이듯 녹이고, 내 숨결을 모조리 앗아가면서 말했다. 믿을 수 없을 정도로 향긋한 그녀의 살내음이 너무나 아득하였다. "너랑 말이니?" 그녀가 말했다. "너랑은 같은 길에서도 눈에 띄고 싶지 않아……" 그러고는 그 자그만 근육들을 움직여 그 멋진 엉덩이를 나한테서 가능한 한 잽싸게 돌렸다…… 그후로는 그녀가 내게 말도 하지 않으려 했으므로 마치 아빠의 주요한 동맹군이 된 것 같았다. 마리아 에우헤니아는 그녀가 바보이며, 그녀에게 전혀 신경쓰지 말아야 하며, 여자들이 군복 입은 남자들을 좋아하기 때문에 아마 질투가 났을 것이며, 몇달 지나면 모든 것이 정상으로 돌아올 것이라고 말했다. 하지만 마리아 에우헤니아가 사랑에 관해 뭘 알겠는가? 그녀가 내 부푼 내분비선에 관해 뭘 알았겠는가? 항상 한 무리의 남자애들을 이끌고 돌아다니면서 그들 누구한테도 따로 시간을 내주지 않으려는 그녀가? 난 그녀가 그중 한 녀석한테 푹 빠지고 그 녀석이 그녀를 매정하게 차버리는 날의 그녀 모습을 정말 보고 싶었다. 그때야 우리는 서로 부둥켜안고 진짜로 울 것이다.

그들은 나직한 목소리로 이야기하기 시작했는데, 그들이 하는 말은 한마디도 알아들을 수가 없었다. 처음에는 대화가 잠시면 끝나려니 했는데 시간이 흘러도 그들은 여전히 지껄이면서 모든 것을 참기 힘들 정도로 늘어놓았다. 갑자기 나는 함몰되었고 나의 방어벽이 와르르 무너지면서 내 몸의 모든 숨구멍은 병들어 죽어갔다. 그가 청년이고 내가 늙은이인 듯, 마치 그 끝없는 길들이 다 닳도록 왔다갔다 하다 빈 주머니로 돌아온 사람이 나이고 좋은 시절을 만난 듯 느긋한 표정으로 활기차게 버스에서 내린 사람이 그인 듯, 그가 닐다의 애인이고 나는 어떤 메마르고 지친 연적(戀敵)인 듯했기에 나는 곧바로 이 장면에서 철수하는 수밖에 없었다. 바로 그 순간 거기서 도망쳐나와 곧장 엄마와 누이들을 보러 가는 길뿐이다. 그리하여 엄마를 15분 동안 한없이 껴안고 나를 이해하는 그 팔들을, 그 손가락들을, 그 심장박동을, 그 손길을 느끼고, 식구 중 하나뿐인 오빠한테 아직도 경외심을 갖고 있는 누이동생들이 내 주위로 새처럼 몰려들 때의 와글거리는 따스함을 느끼는 거다. 그런 다음 마리아 에우헤니아와 함께 오랫동안 산책을 하는 거다. 아무것도 설명할 필요가 없이, 심지어 이렇게 헤어져 있던 달의 잃어버린 경험들조차 채워넣을 필요가 없이, 심지어 우리가 서로를 보지 못한 몇주 동안을 말로써 보상할 필요도 없이 마치 우리 둘이서 이 오랜 세월 동안 물 속에서 소리없는 콧노래를 흥얼거리다가 동시에 수면 위로 올라와 같은 곡조를 소리내는 것만으로도 족하다는 듯 계속 노래를 부르는 거다. 닐다와 아빠는 세상 끝날 때까지 좋을 대로 잡담을 하라지. 난 이 자리를 뜰테니까.

나는 군용백의 손잡이를 단단히 쥐고 아주 잠깐 닐다의 예쁘장한 목과 어린 영양 같은 모습을 떠올리다가 작별인사도 없이 돌아서서 언덕 위로 진격했다. 아빠는 내가 없어졌음을 눈치챈 듯했고, 단 한 명의 청중이 결승골이 터지는 것을 보기 전에 경기장을 떠났음을 깨달은 듯했다. 20초도 채 되지 않아 나는 그가 내 뒤에 오고 있음을 감지했기 때문이다. 언덕은 가팔랐고 아버지는 마치 황소처럼 씩씩거리면서 비틀대고 넘어지고 하면서 나를 따라잡으려 했다. 그 모든 어려움에도 불구하고 참나무처럼 강하고 기타 소리처럼 거침없고 바다처럼 속이 깊은 마을의 지주(支柱)이자 노조의 지도자로서 여느 때처럼 대오의 선두에 선 그의 모습을 다시 볼 수 있으리라. 그러나 그의 그런 모습은 이미 충분히 보았다. 나는 최대한의 속력으로 이동했다. 그 역시 나처럼 속력을 냈는데, 나는 그가 벌어진 거리를 만회하기 위해 온갖 비밀통로를 이용하는 광경을 돌아보느라고 시간을 잃고 싶지 않았다. 문제는 얼마나 힘차게 밀어붙이느냐이며, 그에게 내가 훈련병으로 뭔가를 배웠음을 보여주는 것이었다. 게다가 나는 이곳의 지형에 관해서는 누구 못지않은 지식을 활용할 수 있었다. 이 언덕을 나만큼 잘 알고 있는 사람은 오로지 마리아 에우헤니아밖에 없었다. 조약돌 하나하나, 새끼 도마뱀 하나하나, 관목 하나하나가 내 친구였다. 이곳은 나의 야생의 왕국이고 나는 왕자였으므로 아버지가 나를 이기려면 마술사라도 되어야 할 판이었다. 마치 내 생각을 엿본 양 그는 타고난 저 긴 다리를 최대한으로 벌려 한결같이 고른 걸음걸이를 취하는 것으로 대응하다가 마침내는 모든 자존심을 훌쩍 던져버리고 달음박질인지 뜀뛰기인지 모를 걸음걸이로 바꾸었다. 누가 먼저 집에 닿느냐를 놓고 시합이 벌어진 것임이 분명했다.

한순간 나는 어린 시절로 되돌아갔다. 우리는 그때 이와 똑같은 경주를 얼마나 여러번 되풀이했던가? 금요일 오후 공장 밖에서 아빠를 기다리다가 훤칠한 키에 자신감 넘치는 모습으로 동료들 사이에서 웃으면서 나타나는 것을 보고 말할 수 없는 안도감을 느낀 적이 몇번이었던가? 월급을 고스란히 가져오게 하려고 엄마가 널 보냈구나 하고 그는 특유의 부드럽고 신명나는 목소리로 소리치곤 했다. 그렇지, 이 녀석아? 아빠, 월급 전부는 아니야, 우선 아이스크림 하나 사먹어 하고 나는 대답하곤 했다. 아니나다를까 우리가 버스에서 내렸을 땐

3층짜리 아이스크림이 기다리고 있었고, 그가 오늘 나를 기다리던 바로 저 벤치에서 내가 아이스크림을 순식간에 먹어치우고 나면, 그는 언덕 꼭대기에 있는 집과 거기서 우리를 기다리고 있을 엄마와 마리아 에우헤니아를 가리키면서 자기가 나보다 먼저 거기에 도착할 거라고, 자 누구 이기는가 해보자고 엄숙히 선언하곤 했다. 나는 아빠가 나한테 져주리라고, 내가 몇초 먼저 결승점을 통과하도록 해줄 것이며 그러면 내가 일등상——엄마의 입맞춤——을 받겠지 하는 막연한 기대를 했을 테지만, 결코 마음놓을 수는 없었다. 다음번에도 아슬아슬함을 남겨두기 위해서 아빠는 가끔 나를 따라잡기도 했던 것이다.

그러나 그 유년의 섬은 이제 흔적도 없이 사라졌고, 그 자리에는 장성한 남자 둘이 약에 취한 두 필의 말처럼 씩씩거리고 곱드러지며 언덕을 기어오르고 있었다. 이웃사람들이 어떻게 생각하건 전혀 개의치 않고 마치 자신들의 삶이 그 경주의 결과에 달렸다는 듯이 언덕을 오르고 있었다. 처음에 나는 유리한 고지를 잃지 않으려고 뒤돌아보지도 않고 다리를 좀더 잽싸게 놀리기 위해서 아버지가 가르쳐준 대로 팔을 흔들었으나, 실제로는 내가 훨씬 앞서 있기 때문에 걱정할 필요가 없었다. 게다가 나는 아버지보다 몸의 상태가 좋았다. 나는 매일 운동을 했다. 아니 그들이 나를 기름칠한 기계처럼 사정없이 돌렸던 것이다. 닐다가 경멸했던 그 근육들은 사실 누구라도 탐낼 만한 것이었다. 그런데다 그들은 우리를 수요일마다 끌어내어 바로 이런 언덕을 기어올라가게 했는데, 거기서 꼴찌하는 사람은 동네북이 되어 모두에게 돌아가며 엉덩이를 걷어챘다. 그러므로 아버지가 점점 뒤쳐지고 그의 숨결이 거칠어짐에 따라 내 분노는 가시기 시작했으며 내 마음은 질주하건만 머리는 차분하게 가라앉아서, 속도를 늦추어야 한다는 것을, 그것도 마치 손자의 자존심을 살려주어야 하는 할아버지처럼 아버지가 눈치채지 못하도록 눈에 띄지 않게 늦추어야 한다는 것을 이제 어른이 된 번개 같은 감각으로 이해했다. 그는 엉망이 되어 있는데 나는 생기있고 팔팔한 모습으로 도착한다면 이겨봤자 무엇이 즐겁겠는가? 그래서 그가 나를 따라잡도록 내버려두었는데 우리가 집에 도착했을 때에는 그는 숨이 끊어질 정도로 헐떡거리고 온몸이 땀투성이가 된 채 쓰러지기 일보직전이었으나 한발 앞서 들어왔다. 거의 비긴 경주였다. 아버지와 아들이 거의 비긴 것이다.

　우리 둘은 나무 벽에 기댔고, 마치 물에 빠진 사람들이 응급조치를 기다리듯 거기에 서 있었다. 그러자 나는 아버지처럼 처음에는 오른발, 다음에는 왼발의 순서로 바지를 털어야겠다는 생각이 들었다. 그랬더니, 우리 언덕의 그 소중한 먼지가 정말로 버섯구름같이 피어올랐고 "오늘은 일요일이니 하루종일 푹 쉴 수 있지"라고 말하는 듯한 미소가 그의 입가에 맴돌았다. 나는 먼지가 황금이라도 되는 듯 더없이 즐겁게 계속 먼지를 털어내고 그 역시 자기 바지를 털기 시작하여, 그 모든 먼지 때문에 우리는 한쌍의 결핵환자처럼 쿨룩거리기 시작했고 심지어는 그의 속 깊은 곳에 묻혀 있던 웃음이 터져나오기까지 했다. 그는 아직 내게 아무 말도, 심지어 아직도 나를 이길 수 있다는 말조차도 하지 않았지만 우리 사이의 얼음 같은 냉랭함이 얼마간 풀렸음은 분명했다. 이 세상에서 평화를 사랑하는 사람들한테 일어나는 그런 기적 덕분에 사태는 조금 전만큼 나쁘지 않았고 약간만 온도가 올라가면 예전과 똑같은 애정과 동지애가 여전히 존재함을 발견할 수 있을 것이었다.

　게다가 그때 대문이 열리고 엄마가 나왔는데, 틀림없이 엄마한테서 나는 그 향긋한 냄새가, 기막히게 좋은 향기가, 얼마나 오랫동안인지 모르지만 집 근처에서 맡아보지 못했던 향기가, 낮은 온도의 불에 조리한 닭죽의 환상적인 냄새가 묻어나왔다. 그 냄새는 바로 나의 급소를, 턱을 한방 먹였다. 그 닭죽을 퍼먹는 맛이 어떨까 하고 생각하자 우리 입안에서 군침이 솟았다. 야들야들한 홍당무, 완벽하게 조리한 감자, 풍성하게 흩뿌린 미나리, 파슬리, 푸른 콩, 그리고 진짜 잔칫날에만 곁들이는 환상적인 옥수수와 입안에서 사르르 녹을 것만 같은 닭고기가 생각났다. 이 모든 기억이 우리를 썰매에 태워 미끄러지듯이 이전의 시간으로 데려가, 마치 우리의 경주가 오늘 시작되어 어제 끝난 것처럼 과거의 어떤 해변가에 내려주었다. 그때는 아버지가 직장이 있었고 물가가 쌌고 어머니는 빨랫감을 받아왔고 마리아 에우헤니아는 대학까지 들어갈 준비를 했고 만사가 조금씩 나아지면서 전보다 훨씬 좋아졌으므로 가끔은 이처럼 사치스러운 식사를 즐길 수도 있었다. 그래서 나는 온갖 것들을 지워버리듯 눈을 감고는, 이 닭죽을 위해 희생된 바로 그 닭이라도 되는 듯 엄마를 부둥켜안았다. 우리 가족이 함께 먹을 밤의 요리를 고대하면서 나의 가슴은 설레는 환희로 구석구석까지 젖어들었고, 나의 혀, 나의 이, 나의 목, 심지어 나의 창자들조차 전력으로 질주했다. 그리하여 열광의 한순간에 이르러서는 이번 주말이 필시 내 생애 가장 암울한 날들이 될 것이라는 확실한 예감마저, 내가 아버지한테 그 일을 털어놓아야 하고 이번에는 우리가 진짜로 치고박을 것이라는 확실한 예감마저 말끔히 걷어냈다. 나는 꾀많은 엄마가 이런 잔칫상을 차릴 돈을 어디서 긁어모았는지 자문해볼 엄두도 나지 않았다. 그런 요술은 한달에 한 번 일요일에나 벌어졌기 때문이다. 나는 다만 저 믿기지 않는 닭죽의 향긋한 냄새와 보석 같은 어머니의 강건한 육체와 조금 전의 경주로 말미암은 달콤한 피로감에 몸을 맡길 뿐이었다. 단 하나 빠진 것이 있다면 루초가 집에 돌아왔고 가족이 다 모였으니 근사한 축하연을 열 만하다며 사랑스러운 마리아더러 백포도주 한 병을 사오라고 소리치는 아버지의 목소리였다.

그러나 아버지가 말문을 연 것은 결코 그런 말을 하기 위해서가 아니었다. 그렇기는커녕 그의 목소리는 까칠한 자갈로 가득한 듯했고, 구태여 그를 쳐다보지 않아도 미소짓던 얼굴이 떫은 표정으로 바뀌고 금방 녹아없어지리라고 생각했던 긴장감이 앙심을 품은 듯 되돌아와 그의 턱을 굳게 만들고 있음이 분명했다. 나는 내 뒤에서 뻣뻣하고 적대적인 자세를 취한 그의 모습을 그려보았다.

"인사가 끝나면," 아버지의 입이 어머니를 향해 쏘아붙이듯 말했다. "군발이 아들에게 옷을 갈아입으라고 하오, 알겠소? 길에서 군복 입은 놈들이 그렇게 많은 걸 보고도 참는 것으로 족하오. 집안에까지 군복 입은 놈을 들여놓을 수는 없소!"

마치 칼이 엄마와 나 사이를 베어낸 듯 나는 엄마의 품에서 떨어졌다. 나는 깊은 숨을 들이쉬었고, 그러자 내 속의 무언가가 집안으로 들어가지 않기로, 그의 명령에 복종하지 않기로 결심했다.

"동생들은 잘 있어요?" 나는 아버지의 적대감을 대면하지 않으려고 몸을 돌리지도 않은 채 이 재앙으로부터 건질 수 있는 것은 다 건져보려고, 엄마와 나 사이에, 엄마 곁의 누이동생들과 나와 마리아 사이에 저 닭죽 솥을 다시 한번 확보해보려고 애썼다.

"잘들 지내." 어머니는 대답을 했지만 그 목소리는 마치 전화기에 대고 말하는 것처럼 힘이 없었다. "다 잘 있어, 다행히."

"애들을 찾아볼게요." 내가 말했다. "이 근처에 있나요?"

어머니는 있지도 않은 그 빌어먹을 전화기를 떼어버리려 하지 않았다. "밖에서 놀고들 있지. 이 근처 어디서 평소처럼 놀고 있을 거야. 올라오다가 못 봤니?"

나는 한마디 한마디를 신중하게 선택했다. "못 봤어요." 내가 말했다. "하지만 애들이 잘 있다면——그게 중요한 거죠."

"다행히 애들은 정말 잘 있어, 여느 때처럼 활기차고. 네가 오늘 여기 온 것을 알면 금방 나타날 거야. 우린 네가 내일 올 줄로 알고 있었거든."

나는 꿀꺽 침을 삼켰다.

"근데, 마리아는 잘 있어요?"

"걔는 여기 없어." 엄마가 말했다. "그래, 얘야, 무슨 일이 있었길래 널 금요일에 내보내준 거니?"

저쪽에서 아버지가 마치 열쇠구멍으로 엿듣듯 흘러나오는 말을 한마디도 놓치지 않으며 거기에 무슨 숨은 의미가 담겨 있는지 되새기는 중인데 내가 어떻게 그것을 설명할 수 있겠는가? 오로지 마리아 에우헤니아만이 그 이야기를 감미롭게 만들어서 아버지가 그것을 그대로 받아들이게끔 할 수 있을 것이다.

"걔는 언제 와요?"

"누구 말이니?" 어머니가 물었다.

"마리아 에우헤니아 말이에요."

어머니는 두 손을 앞치마에 문지르고는 아빠를 쳐다보았다. "그래요, 당신 일이 어떻게 됐는지 물을 필요조차 없는 것 같군요. 안 좋은 게 분명하니까."

"묻지 않는 것이 좋아." 아버지가 확인해주었다.

어머니는 필요 이상으로 깊은 한숨을 내쉬었다. "남자분들, 들어와서 씻어요. 둘 다 해골같이 보여요. 당신 나이에 경주라니. 다 보았어요. 젊은 애들처럼 마라톤하는 걸 다 보았다구요."

"씻는 거 좋지." 아버지가 말했다. "물 좀 끼얹는다고 해로울 건 없지."

"씻는 건 나중에 해도 돼요." 내가 말했다. "난 마리아 에우헤니아를 찾으러 가겠어요. 엄마 걔가 어디 있죠?"

아버지의 말이 1톤짜리 벽돌처럼 내 면상을 덮쳐 나를 비참한 벌레처럼 뭉개버렸다.

"그래, 나중에 씻어도 된다는 말이지? 자기 의견을 분명하게 말해서 좋군. 물론 군발이 녀석이야 병영에서 멋진 샤워를 했으니까, 그리고 그 애국적인 다리로 힘들게 걸을 수 없어 버스를 탔으니까 몸을 씻을 필요가 있겠어? 안 그래? 하지만 난 씻어야겠어. 그렇고말고. 플로렌시아, 가서 물 좀 길어다줘."

"엄마, 마리아 에우헤니아는 어디 있어요?" 나는 끈질기게 물었다.

"외출했어."

"그럼 내려가서 그애를 기다리겠어요. 언제 돌아온다고 했어요?"

"아무 말도 없었어." 어머니는 대답했다. "하지만 늦게야 돌아올 거야. 들어와서 아버지 말씀대로 옷을 갈아입고 좀 쉬는 게 어떠니. 애들이 금방 돌아올 거고, 그러면 함께 식사를 해야지."

나는 다시 한번 닭죽의 향긋한 냄새에 에워싸였다. 내가 그 냄새를

28

맡았을 뿐 아니라 그 냄새가 내 살 위를 맴돌았고, 그것이 어떤 생생한 핏빛 바람처럼 내 숨결과 뒤섞일 때는 그 냄새를 손으로 만지고 그 냄새의 결을 보고 들을 수 있을 듯했다.

"늦는다구요?" 내가 물었다. "어디 갔는데요?"

"아무 말도 없었어." 엄마는 되풀이하여 말했다.

우리의 대화는 언덕 저 아래에서 들려오는 야생적인 환성으로 말미암아 중단되었다. 손가락으로 방향을 가리키는 아빠의 태도는 기적처럼 변했다. "저 악바리들이 저기 오는걸. 저걸 봐! 저 계집애들이 얼마나 잘 뛰는지 좀 보라니까!"

여자애 셋이 산양처럼 언덕을 뛰어오르고 있었다. 모두 서로 다른 색 옷을 입고 있었는데, 그들이 팔짝팔짝 뛰어오르고 프로펠러처럼 팔을 흔들고 내게 쳐다보라고 소리치고 팽이처럼 뱅그르르 돌고, 열기가 고조되자 처음에는 원숭이족의 타잔을, 그 다음에는 치타, 침팬지, 그리고 마침내는 한무리의 물소떼를 흉내내고, 무한한 에너지로 몰아치는 거센 태풍처럼 검고 긴 머리를 청순하게 흩날리는 모습은 정말 볼만했다. 정말로 그들은 굉장히 멋졌다. 엄마 말이 하나도 틀리지 않았다. 지난번 왔을 때와는 전혀 달랐다. 그때는 이 애들이 너무 지치고 졸리고 생기없어 보였고, 물론 굶주려 보였었다.

그러자 엄마의 목소리가 부드럽게 흘러나왔다. "내가 애들이 잘 있다고 하지 않더냐? 네 눈에도 그렇지? 적어도 이젠 끼니는 때우고 있거든." 그러나 엄마의 어투에는 뭔가 소원(疏遠)하면서도 폭발할 것만 같은 여운이, 이 기쁜 말들과는 융합되지 못한 채 깊숙이 박혀 있는 우울한 아픔이, 지쳐버렸으면서도 길들지 않은 광포한 뭔가가 있어서 나는 문득 두려워졌다. 기름때처럼 덮쳐오는 두려움의 물결을 나는 저지해야만 했다.

한동안은 그래도 어머니의 말에 담긴 그 격렬하고 비통한 여운을 무시하는 것이 가능했고 나 자신의 공포를 통제할 수 있었다. 나는 나의 부모처럼, 엄마와 아빠처럼, 마치 여러 해 전에 찍은 사진에서 열린 창문으로 누이동생들을 쳐다보듯이 시선을 고정시켰다. 저 왁자지껄하고 의기양양한 야생의 꼬마들 셋이 언덕 꼭대기에 올랐을 때의 기쁨을 속으로 받아들이면서, 내 눈은 어느새 누이동생들의 눈만큼이나 순수해졌다. 얼마 전만 해도 빠뜨리시아를 배고 있던 엄마를 맞이한 것은 우리, 즉 쌍둥이인 마리아 에우헤니아와 나 루초였다. 우리가 오후의 열기를 고함소리로 씻어낸 장본인들이었던 것이다.

그러나 그것은 마지막 휴전이었다. 그 마법은, 우리가 가까스로 일시적인 거처를 마련한 그 마술의 섬은 오래 지속될 수 없었다. 마리아 에우헤니아는 여기 우리와 함께도, 저기 저 애들과 함께도 있지 않았다. 저 세 요정들이 도착하기 전에, 다른 어떤 일을——씻거나 먹거나 껴안거나 울거나 숨쉬거나——하기 전에 나는 마리아에게 무슨 일이 있었는지 알아내야만 했다. 나는 내 자신이 무슨 짓을 하려는지 알고 있었으나 그럴 용기가 있을 것 같지 않았다. 나는 질문을 돌려서 해보았다.

"그런데 엄마, 돈은? 이 돈이 어디서 난 거죠?"

내가 실제로 질문한 상대는 아버지였고, 그래서 나는 그가 직접 대답하리라는 것을, 그가 더이상 엄마를 다리로 삼지 않으리라는 것을 경악감 속에서 깨달았다. 활기차게 다가오는 여식들로부터 눈길을 떼고 나를 돌아다보는 그의 태도에서 나는 이 사실을 알았고, 빠져나갈 구멍도 없음을 알았다. 왜냐하면 내가 군에 입대한 이후 처음으로 그는 내게 똑바로 서서 얼굴을 맞대고, 이른바 남자 대 남자로 말할 작정이었기 때문이다. 나는 그런 질문을 하느니 차라리 혀를 잘라냈더라면 싶었고, 답변을 듣지 않기 위해서 귀에다 돌을 채워넣었으면 싶었고, 차라리 태어나지 않았으면, 이 세상에서 숨 한번 쉰 일도 없었으면, 이 빌어먹을 언덕을 기어오르지 않았으면, 그땐 아빠와 엄마가 기다리고 있었고 지금은 이 답변이 기다리고 있는 이 집에서 마리아 에우헤니아와 같은 날에 태어나지 않았더라면 싶었다.

"그래 돈이 어디서 났는지 알고 싶다는 거지?" 아빠는 낮은 목소리로 물었다. "정말 알고 싶어?"

"내가 빨래를 하잖아." 엄마가 말했다. "메넨데스 부인이 우리한테 집안일을 도와달라고 부탁했어."

나한테 저렇게 침착하게 이야기 할 힘이 아버지는 어디서 났을까? 어떤 성벽에 올라 이야기하길래? 어떤 땅이, 어떤 동굴바닥이 그의 다리를 받쳐주길래?

"루초," 그가 말했다. 그러자 나는 그가 내 어깨에 손을 얹을 수 없도록, 그의 목소리가 나한테 닿지 않도록 뒷걸음질쳤다. 나는 집 쪽으로 뒷걸음질쳤다. "네 누이한테 물어야 할 거야. 걔가 일자리를 구한 장본인이니까."

"걔는 그 집에서 잔단다." 엄마가 끼여들었다. "메넨데스 부인은 우리한테 매우 잘해주는데, 마리아 에우헤니아가 일주일 내내 자기 집에 있어도 좋다고 하는구나."

그러자 저 멀리서, 언덕을 기어오르는 작은 동물들 셋의 인디언 같은 함성소리보다 더 아득히 내 목소리가 들려왔다. 바로 내 자신의 목소리가 이렇게 말하고 있었다.

"아버지, 걔가 어디서 일해요? 어디냔 말이에요?"

그의 눈은 고통도 분노도 희망도 그 어떤 것도 내비치지 않았다. 그 눈은 일체의 승리와 패배도 없었고, 완전히 텅 비고 무관심했으며 전혀 움직임이 없었다. 그는 내 질문에 대답하지 않았다. 그냥 이렇게 말했다.

"루초, 그건 그애한테 물어봐야 할 거야."

"걔한테 묻지 않을 거예요. 난 아빠한테 묻고 있는 거예요."

그는 마치 주먹을 휘두르거나 아니면 포옹하려는 듯이 내 쪽으로 한걸음 다가왔다.

"더이상 가까이 오지 마세요." 내가 소리쳤다. "걔가 언제 돌아오는지 말씀하세요. 언제 돌아오는지 알고 싶어요."

그는 멈춰섰다.

"내일." 아버지가 말했다. "내일 아침 네가 직접 걔한테 물어볼 수 있어."

매우 조심스럽게, 지나칠 정도로, 한없이 조심스럽게, 나는 군용백을 땅바닥에 내려놓았다.

"난 걔한테 아무것도 묻지 않을 거예요." 내가 말했다. "걔한테 물을 게 없어요."

"그렇다면 묻지 마." 그가 말했다. "지금까지 넌 스스로 알아서 결정했잖아. 네가 알아서 할 문제야. 나는 저녁식사 전에 좀 씻으러 들어가야겠어…… 여보, 씻을 물 좀 데워주겠소?"

나는 그보다 앞서서 문가로 걸어갔다.

"그래, 아빠는 닭을 드시고 싶단 말이죠? 정말 시장하신 모양이죠.

안 그래요?"

그는 흔들리지 않고 대답했다.

"그래, 좀 시장해. 다른 사람들처럼." 나는 더이상 기다리지 않았다. 떨리는 팔과 다리를 숨기느라고 무척 긴장하면서 집안으로 들어갔다. 어머니는 스쳐가는 냉기보다 더 빨리 내 뒤를 따라 들어왔다. 거기 있었다. 저 그늘 아래 퍼드덕거리는 불 위에 솥이 있었다. 식탁 위에는 빵과 우유 한 병, 심지어 약간의 염소젖 치즈까지 있었다. 나는 내 손이 내 뜻을 따라주기를 바라면서 동작을 가다듬었다. 나는 솥을 들어올렸다. 솥은 무거웠고 뜨거운 금속이 미친개처럼 내 손을 와락 물었다. 그러나 그 속에서는 천사의 향기처럼 맛있는 냄새가 일었다. 가족을 위해 요리하는 어머니의 정수가 담긴 냄새이며, 먼 옛날 저녁의 정수가 담긴 냄새이며, 직장에서 돌아오는 동료들, 방문객들, 십장들, 인사하러 잠깐씩 들르는 그 모든 사람들로 가득하던 집안, 그 모든 아주머니와 아저씨와 사촌과 이미 돌아가신 할머니로 가득하던 집안의 정수가 담긴 냄새였다.

"그래, 마리아 에우헤니아가 이 솥을 채워놓았다는 말이죠?"

어머니는 대답하지 않았다. 그녀는 그냥 문간 통로에 서 있었다. 빛을 거의 가리고 있었다.

"엄마, 비키세요. 좀 나가게요." 내가 말했다.

"루초, 음식은 안된다. 당장 내려놓아라."

뜨거운 금속이 내 손을 바삭거릴 정도로 태우고 있었다. 고통은 참기 힘들었다. 그러나 손가락에서 김이 난다고 해도 나는 솥을 놓지 않을 작정이었다.

엄마 뒤편에서 아버지의 강력한 실루엣이 희미하게 떠올랐다. 그는 실내의 어스름에 익숙해지려고 애쓰면서 눈을 끔벅였다.

"군대에서 저 애한테 가르쳐준 게 저거야." 그는 엄마의 귀에 대고 속삭였으나, 나는 그가 단어를 한마디씩 곱씹고는 표창처럼 내뱉는 소리를 들었다. "군발이 아들녀석이 배운 짓이 바로 저거야." 그는 엄마를 밀쳐내고 들어오려고 했다. "플로렌시아, 당장 들어가게 좀 비켜."

어머니는 더욱 완강하게 문간을 가로막았다. "루초, 그 솥 내려놓아라." 그녀가 말했다.

나는 들은 척도 하지 않고, 손에서 올라와 팔을 삼키고 심장까지 위협하는 고통의 외침을 억누르는 데 정신을 집중했다. 나는 초인적인 노력으로 솥을 좀더 들어올렸다.

"아버지, 시장하시다구요?" 내가 물었다. "정말 시장하세요?"

"딸아이들이 배고프지." 그가 말했다. "나는, 약간 시장해. 하지만 걔들이 배고프지. 전보다는 덜하지만."

내 온몸은 불타올랐다. 마치 내 손이 더이상 존재하지 않은 듯했고, 마치 누군가가 손을 꽉 쥐고는 어떤 지하실에서 고문을 하는 듯했다. 불현듯 나는 미친 사람처럼 소리쳤다. 온 언덕과 이웃과 도시가 들을 수 있도록, 그가 한번 듣고는 결코 잊어버리지 못하도록 소리쳤다.

"아버지, 나 전출가요. 리또께로, 리또께란 말이에요——아시겠어요? 리또께에서 경비병 노릇을 할 거래요. 죄수들을 감시할 거래요. 아버지, 듣고 있는 거예요?"

아버지보다는 어머니가 반응이 빨랐다. "리또께라고," 그녀가 말했다. "그들이 네 아저씨, 로베르또가 거기 있다는 것을 안단 말이니?"

"난 전출당할 거예요. 그 말을 하려고 온 거예요. 그들이 날 리또께로 보낸다구요."

아버지는 엄마와 밀고 당기며 씨름을 하다가 드디어는 방으로 들어왔다. 하지만 그는 문간에 머물러 있을 뿐 내가 기다리고 있는 곳으로 다가오지 않았다. 다시 한번 우리는 6피트 간격으로 떨어져 마치 영화에 나오는 두 명의 카우보이처럼 빈 공간을 사이에 둔 채 마주 섰다. 그리고 그는 내게 여러 달 전에 했던 것과 똑같은 질문을 던졌다. 마치 거울 속에서 뒤틀려버린 메아리 같았다. 그때 나는 아버지한테 단언했었다. 난 재수없이 걸려들었고 빠져나갈 방도가 없으며, 내 이름이 리스트에 검은 글자로 또렷이 박혀 있으니 가는 수밖에 없다고.

"그래, 어떻게 할 거니?" 이렇게 아버지는 그때 내게 물었고, 지금도 묻고 있었다.

그러나 이번에는, 아버지의 말에 대답을 하고 약간의 상식적인 의미를 그의 뇌리에 집어넣어주고 설명을 해줄 마리아 에우헤니아가 없었다. 어떻게 할 거냐구? 그게 무슨 뚱딴지같은 질문이야? 물론 가야지, 이 완고한 노인네야! 명령이 떨어지면 가야 하는 거야. 명령에 복종해야지, 아니면 밑구멍에 단검이 박히는 거라구. 대체 무슨 수가 있단 말이야?

솥에서 올라오는 매운 김이 내 눈 속으로 들어가 눈물이 흐르기 시작했다. 내 자신이 횃불처럼 느껴졌고 마치 승강기를 타고 천천히 지옥으로 내려가는 듯했다.

"아버지, 그들이 날 전출보낸대요." 나는 거의 들리지도 않을 정도로 말했다. "리또께로 말이에요."

　그러자 아빠는 우리 사이를 떼어놓고 있던 공간을 가로질러 그 커
다란 양손으로 솥을 붙들었다. 그는 가만히 내게서 솥을 빼앗아 들려
고 했다. 나는 솥의 무게가 점점 가벼워지고 손의 통증이 가라앉는
것을 느꼈으나, 마지막 안간힘을 다해 그것을, 저 참을 수 없는 열기
를 꼭 붙잡았다. 뜨겁게 요동치는 액체가 바깥으로 튀어나와 찐득거
리면서 발밑으로 떨어졌다. 우리 둘의 바지에 국물이 튀었으나 둘 다
움직이지 않았다.

　"좋아." 그가 말했다. 솥에서 나는 향긋한 냄새가 신성한 안개처럼
우리 둘을 감쌌다. 그의 손이 서서히 솥을 떠맡았다. "갇혀 있는 동지
들을 돕는 것은 어렵지 않지. 너는 늘 그들을 조금이라도 도울 수 있
는 길을, 메씨지를 전한다든지 약간의 지원을 해준다든지 하는 길을
생각해볼 수 있어. 안 그래?" 그러고는 그의 손이 억제할 수 없는 기
세로 금속 위로 이동하였는데, 지금쯤은 타들어가고 있음이 분명했
다. 열기가 그의 살갗을 태우고 필시 뼛속까지 스며들었을 것이다.
그의 피가 끓고 있음에 틀림없었다.

　나는 남아 있는 모든 힘을 다하여 솥을 부둥켜안았다.

　"제 말을 들어봐요! 아빠한테 말하고 싶어요. 딱 한가지만요."

　바깥에서는 누이동생들의 목소리가 점점 크게 들려왔다. 그들이
언제 문을 열고 들이닥칠지 몰랐다. 무겁고 따뜻하고 짭짤한 눈물 한
방울이 입가로 주르르 흘러내렸다. 솥이 미끄러지는 듯한 느낌이 들
었다. 솥을 떨어뜨리고 말 것만 같았다.

　바로 앞에 아버지의 얼굴이 있었다. 내 평생 아버지를 이렇게 가까
이 대한 적이 없었다.

"아빠, 분명히 말하건대 절대로 그들에게 걸리지는 않을 거예요. 도울 수 있다면, 물론 돕죠. 하지만 먼저 분명히해둘 일이 있어요. 나는 결코 걸리지는 않겠다는 거예요."

"그게 첫번째고, 그 다음은 뭐니."

나는 침묵 속에서 음절 하나하나가 또렷이 들리도록 말했다.

"그 다음은 만약 누군가가 도망치려 한다면 쏴버리겠다는 거예요. 그 사람이 누구든지, 내가 경비를 서고 있는데 도망치려 한다면 죽일 거라는 말이에요. 정통으로 쏘아버리겠어요. 분명히 아시겠어요?"

"그게 놈들이 말하는 방식이더냐?" 아버지는 물었다. "정통으로 쏘아버리라고?"

"내 말을 분명히 알아들으셨는지 알고 싶어요."

그러고 나자 나는 솥을 놓지 않을 수 없었다. 마치 솥이 갓난아기라도 되는 듯, 어떤 비밀스런 힘이 그 솥을 보호라도 하는 듯, 나는 대기하고 있는 그의 손에 솥을 맡길 수밖에 없었다. 내 손은 불타버린 한쌍의 새처럼 내 옆구리에 늘어졌다.

"그만하면 분명한 셈이지." 그가 말했다. 그는 문을 향해, 언덕을 덮기 시작하는 황혼의 어스름을 향해 고갯짓을 했다. "그리고 내일 아침 네 누이를 기다리러 나랑 버스 정류장에 갈 거라는 것도 분명하겠지, 그렇지? 우린 일찍 일어나서 함께 가는 거야. 마리아 에우헤니아가 길동무도 없이 혼자 집으로 돌아오게 할 작정은 아니겠지?"

나는 대답하지 않았다.

그 순간 누이동생들이 빛의 바다처럼, 빛의 바다 속의 작은 비둘기 세 마리처럼 들어왔다. 그러나 떠드는 일은 바깥에 두고 왔다. 나는 이 애들한테 이토록 많은 지혜가 있다는 데 감동했다. 그들은 마치 교회에 들어온 듯 혹은 장례식에 늦게 도착한 듯했다. 그들은 아무 말 없이 우리를 지켜보며 서 있었다. 나는 그들을 보지 않으려고 애썼다.

아버지는 조용히, 천천히 솥을 난로에 다시 올려놓았다. 그는 양손을 엉덩이에 올려놓고는 나를 응시했다.

침묵이 점점 무거워지자 엄마가 말문을 열었다.

"됐어," 그녀가 말했다. "자 우리 모두가 여기 모였어. 루초, 너 배고프지. 저녁을 차릴까?"

나는 한동안 대답하지 않았다. 나는 시선을 어디에 둘지 몰랐으나, 결국에는 그를, 아버지를, 저 솥 옆에 마치 악령처럼 혹은 성자처럼 서 있는 나의 아버지를 응시했다.

"좋아요, 엄마." 내 목소리에 울먹임이 섞이지 않도록, 내 목이 이 빌어먹을 한순간만큼은 울먹이지 않도록 다잡으면서 말했다. 그건 좋은 생각, 참으로 좋은 생각이었다. "배고파 죽겠어요."

독자

금요일 아침에 원고를 읽기 시작하자마자 그는 이것이 출판금지해야 할 원고라는 것을 알았다.

예상한 대로 정권에 대한 언급은 명시적이지 않았다. 그냥 한두 군데의 단어가 문제였다면, 거슬리는 말을 긁어내고 몇몇 구절을 삭제하고 어떤 의미들은 바꾸어서 최종적으로 조건부 출판을 인가하면 되었다. 그러나 이 원고는 그렇지 않았다. 『변모』라는 이 소설은 정부에 대한, 정부의 비속함·부패·탄압에 대한 신랄하고 가차없고 전면적인 공격이었다.

돈 알폰쏘는 편집장을 하는 친구 베르간떼가 이런 책을 검토해달라고 부탁한 것이 놀라웠다. 법에 따르면, 제재가 심했던 예전과는 달리 사전승인은 이제 더이상 엄격히 지켜야 하는 필수사항은 아니었다. 이제는 사후심의제로 바뀌었는데, 출판업자들은 수천 부의 책이 정보부의 거대하고 축축한 창고 속에서 썩어가는 꼴을 당하고 싶지 않았기에 이런 정책은 그들을 무자비한 자기검열자로 변하게 만들었다. 베르간떼가 출판에 앞서 돈 알폰쏘의 견해를 구하기로 작정했다면, 저자의 재능이 그런 고려를 할 만한 가치가 있다고 믿었으되, 다른 한편으로 당국이 이 책을 수용하는 데는 문제가 많으리라고 느꼈기 때문임에 틀림없다. 베르간떼의 판단이 옳았다. 심지어 견습 검열자라 할지라도——그런데 돈 알폰쏘는 검열관으로 단 한건의 실수도 없이 20년의 연륜을 쌓은 사람이었다——이 책이 국가의 근본적인 통치원리에 대한 공격을 숨기고 있다(그것도 명목상으로 숨

40

기고 있을 뿐 사실은 자신의 반항을 자랑스러워하는 것 같았다)는 것을 알아차렸을 것이다.

이 점은 30페이지에 이르러서 이미 분명해졌지만, 돈 알폰쏘는 —— 대체로 그는 무감각한 사람은 아니었고 사실은 번개같이 빠르고 무자비한 판단으로 유명했다 —— 산문의 부드러운 감흥에 몸을 내맡기고 있었다. 그 산문은 마치 그 속의 단어 하나하나가 모두 자신의 소리나는 방식과 사랑에 빠진 듯 유연하고 감각적이며 놀라운 것이었다. 그는 계속 읽었다. 이야기는 서기 8000년경의 가상적인 독재정권기를 배경으로 삼고 있었다. 민중의 불만이 이미 엄청난 정도에 달했고 누구라도 종말을 내다볼 수 있었다. 저항세력을 융합시키고 정권의 몰락을 가속화하기 위해서는 정권의 노출된 신경을 약간 압박하기만 하면 되었다. 어느새 소설은 행정부의 한 관리에게 초점을 맞추고 있었다. 그는 하찮은 직위의 상당히 따분한 친구였다. 그러나 정권을 무너뜨리는 데는 그의 협력이 필수불가결했는데, 왜 그런지는 아직 분명하지 않다. 아니, 이 친구야말로 정부가 기대할 수 있는 마지막 버팀목을 상징하고 있기 때문이라고나 할까?

돈 알폰쏘는 호쎄 꼬르도바(이것이 그 관리의 이름이었다)에 대해서 다소 곤혹감을 느끼기 시작했다. 처음에는 그에게 그다지 주의를 기울이지 않았다. 그는 이야기 속에서 일종의 우체부 같은 역할로, 그저 배경의 일부로 등장했다. 그러다가 갑자기 이 인물이 몸짓을 했다. 그가 왼쪽 귀를 긁었는데, 그 순간 돈 알폰쏘는 자기 뱃속 깊은 곳에서 야생동물의 자그만 꿈틀거림 같은 것을 느꼈다.

"이 사람이 바로 나로군." 그가 큰소리로 말했는데, 그 자신의 목소리는 서류더미가 높이 쌓여 있는 그의 사무실에 비현실적이고 공허하게 울렸다.

사실, 모든 것이 두 사람이 동일인임을 말해주고 있었다. 자신과 마찬가지로 이 관리는 서른한살에 교통사고로 아내를 잃고 혼자 외아들을 돌봐야만 했는데, 그때부터 오전에는 공무원으로 일하고 오후에는 또다른 직장을 다니면서 아들의 학비를 댔다. 게다가, 소유욕이 강한 정부(情婦)의 집에 들락거리면서 그녀의 멋진 젖가슴을 지겨움에서 벗어나는 도피처로 삼았지만 실제로는 그녀를 그토록 사랑하지는 않았다. 마치 누군가가 그 자신을 그대로 이 책장 위에 옮겨놓은 듯했다. 호쎄 꼬르도바의 모습에 관한 묘사——다른 인물들의 경우에는 간략한 스케치 이상의 묘사를 하지 않은 이 책에서는 지나치리만큼 세밀한데——에 이르러서는 숨이 막힐 지경이었다. 오십대에다가, 매부리코, 연한 녹색 눈, 툭 튀어나온 광대뼈, 희끗희끗해지는 곳을 한줌의 머리카락으로 조심스레 감추어놓은 것, 한쪽 발은 무겁게 디디면서 다른 쪽 발은 약간 끄는 걸음걸이, 이 모든 것이 영락없이 그였다. 그렇다, 다른 사람일 수가 없었다. 수천 광년 떨어진 것으로 되어 있는 저 문명의 한복판에 그가 존재했고 팔팔하게 살아 있었다.

"내 팔자가 그렇지." 그는 필시 베르간떼가 친 짓궂은 장난에 놀랐다가 기분을 가다듬으면서 쓸쓸한 미소를 띠고 생각했다. "내가 모르는 누군가가 마침내 날 알아보고 문학 속에서 날 불멸의 인간으로 만들었는데, 하필이면 출판되지 않을 책에다 그런단 말이야."

돈 알폰쏘는 계속 읽고는 있지만 이 원고가 출판되지 않을 것임은 명명백백했다. 전복을 예찬하는 이런 송가가, 당국을 비웃고 갈수록 부조리해지는 당국의 권력행사를 비웃는 이런 격문이 출판된다면 그것은 우선, 도저히 용인할 수 없는 정권의 허약성으로 해석될 것이다. 이 책이 출판되면 누구나 이미 깊은 속내에서는 다 믿는 바를, 즉 정부가 무너지면서 갈라진 틈을 내보이고 있다는 것을, 정부는 이제 자신의 행정부 조직들을 통제할 능력도 군부의 결정적인 지원을 붙들어맬 능력도 없다는 것을 입증하게 될 것이다. 이 책은 출판될 수가 없었다. 유보조항을 붙인 출판도 일시적인 보류도 아니고, 원고변경 후의 인가도 심지어는 조건부 출판금지도 아니었다. 그 어느 것도 아니었다. 상부의 지시에 따른 영구적인 출판금지, 바로 그것이었다.

전화벨이 울렸다.

돈 알폰쏘는 읽던 원고로부터 몸을 떼어내기가 힘들었다. 바로 그 순간에 호쎄 꼬르도바는 아들, 그를 위해서 그토록 많은 희생을 하고 그 창피하고 비참한 직업까지 수락했던, 그 아들의 방문을 받고 있었다. 에르네스또는 그의 결심을 촉구하러 왔다. 돈 알폰쏘는 호쎄 꼬르도바가 저항세력에게 무슨 도움을 줄 수 있을지 아직 이해하지 못했다. 행정 문서를 빼돌리는 일인가? 문서위조인가? 상관에게 거짓말을 하는 것인가? 정보부에서 사망했다고 밝힌 사람이 사실은 서기 8000년의 저 미로 같은 플라스틱 감옥에 갇혀 있음을 입증하는 일인가? 이 마지막의 추측이 강하게 시사되고 있는 듯했지만, 모든 것이 암시와 간접적인 정황과 이중적인 의미로 되어 있기 때문에 확실하지는 않았다.

"아버지," 에르네스또가 말하고 있었다. "상황이 이런 식으로 계속될 수는 없어요."

전화벨이 끈질기게 울렸다.

베르간떼였다.

"그래서?" 그가 말했다. "어떻게 생각해? 가망이 없지, 안 그래?"

"『변모』 이야기라면, 지금 막 읽고 있는 참이네." 돈 알폰쏘가 대답했다.

"고약한 사안이지, 안 그래?" 베르간떼가 되풀이해 말했다.

"정말 고약해." 돈 알폰쏘는 동의했으나 확답을 하고 싶지는 않았다.

"이 젊은 친구는 비범한 재능을 지녔어. 그건 의심할 여지가 없어."

"재능을 문제삼는 게 아닐세. 단지 그의 정치관이 문제지."

"그렇다면 안되는 거군, 그렇지?"

돈 알폰쏘는 자신한테 놀랐다. 그는 이 문제를 그때 그 자리에서 끝내지 않고 이렇게 말했던 것이다. "아직 다 읽지 않았어. 확고한 판단이 서지는 않았네."

"그래 어림없는 일이지." 베르간떼가 말했다. "나도 그렇게 짐작했어."

"어림없다고는 하지 않았네." 돈 알폰쏘가 대답했다. "고려하지 않을 수 없는 어려움들이 있다는 것은 분명하지만. 우선 내가 원고를 다 읽어보지."

"뻔한데 뭘. 이건 출판하지 않겠네. 투자한 돈만 날릴 테니까, 그렇지?"

"이봐, 베르간떼, 지금은 좀 바쁘네. 월요일에 전화할게."

그는 원고를 그만 읽기로 했다. 이미 늦은데다가 전화통화로 소설의 매력이 깨졌고, 이미 출간된 몇권의 책들을 정오까지는 심의를 마쳐야 했다. 그는 원고를 펴놓은 채로 놔두고 『수녀원장의 요리법: 어느 수녀원의 요리비법』에 몰두했고, 그 수도원의 양념들 가운데서 신학적이나 다른 어떤 점에서도 문제점을 찾을 수 없었기 때문에 더이상 지체하지 않고 책에다 인가 도장을 찍었다. 그러고 나서 최근에 우르-북-까의 폐허에서 발견한 프레스꼬 그림에다 노란색을 사용한 것에 예리한 눈길을 돌렸는데, 저자가 이 색으로 현정부 및 다른 권위적인 정부의 덧없음을 암시하고 있다고 해도 즉각적인 위협을 표현한 것은 아니라는 결론을 내렸다. 바로 그날 오후로 이 책은 그 고고학자의 아내가 찍은 사진들로 이루어진 풍성한 삽화들과 함께 유통될 것이다.

돈 알폰쏘는 실수하는 법이 없기 때문이었다. 그의 별명은 '교황'이었다. 그가 자신의 일에 쏟아붓는 열의는 정부에 대한 끝없는 헌신 때문이 아니었다. 사실 그는 공식적인 정책의 어떤 측면들, 구속자에 대한 야만적인 대우라든지 대대적인 실업에 대해서는 찬성하지 않았다. 그는 아들을 의사로 만들려고 이 직장에 들어온 것이다. 그러나 그는 드러난 것이든 드러나지 않은 것이든 전혀 실수가 없다는 자신의 기록에 자부심을 갖고 있었다. 그것은 명예의 문제였다. 그가 인가한 책은 말썽을 일으킨 적이 없었다. 그가 승인한 작품에 대해서는 어떤 법적 조치도 취해진 적이 없었다. 일단 그의 허가가 나간 후에는 어떤 책도 압수당한 적이 없었다. 그에게 적이 없었다는 뜻은 아니다. 다른 검열관들이 지배적으로 품고 있는 감정은 그에 대한 감탄이 아니라 그의 명성에 대한 시기였다. 그러나 그들은 그에게서 단 하나의 실책도 꼬집어낼 수 없었다. 그는 어떤 작가의 궤변이라도, 아무리 애매하거나 동떨어진 듯한 인유(引喩)라도 그 특유의 비정한 방법으로 파헤쳤으며, 알레고리와 상징과 지극히 미묘한 모순들까지 파고들었다. "돈 알폰쏘를 본받으시오." 검열국장은 버릇처럼 말했다. "그는 대부분의 책들을 인가하는 사람인데도, 보시오, 그의 근무 기록에는 벌점이 하나도 없지 않소."

때때로 동료들은 그에게 어떻게 일을 하냐고 비결이 뭐냐고 묻곤 했다.

"매우 간단해." 돈 알폰쏘는 대답하곤 했다. "세가지 황금률이 있지. 첫째, 체계를 가져야 하고 그것을 고수해야 하네. 둘째, 인정사정이 없어야 하네. 이 일에는 감정이 끼여들 여지가 없거든. 감정일랑 집에 두고 오란 말일세! 셋째, 대중의 취향과 맞아야 하네." 그러고 나서, 완벽한 행정이라는 고지에 올라서서 그는 이렇게 덧붙이곤 했다. "하마터면 네번째 율을 잊을 뻔했네. 이것은 배울 수가 없지. 여보게들, 교양 말일세. 교양이 있어야만 하네."

이 마지막 충고야말로 다른 검열관들이 용서할 수 없는 것이었다. 돈 알폰쏘는 동료들이 자신의 실책을 찾으려는 바람을 애써 감추지도 않은 채 번갈아가며 자신이 인가한 책들을 처음부터 끝까지 세심하게 검토하고 있음을 알고 있었다. 조금이라도 실수를 하는 날이면 그들은 한 떼거리의 늑대새끼들처럼 즉각 그에게 달려들 텐데, 이는 물론 전혀 교양없는 짓이지만 체계적이며 인정사정 없으며 대중의 취향에도 절묘하게 부합하는 것이었다. 검열국장의 전폭적인 지지가 없었다면 그들은 그의 탁월한 업무기록에도 불구하고 이미 그를 십자가에 달아맬 방법을 찾아냈을 것이다.

돈 알폰쏘는 호쎄 꼬르도바의 모험과 결심에 관하여 계속 읽고 싶고 아들의 요청이 무엇인지 알고 싶은 충동을 느꼈지만, 이런 호기심은 그날 아침 그의 행동에 영향을 주지는 못했다. 그의 유명한 검은색 펜은 느리지만 돌이킬 수 없는 작업을 계속했다. 그는 네 차례나 사자라는 낱말을 양으로 바꾸어놓고는 시선집의 출판을 수락했다. 그는 적절한 페이지에다가 원고수정 後 승인이라고 적었다. 이 책은 인쇄공, 조판공, 라이노타이프 타자수에게 돌려보내져야 할 것이며, 이는 출판업자에게는 경고로 받아들여질 것이다. 독자의 경우에는 이토록 일관성이 없는 듯한 텍스트 속에서 어떤 숨겨진 정치적 의미도 읽을 수 없기 때문에 결국 혼란만 느끼고 말 것이다. 운문의 아름다움은 크게 손상되지 않았다. 그러고 나서 그는 곧장──미풍양속과 기독교 윤리를 전복했다는 이유로 결코 빛을 보지 못하겠지만──감칠맛 나는 외설적 암시로 가득한 탁월한 소설에 푹 빠져서, 12시가 되어 다른 직장으로 가야 할 시간이 된 것도 전혀 깨닫지 못했다. 책상 위에서 월요일에 자신의 판결을 기다리고 있는 『변모』를 그는 잠시도 들여다볼 시간이 없었다.

그는 안도감을 느꼈다.

"호쎄 꼬르도바와 그의 아들 에르네스또 그리고 그들 주위의 전복을 기도하는 무리 전부를 한방씩 잽싸게 걷어차서 간단히 끝내버릴 테야." 그는 승강기에 올라타면서 혼자 중얼거렸다.

승강기에서 그는 검열국장과 얼굴을 마주치게 되었는데, 그 역시 아래층으로 내려가는 중이었다.

"돈 알폰쏘, 어떻소? 요즘도 냉혹하오?"

"제게 맡겨진 미묘한 임무를 수행하려 힘쓸 뿐입니다."

그의 상관은 가까이 다가와, 승강기에 그들밖에 없는데도 낮은 목소리로 말했다.

"이제는 더욱 조심해야 하오. 우리 일에 공격이 집중되고 있소. 적들이 우리의 기반을 무너뜨리려 하고 있단 말이오." 그는 속삭이다시피 말을 맺었다. "그들이 우리에게 민주주의를 좌절시킨다고 비난할 수 없게 더 많은 책들을 인가해줘야 하오. 하지만 동시에 더 적게 인가해야 하기도 하고. 그렇지 않으면 우리가 물러지고 있다고 생각할 테니까."

바깥에는 비가 오고 있었다. 정보부의 운전사가 국장을 기다리고 있었다. 그는 손을 흔들어 작별인사를 했다. "돈 알폰쏘, 냉혹해야 하오. 알겠소? 전복의 암시조차 통과시켜서는 안돼. 놈들이 우리를 지켜보고 있소."

"절 아시잖습니까." 돈 알폰쏘가 말했지만 국장은 이미 출발하고 없었다.

그때서야 그는 자신이 비에 젖고 있다는 것을 깨달았다. 그는 낡은 우산을 위층에 놓고 왔는데, 그것은 그답지 않은 건망증이었다. 그는 다시 한번 승강기를 탔고, 오래 전의 유품 같은 우산을 찾았는데 그때 베르간떼가 추천한 원고를 한번 더 보고 싶은 호기심을 문득 느꼈다. 원고의 겉장에는 최종 책임을 확정하기 위하여 법이 요구한 대로 집주소와 함께 저자의 이름이 적혀 있었다. 전화번호는 없었다. 그는 자신의 수첩에다 이런 사항들을 적으면서 주소지가 도시에서 가장 가난한 동네 중의 하나라는 것을 알아챘다. 그는 아들에게 혹시 그 사람을 아느냐고 물을 참이었다. 어쩌면 그렇게 함으로써 소설의 내용과 자신의 현실 간의 묘한 우연의 일치들이 설명될 수 있을 것이다.

그러나 엔리께는 알바로 빠라다라는 이름을 들어본 적이 없었다. "그 사람이 누구죠?" 그날 밤 돈 알폰쏘가 지나가는 말로 그 저자를 거론하자 아들은 물었다. "뭣하는 사람이에요?"

"글쓰는 사람인 것 같은데." 돈 알폰쏘는 갑자기 불편해하면서 대답했다.

"아빠, 작가라면, 아빠 전공이겠네요. 누가 그 친구 이야기를 하던가요?"

돈 알폰쏘는 아무 말도 하지 않았다. 그는 아들을 의심스럽게 쳐다보았다. 이 애가 진실을 말하는 걸까? 아니면 실제로는 전복을 기도하는 소설을 쓴 이 저자를 알고 있는 걸까? 엔리께가 언젠가 자기 아버지의 인생과 성격에 관하여 이 작가에게 이야기를 해서 이 일화가 의식적으로 혹은 무의식적으로 이 사람의 소설에 들어가게 된 것일까? 호쎄 꼬르도바의 아들 에르네스또는 속임수의 대가였다. 엔리께도 그렇지 않을까?

"엔리께, 내게 사실대로 말하고 있는 거지?"

그가 여러 해 동안 하지 않던 질문이었다.

"아빠는!" 엔리께가 항의했다.

그러나 엔리께의 목소리 울림에는, 잽싸게 부정하는 그 몸짓에는, 갑자기 뺨을 붉히는 데는 뭔가 그의 아버지를 심란하게 만드는 것이 있었다. 그는 자기 앞에 선 사람이 자기 아들이 아니라 가면을 쓴 전혀 낯선 사람인 듯하여, 현기증을 느꼈다. 그는 불현듯 말했다.

"너 어떤 일에 관련되어 있지, 그렇지? 관련돼 있어."

"어떤 일이라뇨? 무슨 말씀을 하는지 모르겠어요."

"어떤 일이란 정치를 말하는 거야. 순진한 척하지 마. 난 네가 바보같이 처신해서 의사로서의 앞날을 망칠 작정이라는 걸 알 수 있어. 이번에는 무슨 일이야? 무슨 못된 짓을 하고 있는 거야?"

엔리께는 어릴 적에 자기 말을 믿어주기를 바랄 때면 항상 그랬듯이 깊이 숨을 들이마시면서 눈을 크게 떴다. "대체 무슨 일인지 말씀해주실래요? 그 질문은 아빠가 금방 말한 그 작가와 관련이 있는 건가요?"

물론 엔리께는 소설 속의 꼬르도바의 아들처럼 뭔가를 꾸미고 있었다. 돈 알폰쏘는 확신했다. 그의 아들은 현정권의 충복인 그에게 비밀을 털어놓지 않을 것이다. 그는 엔리께가 그런 활동을 하지 못하게 말리고, 학위를 마칠 때까지 졸업장을 손에 쥘 때까지 기다리라고 당부하고 싶었다. 그는 아들에게 이렇게 말해줄까 생각했다. 무슨 일이 일어나도 아버지는 믿을 만하다는 것을, 비록 자신이 폭력적인 활동이나 그에 수반되는 위험에 대해서는 찬성하지 않지만, 설령 고된 시절이 온다 해도 아버지의 방문은 항상 그에게 열려 있을 거라고, 그렇지만 정권에 적대적인 사람들이 모두 한결같지만은 않은 것도 사실이기 때문에 항상 조심하고 친구를 잘 선택해야 된다고⋯⋯

그는 바로 거기서 생각의 가닥을 끊었다. 이런 생각의 편린들 하나하나가 모두 감상적인 통속극이라고 할 수 있고, 게다가 이제까지는 그런 성급한 결론을 내릴 만한 현실적인 근거가 전혀 없었다. 무심하던 가운데서 의심을 자아내고 문제를 일으켜 그의 속을 뒤집어놓은 것은 저 빌어먹을 책이었다. 바로 그렇기 때문에 이런 책들은 금지되어야 하는 거다. 그 책을 오늘 아침에 끝냈더라면 지금쯤은, 오후 내내 그런 것처럼 그것이 온갖 암시와 문제를 일으키면서 그의 뇌리에 맴돌지는 않을 텐데.

"얘야, 아무 관련도 없단다. 이런 터무니없는 소리를 늘어놓은 것을 용서해라. 내가 이런 적이 별로 없다는 것은 너도 인정할 테지. 그냥 오늘따라 유난히 피곤한 것 같구나."

"독서를 너무 많이 하셔서 그런가요?" 아이러닉한 대답이 나왔다. "설마 돈 끼호떼로 돌변하시는 것은 아니겠죠?"

돈 알폰쏘는 아들에게 잘 자라고 인사하고 잠자리에 들었다.

다음날 그는 언제 깨어났는지는 정확히 기억할 수 없었지만 서기 8000년의 끝없는 미로 같은 복도에서 길을 잃은 호쎄 꼬르도바에 관한 꿈(그 사람은 자기와 같은 얼굴이었으나 알폰쏘 자신은 아니었다)을 꾸었다는 느낌이 들었다. 깨어서도 여전히 남아 있는 것이라고는 어느 시점에서 그 끝없는 홀을 따라 굳게 닫힌 채 늘어선 문들 중의 하나 앞에 서서 분명 어떤 결심을 했다는 것뿐이었다. 왜냐하면 깨어나자마자 그가 한 일은 자리에서 일어나서 『변모』의 작가 주소를 적어두었는지를 확인하려고 수첩을 살펴본 것이었으니까. 그는 이 알바로 빠라다라는 작가를 만나러 갈 것이고, 그러면 그 작가가 자신과 쌍둥이 같은 그 인물을 어떻게 생각해냈는지 알아내는 것은 어렵지 않을 것이다. 심지어 엔리께에 대한 의심이 정당한 것인지도 어쩌면 알 수 있을 것이다. 그러면 소설의 나머지 부분이 어떤지 알려고 굳이 월요일까지 기다릴 필요가 없을 것이다. 관료적인 호쎄 꼬르도바가 그의 아들에게 한 대답을 그 소설가의 육성으로 직접 듣는 것도 재미있을 것이다.

"그렇다면 더더욱 그자를 찾아가야지." 돈 알폰쏘는 면도를 하면서, 소설 속의 호쎄 꼬르도바라면 생판 모르는 사람의 사생활을 감히 침해했을지 자문하면서 혼자 중얼거렸다. "말도 안되지." 그는 이렇게 덧붙였고, 거울에 비친 자기 모습이 자신을 향해 미소짓고 있음을 보았다. "그 친구가 어떻게 하든 내가 무슨 상관이야?"

그가 주소지에 도달하는 데는 족히 한시간 반이나 걸렸다. 그는 한번도 이 동네에 온 적이 없었다. 초라한 옷차림을 한 아이가 그에게 진창이 된 골목길 쪽을 가리켰는데, 그 골목 끝에는 남루한 아파트 한 동이 서 있었다. 그는 5층까지 올라가 숨을 돌리려고 잠시 서 있었다. 왠지는 알 수 없지만, 그는 즉시 초인종을 울리지 않고 문에다 귀를 대어보기로 했다. 정말 새떼 같은 아이들의 고함소리 너머로 불규칙하게 탁탁거리는 타자기 소리를 들을 수 있었다.

초인종이 작동하지 않아, 그는 문을 두드렸다.

한 여인이 문을 열었다. 한때는 분명 매력적이었을 여인이었다. 그녀는 앞치마에 손을 닦고 있었다. 그녀 뒤에서 수수하지만 깨끗한 옷을 입은, 눈이 동그래진 세 명의 아이들이 몰래 내다보았다. 타자기의 소음이 그쳤다. 여인이 말문을 열자 그는 그 목소리에 깊은 피로감이 담겨 있음을 알았다.

"그이는 여기 없어요." 그녀는 짤막하게 말했다. "그이를 보러 오셨죠, 그렇죠?"

돈 알폰쏘는 문득 떠오르는 직관을 바탕으로 즉흥적으로 꾸며댔다.

"부인, 나는 외상값을 받으러 온 사람이 아닙니다. 오히려, 서로 이익이 될 수 있는 문제에 관해 당신 남편과 이야기하러 온 사람입니다."

그녀는 망설였다. 그녀는 문을 두드린 사람을 종종 즉석에서 판단해야 하는 사람만이 터득한 깊은 지혜를 갖고 있었다. 그녀가 한번 힐끗 쳐다보았건만 돈 알폰쏘는 그녀의 눈이 그의 뼛속까지 꿰뚫어보는 것을 느꼈다. 다음 순간 그녀는 바닥을 응시했다.

"그이는 집에 없어요." 그녀가 마침내 또렷이 말했다. "원한다면 이름을 남기시죠, 그러면 그이가 돌아와 댁에게 전화할 겁니다."

"난 출판업잡니다." 돈 알폰쏘가 선언했다. "베르간떼의 친구죠. 걱정할 것 없어요."

그녀는 여전히 그를 믿지 않았고 뭔가 앞뒤가 맞지 않는다고 확신했지만 그럼에도 베르간떼의 친구한테 문제를 일으킬 처지는 못 되었다. 돈 알폰쏘는 갑자기 낭패감을 느꼈으나 이제 와서 물러서기에는 너무 늦었다.

"들어오세요." 여인은 이렇게 말하고 문을 열었다. 그녀의 엄한 표정이 누그러졌다. 마치 그녀가 경비견의 역할을 집어치우고 나니 그녀 내부에서 젊음의 샘물 같은 것이 치솟는 듯했다. "들어오세요." 그녀가 되풀이해서 말했다. "그이는 저기서 여느 때처럼 글을 쓰고 있어요…… 이런 일 이해하시겠죠……"

"부인, 물론입니다. 설명하실 필요가 없죠. 오히려 아무 예고도 없이 사생활을 침해해서 용서를 구해야 할 사람은 접니다만 이 집에 전화가……" 그리고 그는 하던 말을 중단했다. 그녀는 자기 집에 전화가 없다는 것을 너무 잘 알고 있었다. 왜 그녀에게 그걸 상기시켜야 하나? 다시 한번 돈 알폰쏘는 자기가 무슨 바람이 들었는지, 여기서 대체 무슨 일을 하고 있는지 자문했다. 그는 당혹감을 감추기 위해 헛기침을 했다. "오, 아니, 아니, 좋습니다. 더할 나위 없이 좋습니다."

아파트는 더럽지는 않았지만 작았다. 여인이 아파트를 조금씩 정리하고 장식했음이 분명했다. 세 아이들의 침실로 쓰는 듯한 방에는 잠자리가 이미 개켜져 있었으나 장난감은 방바닥 여기저기에 흩어져 있었다. 부모는 다른 큰방에서 잠을 자는 것이 분명한데, 그 방은 식당과 거실, 그리고——이런 집에서는 드물게도——서재를 겸하고 있었다. 알바로 빠라다는 혼돈 그 자체라고 할 만큼 어지러운 서류더미에 둘러싸여, 열렬한 기대감에 충만한 손가락 끝을 고색창연한 레밍턴 타자기에 올려놓은 채 탁자에 앉아 있었으나, 바라지 않던 방문객에게 자신의 존재를 드러내지 않으려고 타자키는 건드리지 않는 것이 분명했다.

그는 돈 알폰쏘를 보고는 일어서서 맞이하기는커녕 "잠깐만요!" 하고 소리친 후, 문 두드리는 소리를 들었을 때 막 쓰고 있던 문장에 겁나게 달려들었다. "잠깐만요, 잠깐만요." 그는 계속 중얼거리면서 반쯤 채워진 페이지에 온 정신을 집중했다. 그러고는 마치 피아노를 치듯 혹은 타자기와 사랑을 나누듯, 돈 알폰쏘나 가족들의 존재도 완전히 잊어버린 채 타자기에만 몰두했다.

"제가 방해가 된다면……" 돈 알폰쏘는 과감히 말문을 텄지만 그의 조바심은 사라지고 없었다. 그는 그 남자가 놀랄 만한 격정에 완전히 사로잡혀 저토록 헌신적이고 열정적으로 일하는 모습을 여인과 아이들 옆에 서서 지켜보면서 묘하게도 기분이 좋았다. 마치 죽음같이 싸늘한 겨울날 버스에 올라탄 느낌이었다. 버스 안은 따뜻한데 밖의 거리에는 비가 오고 내려야 할 정거장을 지나치고 싶은 느낌, 아니 영원히 내리고 싶지 않은 느낌이었다. 버스의 움직임에 몸을 맡긴 채, 자신이 다른 사람의 수중에, 어디로 그리고 왜 가야 하는지를 알고 있는 사람의 수중에 있다는 감각에 몸을 내맡긴 채 그냥 졸음에 빠지고 싶은 느낌이었다.

여인은 그렇게 행복한 것 같지는 않았다.

"여보," 그녀가 그의 일을 중단시켰다. "이 신사분이……"

"에르네스또입니다." 돈 알폰쏘는 제일 먼저 떠오르는 이름을 택해 서둘러 설명했다. "에르네스또 가시뚜아입니다만, 상관하지 마십시오……"

여인은 굳세고 단호한 어조로 말을 이었다.

"에르네스또씨는 출판업자신데…… 중요한 일에 관해서 당신과 이야기를 나누고 싶대요. 당신 책에 관해서 말이에요."

"잠깐만." 그는 원고에서 눈을 떼지 않은 채 말했다. "지금 장례 장면이야. 딱 일분만. 거의 다 끝나가요."

"미안합니다." 돈 알폰쏘가 강조했다. "나중에 다시 찾아올 수도 있습니다."

"다름이 아니라 오늘이 토요일이라서 그래요." 마치 그것으로 모든 것이 설명된다는 듯이 그녀가 말했다. "좀 앉으시지 않겠어요? 커피를 드릴까요?"

"아니 부인, 괜찮습니다, 감사합니다만." 돈 알폰쏘는 너무 빨리 대답하였고, 그 즉시 부끄러움을 느꼈다. 왜냐하면 그들한테는 분명 커피가 거의 없을 것이며, 아마 커피가 있어도 그들 스스로는 감히 먹을 수 없는 사치품이라는 사실을 고려한 답변이라고 그녀가 생각할 것이기 때문이었다. "예, 좋지요. 커피를 주시면 참 좋겠습니다." 그는 고쳐 말했다.

"오늘은 토요일이에요." 그녀가 강조했다. "그이는 일주일 내내 일을 해요. 그런데, 토요일에는 할아버지가 외출하시니까 좀더 평온하고 조용하죠. 그리고 사실은 저로서도 토요일에야 그이의 원고를 읽을 수 있는 여유가 생기구요."

그 남자는 탁자에서 벌떡 일어났다. "다 됐소." 남자는 그와 악수를 하고는 참하게 고쳐놓은 오래된 팔걸이의자에 앉았다. "어떤 생각을 완전히 마무리해놓지 않으면 사라지고 만다는 것을 이해하시죠. 단어들이란 무자비하죠."

"그럼 인물들은요?" 돈 알폰쏘는 왼쪽 귀를 긁고 싶은 욕구를 억누르면서 물었다.

"인물들은 더하지요." 그 남자가 말했다. "인물들은 용서하는 법이 없죠. 바로 조금 전만 해도 공동묘지의 한 장면과 거기 묻히는 사람의 아들이 태어나는 장면을 섞으려고 했죠. 내가 마땅히 써야 하는 방식으로 쓰지 않으면, 그 친구가 무덤에서 일어나서 유령처럼 나를 따라다닐 거요. 자유를 주지 않으면 인물들은 끔찍하게 나오는 법이지요."

돈 알폰쏘는 화제를 바꿨다. 그는 이처럼 성가시게 불쑥 찾아온 데 대해서 중얼중얼 사과를 늘어놓았다.

"천만의 말씀이에요. 출판업자라고 하셨죠. 가시뚜아. 에르네스또 가시뚜아라고요. 사실은 출판업계에서 그런 이름은 들어본 적이 없군요."

아이들 셋은 아버지가 레밍턴 타자기의 끔찍한 손아귀에서 벗어났음을 보고는 환희에 넘쳐 그에게 달려들었다. 그는 아이들에게 바깥에 나가서 놀든지 하라고 하지 않았다. 그는 힘들이지 않고 자신을 아이들이 타는 일종의 소형 롤러코스터로 둔갑시키고는, 어른들이 할 이야기가 있으니까 조용히 놀아야 한다고 말했다.

"나는 당분간 이름을 밝히고 싶지 않은 출판사의 대폽니다. 괜찮겠습니까?"

"내가 누구와 상대하는가를 알고 싶소."

"내가 믿을 만한 사람이라는 것을 보여주기 위해서," 돈 알폰쏘가 말했다. "당신 원고 『변모』의 일부를 읽었다고 말해두죠."

작가의 눈에서 불꽃이 번쩍 일었고, 마치 그의 피부 자체가 환해진 듯했다. "그걸 읽으셨다구요? 어떻게 생각하세요?"

돈 알폰쏘는 자신의 확고한 판단을 밝히지 않을 이유가 없었다. "경탄할 만해요…… 하지만 출판하기는 어려울 것 같군요. 요즘 상황이 어떤지 아시죠……"

상대는 매우 차분하게 대답했다. "상황이야 잘 알고 있소. 물론 장차 달라지기는 하겠지만 그전에는…… 놀라운 일이 아니지요. 검열관들이 그걸 그냥 통과시켜주기는 만무하겠죠."

"아," 돈 알폰쏘는 말했다. "그렇다면 우리 친구 베르간떼가 당신한테 벌써 언질을 주었군요?"

"까를로스 베르간떼를 아십니까?"

그 순간 여인이 커피와 잔 두 개를 가지고 들어오면서 끼여들었다.

"그 때문에 이 신사분을 들어오시라 청했어요…… 베르간떼씨의 추천을 받고 오셨대요."

돈 알폰쏘는 긴장했다. "글쎄요, 추천이라고는 할 수 없지요. 출판 업계에서는 서로들 잘 알거든요. 어쨌든, 그 사람한테 내가 방문했었다는 말은 하지 않으면 좋겠습니다."

작가는 네스카페 두 스푼과 설탕 한 스푼을 잔에 넣고는 알폰쏘씨에게 설탕그릇을 건넸다. "베르간떼 말이 전혀 가망이 없다고 하더군요. 교황이라 불리는 작자, 그 작자는 실수가 없다고 하는데, 그 작자한테 그걸 부쳤는데, 그자가 전혀 희망을 내비치지 않았다는군요."

"그렇게 말하던가요? 글쎄요, 틀림없이 다른 책들도 쓰셨겠지요…… 어쩌면…… 우리 출판사에서 그 책들에 관심이 있을지 모르지요.”

여인은 의자 하나를 남편의 의자 곁으로 바싹 끌어왔다. 그를 면밀히 살피고 아래위로 재어보고 그가 누군지, 왜 여기에 왔는지, 그의 의도가 무엇인지를 알아내려고 하는 그 눈초리를 돈 알폰쏘는 다시 느꼈다.

“에르네스또씨,” 작가가 말했다. “난 당신한테 하나도 숨김 없이 털어놓고 싶소. 에르네스또씨, 난 의리를 지키는 사람이오. 까를로스가 나 때문에 위태로운 상황에 뛰어들었고 동료들과의 논쟁에서 내 편을 들어주었어요. 그는 나를 처음으로 지지해준 사람입니다.”

“사심없이 그랬을까요?” 돈 알폰쏘가 물었다. “아니면 정세가 풀리는 것을, 정권의 탄압이 느슨해지는 것을 감지한 까닭일까요?”

“그가 왜 그랬는지는 사실 상관하지 않소. 난 사람들을 그들의 생각이 아니라 그들의 행동에 따라 판단하게 되었어요. 그가 내 작품의 출판을 바라고 할 말을 할 수 있는 내 권리를 위해 싸우는 한 그에 대한 의리를 지킬 테요.”

“젊은 양반,” 돈 알폰쏘는 냉담하게 대답했다. “당신은 아직 한 작품도 발표하지 못했는데, 벌써부터 전집을 계획하고 있소. 좀 주제넘다고 여겨지지 않소?”

“이 빌어먹을 정부만 없다면!” 그의 말이 갑자기 격렬해졌고, 아내가 얼굴을 찌푸렸음에도 불구하고 그는 말을 계속 이어나갔다. 그의 아내는 그럼에도 불구하고 돈 알폰쏘의 얼굴에서 뚫어져라 바라보는 눈초리를 떼지 않고 있었다. “그래, 이건 똥덩어리 같은 정부라구, 에르네스또씨도 나와 동감일 거요. 그렇지 않으면 여기 있지도 않을 테니까. 그렇게 생각하는 사람은 비단 에르네스또씨뿐만이 아녜요. 전국민이 똑같은 식으로 느낀다구. 더이상 참기 힘든 수위까지 올라와 있어. 이 정부는 정말 거대한 똥덩어리라구, 안 그렇소?"

돈 알폰쏘는 한순간도 주저하지 않고 동의했다. 사실, 이 정부는 상상할 수 없을 만큼 최악이었다. 이전에 한번도 만난 적이 없고 앞으로도 다시는 만나지 않을 사람들 앞에서, 자기 아들 또래의 사람들 앞에서, 그토록 오랜 세월 만에, 그토록 오랜 세월 만에 처음으로, 이런 식으로, 이렇게 간단히 그 사실을 긍정하고 나니 사실상 그가 오래 전부터 그 사실을 온몸으로 알고 있었다는 것이 분명해졌다. 기원을 상상할 수도 없는 불가해한 상(像) 하나가 그의 뇌리에 떠올랐다. 이런 식으로 긍정하는 것은, 거울에는 나타나지 않으나 태어난 이후 줄곧 자신을 드러낼 한 순간의 빛을 기다리고 있던 또하나의 자기 존재를 인정하는 것과 같았다. 그렇다. 이 정부는 정확히 알바로 빠라다가 묘사한 그대로였다.

"게다가 똥덩어리는 영원하지 않소. 어느 누구도 똥덩어리가 영원하다거나 바꿀 수 없다고 내게 설득할 수 없어요. 언젠가는…… 조만간에 내 책들이 나올 거요."

그의 아내가 끼여들어 돈 알폰쏘가 분명히해두려던 말을 했다. "하지만 책들이 더 빨리 나오는 게 낫지 않아요, 그렇죠?"

작가는 미소를 지었다. 그는 아내의 손을 쥐었다. "물론이지. 그건 두말하면 잔소리지. 이 정부가 무너지는 게 나은 것과 마찬가지라구. 상황은 그래. 근데 어쩌란 말이야?"

돈 알폰쏘는 애써 여인의 눈길을 무시하면서 다음에 무슨 말을 할까 고심했다. 그는 가발을 쓰고 위장한 상태로 현장에서 붙잡힌 듯한 느낌이었다.

"나 역시, 선생한테 완전히 까놓고 정직하게 말하겠소." 그가 힘차게 말했다. 여인의 입술에 가벼운 미소가 흘렀다. "당신은 재능있는 사람이오. 베르간떼는 그 사실을 알고 있고, 그보다 덜 용감한 사람 몇몇도 알고 있으며, 나도 알고 있소…… 문제는 당신이 이 나라의 일반대중도 그 사실을 알기 바라는가 하는 것이오."

"그보다 더 바랄 게 어디 있겠소." 그가 열정적으로 대답했다.

"다른 어떤 것보다?" 그의 아내가 물었다. "어떤 것보다 말이에요?"

"그게 내가 가장 바라는 거야." 작가가 말했다.

"그렇다면 이건 전술의 문제요." 돈 알폰쏘가 이어 말했다. "당신이 정치적인 내용을 조금만 가볍게 고치면…… 아니, 아니, 잠깐만. 그걸 완전히 빼라는 말이 아니라 그저 약간만 더 가볍게 하라는 말이오. 책을 출판하여 좀 성공을 거두고 난 후에, 그때는…… 내 말이 무슨 뜻인지 아신다면…… 말하자면 좀더 직접적인 작품들의 출판 수락을 받는 것도 더 쉬워질 거요."

작가가 일어섰다. 그는 마치 아내가 자신의 말문을 막으려고 시도라도 한 양 아내의 손을 놓았다.

"까를로스가 이 사람 배후에 있어! 악당 같으니! 이제 모두 명백해졌군. 전에도 똑같은 짓을 시도한 적이 있지. 하지만 자기 친구를 위장시켜 배역을 맡길 정도까지는 아니었어."

"선생, 지금 선생은 나를 모욕하고 있소." 돈 알폰쏘 역시 벌떡 일어서며 대꾸했다.

"그가 당신을 보냈건 아니건 사실상 난 개의치 않소. 이미 베르간떼한테 말했고 지금 당신한테도 말하겠소. 난 쉼표나 쎄미콜론 하나도, 그 어느 하나도…… 아무것도 빼지 않겠소." 돈 알폰쏘가 자신의 결백을 재차 항변하려는 것을 보고 작가는 서둘러 말했다. "화를 낸 것은 용서하세요. 신중함, 분별력, 배려심. 다 좋습니다. 우리가 살아남는 법을 배웠다면 그것은 매일 매순간 혀를 깨물고 참았기 때문입니다. 게임의 규칙에 따라 일한다는 것. 좋습니다. 써봤자 검열당하고 고작 정부의 부아나 긁거나 아니면 정부가 얼마나 나쁜지 입증이나 할 뿐인데 무슨 소용이 있겠느냐 말이죠…… 이건 한계의 문제, 그뿐입니다."

그는 말을 멈추고는 당황해하면서 적절한 말을 찾으려 애썼다. 돈 알폰쏘는 그 짬을 이용하여 놀랍게도 아직 자신의 손에 쥐어져 있는 빈 커피잔을 내려놓았다.

"한계라구요?" 그가 물었다. 침묵이 계속 이어지자 그는 달리 무슨 말을 해야 할지, 어떤 행동을 해야 할지 몰랐기 때문이다.

아이들이 놀다 말고는 셋이 모두 줄지어 앉아서 아버지를 지켜보았다.

"가시뚜아씨…… 내 소설에 나오는 대목을 써서 내 입장을 설명하겠습니다. 끝날 때쯤 해서 그들이…… 에르네스또를, 당신 이름과 같은 호쎄 꼬르도바의 아들을 고문하는 장면을 기억하십니까? 그 부분 기억하십니까?"

"뭐라구요? 그애가 잡혔단 말이오? 거기까진 읽지 못했소."

"그는 레지스땅스에 가담하지 않은 척해야만 합니다. 십중팔구 실제로 그렇듯이 그는 그자들이 자신의 실제적인 혁명활동에 관해서는 모르고 있다고 추정하는 거죠…… 그들한테 자신이 비정치적이며 신념이라곤 전혀 없는 회의론자 같은 사람임을 납득시켜야만 하는 겁니다. 그러나 그럼에도 불구하고 그는 자신의 존엄성을 희생할 수는 없습니다. 제 말 아시겠습니까? 그들에게 아첨하면서 그들과 동감인 척할 수는 없다는 거죠. 저 무자비한 그림자들이 자신의 생사를 결정할 힘이 있고 그렇기에 그는 그들에게 자신이 아는 모든 것을 숨겨야 하는데, 기억하시겠지만 그건 결코 만만찮은 일이죠. 그는 그들에게 거짓말을 하고 그들을 속이고 헷갈리게 할 작정이지만 자신의 인간적 존엄성은 잃지 않으려는 것이죠. 여기엔 어떤 한계가 있는데, 그는 이 한계를 넘어설 수 없음을 아는 거죠. 그가 자신 안에 갖고 있는 것을 잃어버린다면, 자신의 고통 속 저 깊은 밑바닥에 있다는 것을 알고 있는 저 불의 벽을 희생한다면, 그때는 그들이 정말 그를 망가뜨린 거예요. 그가 설령 한마디도 불지 않아도 그를 망가뜨린 것이죠. 왜냐하면 그 순간부터 그는 자신의 그 부분을 잃어버렸다는 사실을 견뎌내기 위해 평생 자신에게 거짓말을 해야 할 테니까요. 이게 바로 내가 이야기하는 한계입니다. 이것이야말로 내 관심을 끄는 유일한 것이죠. 이것이 내가 글을 쓰는 이유이고 우리가 이렇게 있는 이유이며, 그래요…… 당신이 여기서 우리를 보게 된 연유이기도 하죠. 당신이 바라는 것이 무엇이건 그것이 나를 이 진실에 묶어두지 않는다면 난 침묵을 지킬 거요. 그리고 내가 천년을 기다려야 한다는 얘기라면, 그때는 천년을 기다릴 거고 결코 안된다는 얘기라면 결코 안되는 것이겠죠."

"그렇다면 이 모든 것이 아무 소용이 없단 말이오?" 돈 알폰쏘는 저 비참한 아파트, 저 아이들, 그의 아내의 피곤한 얼굴 위로 새어나오는 그 말들을 내뱉는 자신의 목소리를 들었다.

"미안하지만, 에르네스또씨," 그가 말했다. "당신은 하나도 이해하지 못했군요. 소설을 참조하시죠. 호쎄 꼬르도바에게 무슨 일이 일어나는지 기억하……"

돈 알폰쏘는 얼굴을 붉히지 않을 수 없었으나, 여인의 눈길에 실린 무게를 느끼면서 왼쪽 귀를 긁는 짓은 겨우 참을 수 있었다.

"호쎄 꼬르도바에게 무슨 일이 일어납니까?" 그는 자기 목소리가 떨리는 것을 애써 숨기며 말했다. "원고를 다 읽지 못했소."

"에르네스또씨, 그건 밝힐 수 없소. 우리 글쟁이들의 황금률을 아시죠. 책이 나오면 사봐라. 그러면 알 겁니다."

"당신 자신이 시사한 대로 천년을 기다려야 한다면 어떡합니까?"

"그건 당신한테 달려 있죠." 빠라다 부인이 느닷없이 말했다.

돈 알폰쏘는 놀라고 겁이 났다. "저한테 달려 있다니요? 왜 그게 저한테 달려 있습니까?"

"우리 모두한테 달려 있지요." 알바로 빠라다가 말했다. "그게 아내의 말뜻이죠. 위험을 무릅쓰면서까지 이 작품을 출판하고 싶지 않다고 해서 당신 출판사를 비난하는 것은 아니오. 출판되느냐 아니냐는 이 작품에, 나한테, 당신한테, 이 나라의 시민 하나하나한테 달려 있어요. 자그마한 노력 하나하나가 정부를 무너뜨립니다. 어쩌면 당신은 5백년 후면 내 책을 읽을 수 있을 겁니다."

"아니면 내년에." 그의 아내가 덧붙였다. "아니, 모레라도 읽을 수 있죠."

"이젠 정말 가야겠소." 돈 알폰쏘가 말했다. "부인, 커피 고마웠어요."

그녀는 마치 꿈에서 막 깨어나는 듯 머리를 흔들었다. 그녀는 몇차

례 눈을 끔벅이고 그를 뚫어지게 응시하더니 시선을 떨구었다. 그 순
간 돈 알폰쏘는 그녀가 자인(自認)하고 싶지 않은 무엇인가에 근접했
다는 사실을 깨달았다.

바로 그때 작가가 덧붙였다. "에르네스또씨, 우리가 전에 만난 적
이 없다는 것이 확실합니까? 내 말은, 만난 적이 없다는 것은 알고
있습니다만 당신 얼굴이 너무나…… 모르겠습니다…… 어쩐지 너무
나 친숙해서……" 그는 말을 맺지 못했다.

"가야겠소." 돈 알폰쏘는 급히 되풀이해서 말했다. "전 이미 당신
토요일을 방해했고, 그것만 해도 용서할 수 없는 짓이죠."

"저 아이는 어쨌든 태어날 겁니다." 빠라다가 탁자와 타자기 쪽을
가리키며 말했다. "탄생을 미루는 것이 좋은 일은 아니지만, 모든 것
은 때가 되면 이뤄지기 마련이죠."

돈 알폰쏘는 여인의 얼굴을 외면하려고 애썼다. 그는 그녀의 눈 역
시 그를 계속 피하고 있다는 것을 알고 있었다. "당신 소설이 나오면
두번째 소설을 우리 출판사에서 출판할 의향이 있는지 당신한테 연
락하겠소."

돈 알폰쏘는 처음에는 작가에게, 그 다음엔 그의 부인에게 손을 내
밀었다.

여인은 여전히 아이들을 지켜보고 있었다. "행운을 빕니다." 그녀
가 말했다. 그녀의 말투는 한마디 한마디를 씹는 듯 더듬거렸고 숨가
빴다. "당신과 당신 가족들의 행운을 빕니다. 잘되길 바랍니다."

"우리 모두의 행운을 빕니다." 작가는 농담을 했으나 돈 알폰쏘는
잠시라도 더 있고 싶지 않아 작별을 고했다. 아이들은 어머니한테 가
볍게 떠밀려서 아래층까지 그를 배웅하였고, 그가 마지막으로 그 건

물을 돌아보았을 때 그들은 저 멀리 골목 끝에서 아직도 그를 지켜보고 있었다. 그들은 모두 하나같이 손을 흔들어 작별인사를 했는데, 마치 그가 한쪽 다리를 약간 끌면서 영원히 떠나가는 어떤 친척이라도 되는 것 같았다. "아저씨한테 작별인사 해야지." 그녀가 말했다. "에르네스또 아저씨한테 작별인사 해야지."

월요일 돈 알폰쏘는 느지막한 아침에 사무실에 도착했다. 그는 치과의사와 진료약속을 했기 때문에 이미 두달 전에 늦게 출근해도 된다는 허락을 받아두었다. 이를 뽑고 난 후에 찾아오는, 마치 안개 속에서 떠다니는 듯한 비현실감을 느끼며 그는 승강기를 타고 사무실이 있는 층으로 갔다.

도착하자마자 그가 알아챈 것은 그 원고가 없어졌다는 것이었다.

"『변모』 말씀이세요?" 비서가 꿈꾸듯 중얼거렸다. 아, 그렇지요. 까를로스 베르간떼가 아침 일찍 들러서 원고를 가져갔어요. 메씨지를 남겼냐구요? 뭐 특별한 것은 없고요. 그냥 검열관님께 고맙다며 나중에 전화를 하겠대요.

돈 알폰쏘는 출판사의 전화번호를 돌렸다.

"베르간떼? 이봐, 원고를 가져가는 법이 어딨어? 오늘까지 내 결정을 미룬다고 하지 않았던가?"

베르간떼는 사과했다. 그는 더이상 시간을 낭비하고 싶지 않았던 것이다. 그들 모두에게 모든 것이 더할 나위 없이 분명해졌다, 검열관의 왕이자 최종결정권자인 돈 알폰쏘가, 저 노련한 독수리 눈이 몸소 문제가 있다고 확인하는 순간 그 책은 완전말살의 형을 선고받았다, 게임의 규칙을 따르는 법을 알지 못하면 재능이 있어봤자 소용이 없다…… 걱정 말라고 했다. 다음 주 초 그에게 원고 한 부를 다시 부쳐주겠다는 것이었다.

돈 알폰쏘는 자신의 목소리를 인식하지 못했다. 그는 다른 누군가가 자신이 하려는 말을 내뱉고 있는 듯, 마치 녹음 테이프의 목소리를 들으면서 그것이 자기 목소리인 줄 깨닫지 못하는 듯, 단어 하나하나에 귀를 기울였다.

"베르간떼, 자네 잘못 생각한 거야." 그 목소리가 말하고 있었다. "자네의 잘못된 견해를 깨우쳐주기 위해서라도 그 책이 출판되어야 한다는 것이 나의 공식적인 판단임을 지금 분명히 말하는 바일세."

전화받는 쪽에서 완전한 침묵이 흘렀다.

"돈 알폰쏘, 자넨 보통 농담을 하지 않지. 이번이 첫 농담이 아니길 바라네."

그는 한구절 한구절을 마치 싱싱한 과일 고르듯 골라 조심스레 대답했다.

"이건 농담할 일이 아니야. 베르간떼, 자네도 아다시피, 이건 결정할 때마다 일자리를 거는 일이잖아."

"그냥 일자리만이 아니지." 베르간떼가 대답했다. "모가지를 거는 거지."

"바로 그렇네." 돈 알폰쏘가 또렷한 목소리로 말했다.

"근데, 책이 나오면 누가 그 책을 인가할 건가?" 출판업자가 물었다.

"나한테 직접 보내게. 검열에 통과하도록 조치하겠네."

상대방 역시 돈 알폰쏘의 목소리를 알아채지 못한 것처럼 또 한차례 침묵이 흘렀다.

"이건 약속인가?"

"나는 지키지도 않을 약속을 하는 사람이 아니야."

"자네가 나한테 이런 말을 하다니 믿을 수 없네. 이 나라에서 말이지."

석달 후에 인쇄된 책이 그의 책상에 당도했다. 돈 알폰쏘는 그것을 읽어보려는 노력을 전혀 하지 않았다. 심지어 책장도 펴보지 않았다. 그는 상단에 **무조건적인 인가**라고 적혀 있는 종이 한 장을 꺼내어 주저없이 서명했다. 그는 즉시 베르간떼에게 전화했다.

"난 약속을 지키는 사람일세." 그가 말했다. "이 책은 배본될 수 있네."

베르간떼는 바로 그날 오후부터 배본이 시작될 거라고 대답했다. 다음날 아침이면 이 책이 수도의 모든 책방에 깔릴 것이며, 그들은 또한 특별홍보활동을 시작하리라는 것이다. 자네한테 저자가 직접 서명한 책을 보내주기를 바라는가?

"아니야, 괜찮아." 돈 알폰쏘가 대답했다. "그럴 필요 없어. 내 대신 젊은 친구한테 축하해주게."

다음날 그는 사무실에 나가지 않았다. 그는 끈질기게 울려대는 전화벨 소리에 느지막이 깨어났다. 그는 전화벨이 자장가인 양 울리도록 내버려두고는 일어나서 주일날 스타일의 푸짐한 아침식사를 장만했다. 그는 창문을 활짝 열어 창백한 늦겨울 햇살이 들어오게 했다. 전화벨이 다시 울렸으나 돈 알폰쏘는 무시했다.

나중에 그는 걸어서 길모퉁이의 책방으로 갔다.

"뭘 도와드릴까요?"

"신간 서적 하나를 찾고 있소. 아마 아직까지 그 책을 구해놓지 않았겠지요."

점원은 득의만면한 미소를 지었다. "손님이 찾는 책이 뭔지 알고 있어요. 『변모』 아니에요?"

돈 알폰쏘의 눈에 놀라움이 서렸음이 분명했다.

"누구나 그 책을 사서 그래요." 점원이 그에게 일러주었다. "엊저녁에 스무 부 받았는데 지금은 두 부밖에 안 남았거든요. 상상이 됩니까. 두 부만 남다니. 이처럼 갑자기 성공하는 책은 본 적이 없어요. 누구나 다 이 책을 찾거든요."

"이렇게 성공하는 까닭이 뭐라고 생각하오?" 돈 알폰쏘가 점원이 건네주는 책을 마치 전에는 한번도 본 적이 없다는 듯이 받아들면서 물었다.

"아직 읽어보지 못했습니다. 하지만 책이 충격적이라고, 진짜 충격적이라고 들었어요. 사람들이 마구 사가는 걸 보면 분명 그럴 거예요."

"오, 정말이오? 그렇게 대단한 책인가요, 그래요?"

"저로서는 말할 수 없어요. 제 걸로 한 부 챙겨두었죠. 이미 집으로 부쳤어요. 이런 경우에는 아무도 알 수 없죠. 정부를 강하게 공격했다고 하던데. 이런 책이 도대체 어떻게 인가를 받았는지 아무도 이해하지 못해요."

"좋소." 돈 알폰쏘가 말했다. "그렇다면 한 부 더 주는 게 좋겠소. 남아 있는 마지막 두 부를 내가 사겠소."

"손님, 아주 현명하십니다." 점원이 말했다. "이런 경우는 언제라도 법의 심사를 받을 수 있고, 판사가 책 전체에 대한 압수처분을 내릴지 모르거든요. 하지만 이미 엎질러진 물이죠…… 선물용으로 포장해드릴까요?"

"아뇨, 괜찮소. 그냥 됐소."

책방을 떠나면서 돈 알폰쏘는 기동대 소속의 경찰 트럭이 맹렬한 속도로 다가오는 것을 보았다. 그는 브레이크를 끼익 밟는 소리, 문을 꽝 닫는 소리, 그리고 트럭에서 뛰어내려 책방으로 들어가는 경찰관들의 군홧발 소리를 들었을 때에도 뒤돌아보지 않고 차분히 집 쪽으로 계속 걸어갔다.

전화벨이 다시 울리고 있었다. 돈 알폰쏘는 이번에는 받았다.

"알폰쏘씨." 그의 비서의 목소리가 흥분해 있었다. "국장님께서 뵙자고 하십니다. 정보부장님께서 친히 여기 오셨어요. 하고많은 날 중에 하필 오늘 검열관님이 안 나오시다니. 국장님께서 말씀을 나누고 싶으시대요."

"오늘은 나가지 않겠다고 말해."

"잠깐만요. 국장님께 연결할 동안 잠시 기다리세요."

이번에는 돈 알폰쏘는 자신의 목소리에 놀라지 않았다. 그는 자신이 하려는 말을 하나하나 다 인지했다.

"그와 이야기할 수 없어." 돈 알폰쏘가 말했다. "난 할 일이 많아. 하루종일 바쁘다고 해."

답변을 기다리지 않고 그는 전화를 끊었다. 그런 다음 다시는 방해받지 않도록 수화기를 내려놓았다.

아주 차분하게 그는 두 책 중 하나를 집어들고는 그 유명한 검은색 볼펜으로 책의 겉표지에, 저자의 이름 바로 밑에 아들을 위한 서명을 했다. 그는 그것을 매우 용의주도하게 선물로 포장하여, 그의 아들이 그날 밤 돌아왔을 때 볼 수 있도록 침대에 놓아두러 갔다. 나중에, 그는 마음을 바꿔 그 책을 베개 밑에 찔러두었다.

그러고 나서야 그는 큰 창문 앞의 자신이 가장 좋아하는 팔걸이의
자에 가서 앉았다. 차가 브레이크를 밟거나 멈춰서더라도, 누군가가
문을 두드리더라도, 그들이 찾아오더라도 이 특별한 지점에서는 모
든 것을 볼 수 있을 것이다.
　그는 갑자기 급한 일에 몰린 듯한 느낌이 들었다.
　그는 책장을 폈으며, 다시는 길 쪽으로 눈을 돌릴 필요가 없음을
알고는 처음이자 마지막으로 돈 호쎄 꼬르도바의 최종 결정이 무엇
인지를 읽기 시작했다.

우리 집에 불났어

낯모르는 조카와 조카딸에게

"무당벌레야, 무당벌레야,
집으로 날아가렴.
네 집에 불났단다.
네 아이들이 불탈 거란다."
—『마더 구스』

"들어봐." 누이동생이 말한다. "적인 것 같아? 들어봐."

동생의 물음에 대답하지 않는 편이 낫다. 만약 적이라면, 이야기하고 있을 시간이 없다. 우리 둘 다 차 소리를 들었으니 그것으로 충분하다. 끼익 하는 소리와 함께 제동을 걸면서 차가 멈춰섰으니, 지금은 저기 집 앞 인도 옆에 시동을 켠 채 주차하고 있음에 틀림없다. 일단 숨고 그 질문들은 나중으로 미루자.

"아무도 우릴 볼 수 없어. 아무도 우릴 볼 수 없어." 동생이 노래한다. "여기 우리의 예쁜 작은 집에 있으면 아무도 우릴 볼 수 없어."

그렇다면야 얼마나 좋겠는가. 나는 의자를 가까이 가져온 다음 다리로 가만히 밀었다. 나는 동생이 내미는 담요 끝을 붙잡아 내 담요에 묶고는 담요 두장 모두를 바람에 부푼 돛처럼 팽팽하게 끌어당겨 의자 다리에다 단단히 맨다. 이제 우리는 집안으로 들어갈 수 있다. 동생이 무릎을 꿇고 안으로 기어들어간다. 나는 잽싸게 주위를 둘러보고 뒤따라 들어간다. 안에는 둘이 겨우 들어갈 공간이 있다. 나는 동생이 상황을 이해하기를 바란다. 그것이 가장 중요한 것이다. 말할 때 조심해야 하고, 속삭여야 해. 소리지르면 안돼. 성질부려도 안돼.

여느 때처럼 동생은 나를 무시한다. "됐어." 동생이 만족감으로 한숨을 쉬며 말한다. "안전하고 아늑해. 이제는 오빠가 게임을 고를 차례야."

동생이 이것을 그냥 게임이라고 생각하는 편이, 이것이 진짜 전쟁이며 이번에는 진짜로 심각하다는 것을 알아채지 않는 편이 나로서는 훨씬 쉽다. 동생이 어머니 흉내를 내고 나는 아버지가 되어, 우리는 적이 찾아오는 것에 대비하는 것이다. 엄마 아빠가 어젯밤 우리가 잠든 줄 알았을 때 그랬던 것처럼 우리는 모든 것을 점검하고 논의하는 거야, 알겠지?

동생이 담요의 접힌 부분을 창문인 양 걷어올리고 바깥을 내다본다. "난 도통 기억이 안 나." 동생이 말한다. "내가 엄마니까 당신과 애들한테 뭔가 먹을 것을 요리해주는 것이 좋겠어요. 이봐요, 뭔가 특별한 것을 만들어줄까요? 난 요리를 정말 잘 하거든요."

도대체 지금 요리를 시작하는 엄마가 어디 있나? 동생은 차 소리를, 적의 차 소리를 듣지 않았던가? 그들이 항상 궂은 날을 택하여 찾아온다는 것을 모른단 말인가? 아마 그들이 아버지인 나를 잡으러 오는 모양인데, 그런 일이 벌어지면 그녀는 요리를 할 수 없고 다른 일들을 해야 하는 것이다.

"아," 동생은 놀라운 활력으로 할말들을 주어섬기면서 대답한다. "내가 뭘 해야 할지 알아. 엄마는 누군가에게 알려야 하는 거야. 알릴 사람은…… 알릴 사람은……"

레안드로지. 나는 동생에게 그 이름을 되뇌도록 요구한다. 네가 다음 번에 그 이름을 기억하는지 두고보자. 레-안-드-로라구.

"레안드로. 난 레안드로에게 알릴 거예요." 동생이 말한다. 그러고는 덧붙인다. "오빠, 레안드로를 알아?"

우리는 둘 다 레안드로 아저씨를 알지 못한다. 동생도 모르고 나도 모른다. 후안 형은 아는데, 형이 그걸 내게 말해주었지만 누설하지 말라고 맹세를 시켰던 것이다. 그건 대단한 비밀이었다. 왜냐하면, 글쎄, 레안드로 아저씨는 당의 연락원이니까. 내가 비밀을 지키면 언젠가는 후안초 형이 나를 레안드로 아저씨에게 소개해줄 것이고 심지어는 당에 관해서도 설명해줄 것이다. 그러므로 나는 동생에게 아무 말도 하지 않을 것이다. 여자들이란 비밀을 지킬 줄 모르니까. 후안초 형도 그렇게 말했다. 침묵은 금이라고. 나는 그냥 레안드로 아저씨는 우리가 모르는 친구라고, 정말 멋진 친구라고, 태양처럼 눈부시고 고래처럼 크고 정원처럼 풍성하다고만 할 거다. 정말 끝내주게 멋있는 친구라고.

"레안드로 아저씨가 올 때는," 동생이 말한다. "아저씨는 날 사랑하니까 나한테 많은 선물을 가져올 거야."

바로 그때 담요들 중의 하나가 내려앉는다. 당연히 동생이 묶은 담요이다. 그럴 수밖에 없었다. 지붕에 광대 입만한 커다란 구멍이 생겼다. 이제 우리는 정말 서둘러서 집 고치는 일에 합심해야 한다. 적이 이 구멍을 이용하기 전에…… 가서 아빠 책을 몇 권 가져오렴, 아주 큰 책들로…… 물론 동생은 한없이 꾸물거리는데, 적이 지금 공격하기로 작정한다면 우리는 정말 끝장이다. 하지만 돌아오는 동생이 아기처럼 해맑은 모습으로 미소를 짓고 있어서 나는 아무 말도 하지 않는다. 말해봐야 무슨 소용이 있겠는가?

"오빠," 동생은 여전히 책들을 건네주지 않고 말한다. 필시 하루종일 시간이 있는 것으로 생각하는 거다. "저 차에서 누군가가 내렸어."

나는 동생을 심란하게 하지 않으려고 무심한 척하기로 한다. 무슨 찬데?

"적들의 차지. 실은 말이야, 창문으로 봤어. 난 정말 뛰어난 탐정이니까."

그런데 그들이 너를 보았다면 어떡하는가? 어떤 일이 벌어질 것인가? 그들이 너를 보았다면, 어떡할 텐가? 어서 책이나 건네주는 게 낫겠다고 말한다.

동생은 아주 조용히 집안으로 들어가 내 질문에 대답조차 하지 않는다. 그러고는 내가 책으로 담요를 고정시키는 동안 안에서 짤막한 노래를 흥얼거리기 시작한다. 나는 책들을 적절한 자리에 놓고 기어 들어간다. 무릎을 꼼꼼히 털고는 적들이 자기를 보았다고 생각하는지 묻는다. 그들이 너마저 실어가기로 하면 어떡할 건가? 엄마인 너를?

그러자 동생은 흥얼거리던 것을 멈추고, 그녀의 작은 눈에는 어두운 구름이 낀다. 동생은 머리를 좌우로 흔든다.

"그런 일은 절대로 일어나지 않을 거야." 동생이 말한다. "우리는 정말 잘 숨어 있는걸."

이런 귀여운 바보 같으니, 물론 그런 일은 일어나지 않아. 그렇게 걱정할 필요는 없어. 게다가, 엄마가 어젯밤에 말하기를 자기가 돌아올 때까지 후안초 형이 알아서 할 거라고 했어. 나는 그들이 엄마를 곧 풀어줄 거라고 확신해. 아빠도 그렇게 말했어.

"그들이 우리 엄마를 빼앗아가는 일은 결코 없을 거야." 동생은 목소리를 높이며 우긴다. "엄마를 우리의 작은 집으로 데려오면 그들은 엄마를 결코 찾을 수 없을 거야."

그래, 맞아. 하지만 지금은 제발 입 좀 다물어. 이건 그냥 게임이야. 우리는 게임을 하고 있는 거야. 그뿐이야.

"난 이 게임이 지겨워." 동생이 말한다. "오빠는 언제나 날 겁주는 게임을 골라."

어째서 나는 결코 겁먹지 않냐고? 아빠와 엄마가 우리들 이야기를 할 때조차도. 그때조차도.

"우리들 이야기라고?" 동생이 묻는다.

넌 어젯밤에 아빠와 엄마가 한 이야기도 기억하지 못하니?

"기억 못해." 동생이 멍청하게 웃으면서 대답한다. "난 잠들어버렸 거든."

엄마가 우리들에 관해 물었어. 그들이 애들까지 데려가기로 작정 한다면, 그들이 우리를 데려가기로 한다면 어떡하느냐고. 엄마가 전 에는 결코 그런 질문을 한 적이 없었어. 엄마는 너무나 조용히 속삭 이듯 그 질문을 했기 때문에 들리지도 않을 정도였어.

"하지만 아무도 우릴 찾을 수 없겠지, 그렇지?" 동생이 묻는다.

"그렇고말고."

동생은 승리한 듯 양손을 치켜든다.

"우린 정말 잘 숨어 있거든." 동생은 행복한 표정으로 말한다.

그러다 아빠가 엄마와 다투기 시작했어. 엄마가 그런 멍청한 질문 을 해서는 안된다는 것이야. 아빠가 너무 화가 나서 너무 큰 소리로 말했기 때문에 엄마는 우리를 보러 들어왔어. 엄마는 아빠가 소리를 지르는 바람에 우리가 깼다고 생각한 거야. 엄마는 내가 잠들어 있지 않다는 것을 몰랐어. 나는 엄마가 알아차리지 못하게 두 눈을 정말 꼭 감았어. 내 뺨에 엄마의 입술이 와닿는 것을 느꼈는데, 그 입술은 내 뺨에 따뜻하게 꼭 닿은 채 아주 오랫동안 머물러 있었어. 그 입맞 춤은 정말 영원히 계속되는 듯했어. 그러더니 엄마는 다른 쪽 침대로 건너갔어. 엄마는 그냥 우리를 쳐다보면서 필시 오랫동안 거기에 머 물러 있었을 거야. 나는 한동안 엄마가 우리가 자는 체하는 줄 알아차렸다고 생각했어. 하지만 시간이 흘렀고, 나는 눈을 감은 채 거기 그대로 누워서 이불 속에서 몸을 오그리고는 엄마의 메아리치는 목소리에 여전히 귀기울이고 있었어. 엄마의 목소리는 그들이 애들을 데려가면 그때는 어떡하느냐고 아빠에게 큰 속삭임으로 묻고 있었는데, 그러는 동안에도 엄마는 우리들이 자는 모습을 지켜보고 있었어. 그러고는 아빠가 있는 곳으로 돌아가는 엄마의 발걸음이 거실에서 들려왔어.

"그 다음엔 아빠와 엄마가 뭐라고 했어?" 그녀가 물었다. "아빠 엄마가 나에 관해 뭐라고 했어?"

입 다물어. 저 소리 들려? 저 소란한 소리 말이야?

"무슨 소리?" 그녀가 묻는다.

문 소리 말이야. 저 소리 들려? 누군가가 문 두드리는 소리를.

"우리 레안드로 아저씨야." 동생은 환호하다시피 큰 소리로 말한다. "문을 열어주자. 어서, 빠블리또."

꿈쩍하지 마. 동생은 대체 제정신인가? 좀 들어보자. 그래. 문을 열러 간 사람이 아빠인 것 같다.

"그들이 우릴 찾으러 온 거야?" 그녀가 묻는다. "레안드로 아저씨가 아니라면, 적일 거라고 생각해? 글쎄, 오빠 생각에는……"

계속 재잘거리면서 도대체 내가 어떻게 뭘 알아낼 거라고 기대하는 거야? 나처럼 주의를 기울여야지. 저건 아빠의 목소리야, 그렇지? 지금은 다른 사람이 대답하는 소리야. 저 목소리는 정말 전혀 모르겠는데, 들은 기억이 없어.

"지금 그들이 뭘 하고 있는 거야?"

그들이 집 안으로 들어왔음에 틀림없다. 그래. 그들 중 하나가 문을 닫았다. 화난 듯이 꽝 하고 닫았다. 좋아. 이제는 정말, 이 재잘대는 애가 조용히해야 할 때인 거다. 우리는 두 마리의 작은 쥐 흉내를 내고 말하는 법을 잊어버린 체하는 거야.

"그렇다면 이 작은 구멍으로 내다볼 거야." 동생이 말한다. "나는 탐정 쥐거든."

나는 그녀에게 가만히 있으라고 말한다. 아무것도 건드리지 말라고.

"심심해." 동생이 말한다. "구멍으로 내다볼 거야. 빠블리또, 쩨쩨하게 굴지 마."

이것만 말해봐. 이거 하나만 말이야. 넌 엄마야 아니야? 엄마야 아니야? "엄마지." 동생이 대답한다. "물론 난 엄마야."

그렇다면 난 아버지니까 넌 내가 말한 대로 해야지, 그렇지. 그러니까 넌 여기서 집을 보살피고 아무 말도 하지 않고 그냥 조용히 있어야 하는 거야. 왜냐하면 그들이 우리를 붙잡으면 그건 어느 누구의 잘못이 아닌 네 잘못이 되는 거니까.

동생은 내 귀에다 입을 대고 정말 천천히 속삭이면서 그 숨결로 나를 간질인다. 마치 토끼의 숨결처럼 부드럽고 따뜻하다. 애틋한 무엇이 내 등줄기에 확 서린다. 나는 어젯밤 엄마의 입맞춤을 기억하고는 돌연, 너무나 작고 무방비한 내 누이동생을 활짝 껴안고 싶은 느낌이 든다. "저기, 아빠," 그 목소리는 속삭인다. "그들이 우리를 잡으러 왔다고 생각해요?"

솔직히 나는 그렇다고 생각한다. 상황은 점점 위험스럽게 되어가고 있는 것이다. 그러나 이 작은 양(羊)에게 그걸 어떻게 설명할 수 있겠는가. 강철 같은 용기가 정말 중요한 이 순간에 동생은 십중팔구

울음을 터뜨리고 내 앞에서 단박에 박살이 날 것이다. 나는 아버지이므로 어젯밤에 아빠가 한 말과 꼭같은 말을 그녀에게 할 수밖에 없는 것이다. 그들이 감히 애들을 데려가지는 못할 거야. 그래, 그들이 파시스트인 것은 맞아. 그러나 아무리 그들이라도 그렇게까지는 하지 못할 거야.

"그들은 우리를 무서워하고 있어요." 동생은 만족한 듯이 말한다.

네가 조용히하지 않으면 그들이 우리를 잡아낼 것이 분명해. 그건 불 보듯 뻔한 일이야. 들어봐, 그들은 정말 가까이에 바로 저쪽 방에 있단 말이야.

우리는 한동안 그런 식으로 있다. 사방이 너무 조용해서 기적처럼 여겨지고, 후안 형이 이야기해주던 지하동굴에 있는 듯하다. 세상으로부터 동떨어진 곳에 숨은 채, 정적 속에서 오로지 우리의 숨소리만 듣는다. 내가 동생의 손가락을 잡아 그녀의 입술에 갖다대자 동생은 내게 미소짓는다. 옆방에서 몇명의 남자, 둘, 셋, 어쩌면 그보다 더 많은 남자들의 목소리가 들려온다. 지금은 침착함을 유지하고 절대로 소리를 내서는 안되는 때이다. 마치 그들이 거기에 존재하지 않는 것처럼.

"내가 엄마니까……" 동생의 말이 마치 총성처럼 불현듯 울려퍼진다. 그 완벽한 침묵 속에서 그녀의 목소리는 어떤 들새의 울부짖음처럼 폭발한다. 아마도 집안에 있는 사람들은 죄다 들을 수 있을 것이다. 나는 그 목소리에 깜짝 놀란다. "그들한테 꺼지라고 이야기할까?"

나는 손가락을 입술에 갖다댔지만 소용없다. 소용없다. 왜냐하면 그들이 이미 그녀의 목소리를 들었을 테니까. 틀림없다. 누군가가 우리가 있는 방의 문을 천천히 열고 있고, 경첩이 약간 삐걱거리더니 누군가가 무거운 걸음걸이로 들어오는 소리가 들린다. 누군가가 전등불을 켜자, 불은 작열하면서 미친 사람의 크고 하얀 눈처럼 담요를 뚫고 들어온다. 이제 그들이 들어올 것이다. 그들은 우리를 잡으러 온 바로 그 사람들이다.

내 손가락이 입술 위에서 얼어붙는다. "오빠," 동생이 끈질기게 말을 건다. 난 도저히 믿을 수 없다. 게다가 내 셔츠까지 끌어당긴다. "내가 엄마라면 그들은 내 말에 복종해야지, 그렇지?"

내가 할 수 있는 일이라곤 고작 그녀에게 머리를 품안에 숨기라고 신호를 보내고 동생이 그렇게 함으로써 조용해지는지 두고보는 것뿐이다. 그녀가 정말 엄마라고 한다면 조용히함으로써, 입을 다물고 있음으로써 엄마라는 것을 보여주어야 하는 것이다. 마치 어젯밤 아빠가 이런 일들에 관해 이야기해봤자 소용없다고, 당신은 그런 이야길랑 이젠 영영 하지 말라고, 그리고 우리는 어떤 일이라도 감당할 준비가 되어 있다면서 엄마한테 조용히하라고 했을 때처럼 말이다. 나는 저기 어둠속에서 기다렸다. 동생은 이미 잠들어버렸기 때문에 아무도 성가시게 하지 않았다. 엄마는 아빠한테로 돌아가버렸다. 나는 엄마와 아빠가 이야기를 계속하기를 기다렸지만 그들은 아무 말도, 단 한마디도 하지 않았다. 나는 정말 조용히 일어나 그들의 소리를 좀더 잘 듣기 위해 홀로 나갔고, 좀더 가까이 다가갔으나 그림자 진 곳을 벗어나지는 않았다. 침실에는 여전히 불이 켜져 있었으나 엄마와 아빠는 마치 침묵에 의해 삼켜진 것처럼 한마디도 더 하지 않았다. 그도 그녀도, 엄마도 아빠도 모두 말이 없었다. 엄마와 아빠는 거기서 마주앉은 채, 서로를 쳐다보고 있었지만 입을 열지 않았다.

다행히 누이동생은 이제 내 말에 주의를 기울이기 시작한다. 적어도 머리를 감싸안는다. 그렇게 하면 무섭지는 않을 것이다. 동생은 저 위쪽에 있는 그림자가, 담요 저 위쪽에 있는 두 그림자들이 냉정하고 초연하게 귀기울이는 광경을 볼 수는 없을 테니까. 우리 집 바깥 저기에는 적어도 두 남자가, 적어도 두 사람이 있는데, 어느 쪽도 아무 말이 없다. 그들은 우리가 실수하기를 기다리고 있는 것이다. 그들은 지난 며칠 동안 우리를 감시하면서 좁혀들어왔다. 그 증거는 그들이 이제 막 덮치려 하는 데 있다. 그러나 그들은 우리를 붙잡지 못할 것이다. 우리는 마치 길을 잃었거나 잠들었거나 죽은 것처럼 꿈쩍 않고 있을 것이니 적은 빈손으로 돌아갈 수밖에 없을 것이다.

"우릴 찾을 순 없을 거야." 동생은 긴장감으로 인해 터져나오는 웃음을 억누르느라 한 손을 입에 갖다대고 말한다. "우린 너무 잘 숨어 있으니까."

이 멍청이한테 조용히하라고 해봤자 무슨 소용이 있는가? 동생한테 얘기해봤자 무엇하나? 가망없는 일이다. 이제 나는 거대한 손들에 잡아끌려 천장이 열리면서 담요들이 카드로 만든 집처럼 무너지는 광경을 볼 수 있다. 빛은 우리의 은신처를 칼바람보다 더 예리하고 더 빠르게 뚫고 들어오고, 두 그림자들은 알고 보니 저 바깥 저 위에 있는 두 남자인데 그들이 아무 말 없이 우리를 노려보고 있는 것이다. 그들은 우리를 붙잡았고 이것은 모두 동생의 잘못, 모두 저 바보천치 때문이다. 내가 그애와 함께 노는 것도 마지막이니, 가슴에 성호를 긋고 죽기를 바랄 뿐이다. 마지막인 것이다.

야만적인 폭력 같은 불빛 때문에 나는 눈을 깜박이다가 아빠를 알아본다. 남자들 중의 하나가 아빠라는 것은 다행이다. 그러나 아빠

옆에는 크고 검은 녀석이, 키도 몸집도 아빠보다 더 크고 빗물이 뚝 뚝 떨어지는 외투를 아직도 입고 있는 사람이, 내가 전에는 본 적이 없는 사람이, 내가 모르는 사람이, 마치 X선 같은 눈을 하고는 우리 집안에서 우리를 검사하는 사람이 있는 것이다.

동생은 꼭 타조처럼 숱 많은 머리를 품속에 파묻고 있어서 여전히 그를 보지 못한다. 저기, 엉덩이를 치켜올린 채 무릎을 꿇고 있는 그 애의 치마 밑으로 팬티의 가장자리가 살며시 비친다. 다음 번에는 이 계집애의 입을 틀어막아야겠다. 그래, 그렇게 해야 해.

"가세요." 이 햇병아리 같은 것이 마치 아무 일도 일어나지 않았다는 듯이 그리고 우리가 그들에게 붙잡히지 않았다는 듯이 명령을 한다. "우리는 여기 없어요, 우리는 다른 곳에 있어요."

남자는 웃는다. 옆방에서 들려온 것과 똑같은 소리로 웃는다. 그 소리를 나는 한번도 들어본 기억이 없다. 그는 정말 큰 소리로 웃는다.

"그래 너희들이 여기 없단 말이지, 응?" 그가 말한다. "여기엔 아무도 없단 말이지?"

반면에 아빠는 웃지 않는다. 아빠가 우리를 엄하게 쳐다보고는 의자 가운데 하나를 움직이자 우리 집의 나머지 부분이 내려앉고 담요들은 마치 지진이나 어떤 끔찍한 태풍에 휩쓸린 것처럼 사방으로 펼쳐진다.

"애들아, 나오너라." 아빠가 속이 상한 듯, 그리고 딴 생각을 하는 듯 말한다. "지금 당장 나와."

아빠의 목소리를 듣자 동생은 마침내 그들이 우리를 잡았다는 것을 깨닫고는 일어서서 정말 졸리운 사람처럼 눈을 비비고 처음에는 아빠를, 그 다음에는 다른 남자를 쳐다본다.

"나는 당신을 몰라요." 이윽고 동생이 말한다. "하지만 당신은 처음 보는 아저씨……" 동생은 머리를 한쪽으로 기울이면서 막 날아오르려는 참새처럼 그를 면밀히 쳐다보고는 덧붙인다. "어쨌든 이름이 뭐예요?"

이제 너무 늦었다. 우리는 생포된 것이다. 그녀에게 어떻게 해야 할지, 무슨 말을 해야 할지 알려줄 길이 없다. 동생은 그 모든 지시사항들을 다 잊어버렸다. 그 모든 대비책들이 아무 소용도 없었던 것이다. 저 사람은 아저씨가 아니라는 것을, 이 일은 정말 심각하다는 것을, 우리 가족 전부가 위험에 처해 있다는 것을 그애에게 어떻게 이해시킬 수 있단 말인가?

"내 이름이 뭐냐고?" 그가 반쯤 미소지으며 묻는다. 그 미소는 불쾌하지는 않고 실제로 뜻밖에 다정하다. "짐작도 못할걸."

아빠가 끼여들려고 하지만 동생이 더 빨리 아빠의 말문을 막는다. 이제 아빠조차도 우리를 구할 수 없다. "레안드로!" 이 천치가 소리를 지른다. "바로 우리 레안드로 아저씨구나!"

그 남자는 아빠와 눈길을 교환하고 아빠를 한동안 지켜보고는 아직 의자 위에 남아 있는 큰 책들 중의 하나를 집어들고 책을 뒤집어서 제목을 읽는다.

"네 말이 틀림없이 맞다." 잠시 후 그가 천천히 말한다. "사람들이 날 그렇게 부르지, 레안드로라고…… 하지만 네가 어떻게 그걸 맞췄는지 모르겠구나. 그 이름은 비밀로 되어 있거든."

"우린 정말로 똑똑해요." 동생은 적이 바로 코앞에 서 있는데도 적을 알아보기는커녕 친구로 혼동하고 여느 때처럼 수다를 떨고 순진하게 믿으면서 말한다. 저애는 죽는 날까지 저럴 거다. "저기, 레안드로 아저씨, 우리가 얼마나 잘 숨었는지 보세요. 아저씨가 우리를 찾느라고 진짜 힘들었을 거예요, 그렇죠?"

"진짜로, 진짜로 힘들었어." 남자는 책을 이리저리 뒤집고, 폈다 덮었다 하면서 말한다. "여러 달 걸렸어."

이때 아빠는 양팔로 동생을 들고는 그래주면 동생이 조용해질까 싶어 가슴에 꼭 안는다. 나는 아빠의 한 팔이 옆구리 춤에 내려진 것을 본다. 나는 아빠 곁으로 다가가 내 열 손가락으로, 내 두 손바닥으로, 내 두 강한 팔로, 마치 흙으로 만든 천사들처럼 저 거대한 아빠의 손을 꽉 잡는다. 분노가 되어, 그 손을 정말로 세게 붙잡는다. 믿음이 되어, 결코 그 손을 놓지 않으려는 듯, 작별인사를 하고 긴 여행을 떠나기 전에 부두를 붙잡듯, 정말로 세게 붙잡는다.

그러자 그 남자는 내게 주의를 돌린다.

"그런데 이 꼬마 양반은 어떠신가? 무슨 문제가 있나?" 그가 묻는다. "입 열기가 겁나는가 보지? 아니면 고양이가 혀를 물어가버렸나?"

나는 그에게 고양이가 내 혀를 물어가지 않았으며 나는 아버지의 아들이고 이 집의 남자들은 결코 겁을 먹지 않는다고 말해줄 수도 있었다. 그러나 대답을 하지 않는 편이 낫다. 그 남자는 저기서 나를 지켜보며 내가 뭔가를, 아무 말이라도 하기를 기다리며 서 있고 나는 여느 때처럼 말없이 그대로 있다. 그들은 나한테서 결코 한마디도 듣지 못할 것이다. 누이한테 계속 물으려면 물으라지. 그애는 원래 떠버리니까. 그러나 나는 침묵이 점점 무거워지고 신경쓰이고 견딜 수 없게 되는 것을 어쩌지 못한다. 우리는 오로지, 끈질기게 지붕을 때리는 빗소리와 거리에 널브러진 축축한 나뭇잎들을 부스럭거리게 하는 바람 소리밖에 듣지 못한다.

방 바깥에서 발걸음 소리, 달려오는 발걸음 소리가 들리자 우리 모두는 문을 향해 몸을 돌린다. 바로 그 순간 문이 막 열리고는 후안 형이 들어온다. 후안초 형이라서 천만다행이다. 후안초 형은 항상 어떻게 해야 할지를 알고 있으니까. 형은 학교에서 돌아오는 길인데, 빗물이 얼굴에 흘러내리고 있건만 아직도 손에 책가방을 들고 있다. 형은 마치 내가 자신을 필요로 하고 있다는 것을 아는 듯이 즉시 내 뒤에 선다. 나는 후안초 형의 든든한 존재에, 그의 온기에 마치 모닥불이 뒤에 있는 양 편안함과 안도감을 느낀다. 후안초 형과 아빠와 내가 함께라면 이 세상 전체와도, 이 세상에서 가장 사나운 괴물들과도 맞설 수 있다. 형은 책가방을 내려놓고 내 귀에다 속삭인다. 형의 말들은 젖어 있어서 뒝벌이 유리창에 부딪쳐 나는 붕붕거리는 소리처럼 들린다. 형의 목소리는 너무 낮고 빠르고 혼란스러워서 무슨 말을 하는지조차 이해할 수가 없다. 비밀과 약속과 그밖의 것들에 관해 뭐라고 하긴 하는데, 아무도 이해할 수 없을 거다.

바로 그 순간, 아빠는 그 순간을 이용해 벗어나려 한다. 나는 아빠의 손가락들이 내 손에서 억지로 빠져나가려는 것을 느낄 수 있다. 누이를 내려놓으려면 당연히 양손이 모두 필요하고 또 내려놓아야 양손이 완전히 자유로울 것이다. 하지만 나는 꽉 붙잡고 놓으려 하지 않는다. 나는 아빠의 크고 따뜻한 손을 무슨 일이 있더라도 놓지 않을 것이다. 아빠의 손은 나의 두번째 심장인 것처럼 내 손 안에서 고동치고 있고 나는 아빠가 마당에 남은 마지막 나무이고 내가 아빠의 가장 아끼는 둥지인 양 붙잡는다.

갑자기, 마치 축구공을 던져 유리창을 산산조각내는 것처럼 침묵을 깬 것은 그 사람이다. 다시 말을 하는 사람은 그 사람인데, 믿기지 않는 것은 그가 형한테 말을 걸고 있다는 것이다.

"어이, 후안초," 그가 말한다. "너 이 꼬마 친구를 잘 훈련시킨 것 같구나. 아직까지 이 애한테 단 한마디 말도 시킬 수가 없었으니. 이 앤 조개같이 입을 꽉 다물고 있구나."

나는 후안초 형이 나를 좀 미는 것을 느끼지만 꿈쩍도 하지 않는다. 내가 움직이고 싶지 않으면 어느 누구라도 나를 한치도 움직이게 할 수 없다. 그러자, 뭔가 어둡고 빗물로 가득한 것처럼 침묵이 다시 한번 촥 퍼져나가고 그 침묵의 한가운데서 내 옆에 있는 동생이 햇빛에 잠긴 테라스처럼 활짝 열린다. 동생은 이럴 때 어떻게 해야 하는지 알고 내 대신 답변을 해준다.

"문제는 말이에요." 동생이 앞으로 나서면서 말한다. "아무도 아저씨를 소개시켜주지 않았다는 거예요. 그게 바로 이유예요. 레안드로 아저씨, 아저씨한테 우리 오빠를 소개하고 싶어요. 이름은 빠블리또 예요. 오빠는 약간 수줍음을 타지만 믿을 수 있는 사람이에요. 빠블리또, 이 분은 우리의 레안드로 아저씨야."

그는 책을 의자에 도로 갖다놓고 나를 쳐다본다.

"그래, 네가 그 유명한 빠블리또구나." 그가 말한다. "사람들이 네 이야기를 많이들 하더구나. 넌 네 아버지와 똑같다고 하던데, 정말 붕어빵처럼 빼닮았구나. 진짜 사나이구나. 그렇지?"

나는 도저히 참을 수 없는 몇몇 순간들을 더 기다리면서, 그의 힐끗거리는 눈초리, 대답을 주고받는 눈길, 외투 아래 편안하게 있는 어깨, 넉넉하고 강한 손, 번져나오다가 입술가에 숨어버리는 차분한 미소를 헤아려본다. 나는 아빠의 손에 붙박인 채로 남아 있고 싶다. 정말로 단지 우리 둘만, 아니 우리 둘만이 아니라면 적어도 우리 식구들만 있다면, 그리고 우리가 여기서 멀리 떨어진 곳, 아마도 저 바깥의 운동장이나 바다 건너에 혹은 산 너머에 혹은 다른 나라에 있다면 얼마나 좋을까. 그러나 여기가 우리가 있는 곳이고 내가 있는 곳이니, 이제 내 손가락들은 아빠의 손에서 벗어나려고 몸부림치고 있음에 틀림없고 누구도 나를 어서 나서라고 밀 필요가 없다. 내 손들은 이제 놓여났고 나는 한순간 두 눈에 덮개를 씌우는 것처럼 눈을 꼭 감았다가 다시 떠보지만 여전히 여기에, 내가 이전에는 본 적도 없고 알지도 못하는 이 남자 앞에 풍선처럼 외롭게 있다. 내가 알지 못하는 그 사람 앞에.

"어서, 빠블로야," 이렇게 말하는 아빠의 목소리를 듣는다. "무례하게 굴지 말고 우리 친구에게 안녕 하고 인사해야지…… 그리고 참, 마리아 빅또리아는 조심해야 돼. 어쩌면 다음 번에는 친구가 아닐지도 모르니까. 주의를 해야 한다구."

"하지만 아빠, 난 그걸 알아요." 동생이 미소지으며 말한다. "난 언제나 친구를 알아본다구요. 누구나 알 수 있는걸."

아빠, 누구나 알 수 있다고요? 누구나요?

"안녕하세요, 레안드로." 노숙하게 보이려고 애쓰면서 빠블로가 말했다.

횡단비행

이제 큰길과 광장에 그들 장군과 사령관의 이름이 붙여졌고, 그들의 초상화가 박물관과 저택에 내걸리고, 학생들은 그들의 공적을 존경의 염으로 암송하고, 그들이 한때 탔던 말은 이제 큰길의 교차로에 마상(馬像)이 되어 있다. 반면에 그는 각주에 언급된 적도 그 시대의 위대한 그림의 한구석을 차지한 적도 없었다. 심지어 허름한 골목 하나도, 연설의 한 대목도, 심지어 무명의 묘비에 새겨진 비문 하나조차도 차지한 적이 없었다. 일이 이렇게 될 줄 그가 혹시 알았는지 물을 수도 있으리라. 어쩌면 알았을 것이고 어쩌면 알지 못했을 것이다. 우리가 확신할 수 있는 유일한 것은 그에게는 그런 문제들이 존재하지도 않았다는 것, 그런 것들이 전혀 중요하지 않았다는 것, 그가 그런 질문을 한 적이 한번도 없었다는 것뿐이다. 그의 관심은 다른 일에 있었던 것이다.
— 브루노 싼뗼리세스(가명) 『민중을 위한 새독립전쟁사』 서문에서

"그 비행기는 연착이 아니에요"라고 안내창구 너머의 젊은 여자가 내게 큰소리로 알려준다. 그러므로 모든 것이 계획대로 되어, 부에노스아이레스 발(發) 비행기가, 당신이 타고 오는 것으로 되어 있는 그 비행기가 40분만 있으면 도착한다.

당신이 비행기에 타고 있는 모습을 상상하는 것은 어렵지 않다. 여느 때처럼 당신은 복도 쪽의 좌석에 앉아 있을 것이다. 당신은 아르뚜로에게 정어리처럼 빽빽하게 재여 있고 싶지 않다고, 당신 자신의 울타리만으로도 족하다고 설명한 적이 있다. 어쩌면 바로 이 순간에 당신은, 눈앞에 펼쳐지는 광경을 보라고 자기 아버지한테 떼를 쓰면서 비행기 창밖으로 손가락질하는 어떤 아이 —— 한 아이가 당신 근처에, 어쩌면 당신과 같은 열에 앉지 말라는 법이 있는가? —— 의 들뜬 목소리를 듣고 있을지도 모른다. 그와 동시에, 신사숙녀 여러분, 여러분의 오른쪽에는 해발 6천여 미터나 되는 그 유명한 아꼰까구아 산이 있는데, 안데스 산맥의 여왕이자 아메리카 대륙의 최고봉인 이 산은 여러분의 지난번 여행 이래로 1센티미터도 자라지 않았습니다 하고 안내하는 기장의 목소리가 끼여들고, 그러면 필시 승객들이 흥분하여 중얼거리고, 감탄하고 속삭이고, 손가락질을 하고 플래시를 터뜨리는 순간들이 물결처럼 밀어닥칠 것이다. 긴장이 풀린 한동안은 비행기 엔진의 붕붕거림마저 없어져버린 듯하다.

당연히 그래야 하고, 또 그래야만 시간 보내는 데 도움이 되기도 하지만, 왠지 당신은 관광객의 역할을 떠맡을 엄두가 나지 않는다.

당신의 발치에 열린 채로 놓여 있는 가방 속에서 여행서류들과 손도 대지 않은 책들, 만약 딸이 있다면 근사한 선물이 될 푸른 눈에 긴 속 눈썹과 금발을 한 거대한 인형과 나란히 놓인 후지카 카메라를 꺼낼 엄두가 나지 않는다. 당신은 카메라에 손을 뻗지도 않으며, 그것을 찾으려 하지도 않는다. 당신은 안전벨트를 만진다. 다행히 40분밖에 남지 않았다.

이 시점에서 당신이 몇차례나 횡단을 했는지는 중요하지 않다. 일찍이, 비행기 출입구를 들어서자마자 느껴지기 시작한 저 감각, 그때 가까스로 극복하였지만 규정하고 싶지는 않았던 저 감각, 그러나 지금 저 침묵의 산들이 당신 아래 펼쳐지고 칠레임에 분명한 저 흐릿한 국경을 횡단하면서 차츰 꽤 분명한 이름으로 나타나는 저 감각 때문에 당신은 지금 질식하는 느낌이다. 그것은 공포라 불린다. 당신은 이 공포를 나중에는 특유의 그 조롱하는 듯 꿈꾸는 듯한 미소를 지으며 고백할 수 있겠지만 그럼에도 불구하고 지금은 그것이 당신의 양손에서부터 팔을 따라 목으로 기어오르면서 당신을 사로잡는다. 당신의 양손은 점점 축축해지다가, 머릿속으로는 그래선 안된다고 다짐하는데도, 지금은 땀으로 아예 흥건해져 있다. 당신이 자기 몸의 가속감을, 당신의 정체를 폭로할 수 있는 뭔가 여리고 퍼드덕거리는 것을, 뭔가 안으로부터 당신의 근거를 무너뜨리는 것을 느끼고 있는 모습을 상상하기란 얼마나 쉬운가. 그리고 갑자기 화장실에 가고 싶은 강렬한 욕구를, 화장실 문을 뚫고 들어가면 악몽에서 깨어나듯 당신 자신의 집에 가 있거나 아니면 다른 시간 속의 다른 사람이 되어 있기를 바라는 더없이 강렬한 욕구를 상상하기란 얼마나 쉬운가. 저 멀리서 산맥이 어렴풋이 나타나자마자 거기서 낙하산을 타고 뛰어내리고 싶은 욕구가 엄습하는 것을 상상하기란 얼마나 쉬운가.

"'공포란 자연스러운 것이오.' 한번은 대화가 불가피하게 그 주제에 이르자 아르뚜로가 당신에게 말했다. 그 말을 한 것은 당신이 첫 번째 여행에서 돌아왔을 때였다. "두려움을 모르는 사람이라면 일을 맡기지도 않을 것이오."

"고맙군요."

"뭘요." 아르뚜로가 말했다. 그러고는 잽싸게 덧붙였다. "공포에 관한 한, 내가 당신이라면 그게 없는 척하지는 않겠소. 실제로 있는 어떤 것을 부끄럽게 여겨봤자 소용없거든요. 오히려 그걸 정면으로 들여다보겠소. 그게 공포를 다루는 최상의 방법이지요. 이를테면 공포를 친한 친구처럼 대하는 거죠."

당신은 그 모든 것을 짐짓 농담인 양 받아들이면서 그 의미를 최소화하려고 애쓴다. "문제는 공포의 얼굴이 내 마음에 들지 않는다는 거예요. 끔찍히도 못생겼거든요."

아르뚜로는 다른 사람들을 연설이나 도덕적 훈계로 설득하려 드는 사람이 아니다. 그는 그냥 거기 있음으로써 평온함을 준다. 이를테면 세상이 무너져내리는데도 느긋하게 커피 한잔을 권하고 돌아다님으로써, 머릿속으로 수천 가지 생각을 하고 있다는 것을 상대방이 알고 있는 때조차도 담뱃불 붙이는 데 온통 정성을 쏟으며 재떨이에서 성냥이 다 타버리는 것에 아랑곳하지 않고 담배연기의 첫 모금을 만끽하며 담배맛에 애정어린 찬사를 표함으로써, 솔직하되 방심하지 않고 차분하게 의자에 편히 앉아서 상대방의 말을 하나도 놓치지 않고 들음으로써, 그리고 이 모든 사소한 것들, 이 모두를 통해서 평온함을 주는 것이다.

"그래서 뭐라고 응답했나요?" 나중에 아르뚜로가 그 문제를 놓고 나와 이야기할 때 나는 즉각 그에게 물었다. 그는 나한테, 사적인 이야기는 전혀 하지 않으며 속내를 잘 드러내지 않는 나한테, 이 모든 일에 가담하기를 청하면서 내 반응을 헤아렸다.

"그건 적의 얼굴과 같다고 했소." 아르뚜로는 내 눈초리를 살피면서 조심스럽게 대답했다. "'적의 사진을 한번도 보지 않으면, 결코 적을 제때에 알아볼 수 없을 것이며, 그러므로 적이 어느 길모퉁이에서라도 당신을 기습할 수 있다는 거요'라고 했소."

나는 아무 말도 하지 않았으나 아르뚜로에 따르면, 당신은 이렇게 말했다는 것이다. 즉각 대답했다는 것이다.

"비유로 말하긴 쉽지요." 당신은 대꾸했다. "그렇다고 가족사진첩에서 2분마다 한 번씩 적의 사진을 꺼내보면서 살 순 없잖아요. 안 그래요?"

"그렇소." 아르뚜로는 동의했다. 나도 마찬가지로 동의했을 것이다. "공포에 너무 많은 시간을 쏟으면, 공포가 너무 커져서 당신을 마비시키고 당신을 삼켜버리고 말 거요. 난 자신의 공포를 사랑하게 된 사람을 알고 있소."

그러자 나는 아무 말도 하지 않았지만, 당신은 "적을 사랑하게 된 셈이네요"라고 했다.

"내가 당신에게 권할 수 있는 것은," 아르뚜로가 미소지었다. "일종의 정신훈련이지요. 주의를 다른 것들에 돌림으로써 마음을 단련하는 것이죠."

"고마워요." 당신이 말했다.

"'고마워할 것 없소'라고 말했소." 아르뚜로는 자신이 처방해준 훈련의 유형에 대해서 자세히 얘기하는 대신 어쩌면 나한테서 어떤 질문이나 의견 같은 것이 나오지 않을까 기다리면서 내게 설명했다. 그러나 나는 아무 말도 하지 않았다.

두번째 여행은 다를 거라고, 일에 관해 아르뚜로와 대화를 나누고 난 후였기에 기분이 달라질 거라고 당신은 생각했다. 그러나 대개 그렇듯이 그 모든 충고도 거의 소용없었다. 전과 똑같은 공포가 마치 비행기의 운항일정에 올라 있어서, 비행기의 항속과 몇분 안 있으면 마주치게 될 북동풍과, 여러분의 안전벨트를 채우고 갑작스러운 하강에 대비해주십시오라는 말과 함께 기장이 그 공포를 방송으로 알려줄 수도 있었을 것만 같았다. 멘도사(칠레와 아르헨띠나의 경계를 이루는 안데스 산맥 동쪽의 평원―옮긴이) 쪽의 언덕들이 점점 붉거져나오듯 공포는 당신 속에서 서서히 불길하게 고개를 쳐들다가, 수백만 년의 화산폭발로 뒤틀린 거대한 바위 봉우리들이 처음으로 하늘을 찌를 듯이 불쑥 나타나자 공포는 약속시간에 어김없이 나타나는 어떤 악령처럼 거기에도 와 있는 것이다.

그래서 그럴 때 당신이 할 수 있는 유일한 일은 지금처럼 나를 생각하는 것뿐이다. 40분밖에 안 남았다는 유용한 정보를 준 LAN-칠레 항공사의 안내창구 아가씨한테 고맙다는 말을 하면서 뿌다우엘 공항에서 당신을 기다리고 있는 나의 존재를 상상하려고 당신은 애를 쓴다. 당신은 나한테 집중하여 당신의 상상력 속에서 나를 살려내고 당신 기억 속의 내 모습에 초점을 맞추어 거기에 닻을 내려야 하고, 내가 확성기의 소리에 귀를 기울이면서 지금 막 화장실 쪽으로 느리지만 확고한 발걸음으로 걸어가서 화장실 문을 밀고는, 그럴 필요가 없지만 안으로 들어가기로 마음먹는 모습을 생각해야만 한다.

한순간 당신은 자신이 보잉기의 화장실에 있다는 상상을 하기까지 한다. 오드꼴로뉴 화장수를 뿌린, 물에 젖은 종이타월의 시원한 감촉을, 거울 속에 갑자기 불쑥 나타나는 당신의 모습을, 밤색 머리, 공포의 기미라곤 전혀 보이지 않는 검고 빛나는 눈, 한걸음 내디딜 때마다 겪는 엄청나게 풍부한 감수성의 시련을 전혀 내색하지 않는 너무나 초연하고 너무나 자신만만한 듯한 당신 몸을 느낄 수 있을 것만 같다. 그러나 움직이지 않는 편이, 발밑이 허공이라는 엄연한 사실에 몸을 내맡기지 않는 편이 낫다. 뭐 필요한 것이 없느냐고 묻는 여승무원한테, 고마워요, 모든 것이 더할 나위 없이 훌륭한데, 사실은 위스키 한잔만 있으면 좋겠어요라고 대답하는 편이 낫다. 그러고는 동전으로 2달러를 세어주고, 그 다음엔 깨끗한 플라스틱 잔에 얼음이 떨어지는 모습을 지켜보면서, 예, 물은 필요없어요, 고마워요, 됐어요라고 말한다. 나중에 위스키를 건드리지조차 않아도, 심지어 입술에 대지 않아도 말이다. 위스키는 모든 것을 이해하고 당신 마음을 평온하게 해주는 친구처럼 당신 곁에 있을 테니까. 어쩌면 바로 그 순간에 묘한 우연의 일치로, 안경을 닦고 손을 말리고 난 후 나 역시 구내 술집으로 걸어들어가고 있는지도 모른다. 공항의 2층에서는 활주로와 평소처럼 오가는 군용트럭들을 볼 수 있다. 오로지 시간을 보내기 위해서, 아무도 알 수는 없지만 당신이 비행기에 탑승하고 있음을 믿고 그 비행기를 재촉하여 마침내 착륙시키기 위해서, 나 역시 술을 시키는 것은 지극히 자연스러운 일이다. 그러나 당신은 내가 진짜로 술을 마신다고, 초조하게 탐 콜린즈(칵테일의 일종—옮긴이)를 시키는 내 옆사람을 쳐다보지도 않고 처음에는 홀짝거리며 마시다가 갈증이 더해감에 따라 정말 꿀꺽꿀꺽 마시고 있다고 생각해야 한다.

몇 모금이 목에 걸려 내려가지 않으려 할 때 나는 나중에 마실 것을 남겨두고 싶다는 생각이 들고, 그런 다음 당신의 흔적도 심지어 헬리콥터나 새의 흔적조차도 보이지 않는 저 산 너머의 푸르디푸른 하늘을 쳐다보고, 그 다음엔 바텐더가 내 옆사람에게 탐 콜린즈를 가져다주는 바로 그 순간에 마지막 한모금마저 꿀꺽 삼키고, 손을 호주머니 깊숙한 곳까지 찔러넣고 그래, 진 한잔을 스트레이트로 더 마시는 사치는 부릴 수 있겠지라고 판단을 한다.

지금, 매순간이 늘어져 참을 수 없을 만큼 질척거리고 있는 지금, 나는 주위를 둘러보기——안정을 꾀하는 훈련을——시작하다가, 온통 검은색의 옷을 입은 여인을 유심히 쳐다보게 된다. 그 여인은 너무나 초라한 차림새라서 뿌다우엘 공항의 수많은 관광객들과 여행객들 가운데서 눈에 띄게 거슬리는데, 작은 아이 둘을 데리고 있으며 얼마 전에 흘린 눈물 자국이 역력하다. 그녀가 공항 저쪽에서 무엇을 하고 있는지 누가 알리요마는 아마도 외국에서 도착한 관(棺)을 찾거나 국외로 추방되는 친척에게 작별인사를 하고 있을 것 같다. 지금은 자신의 삶을, 목전의 불확실한 미래를 바라보지 않기 위해서 다른 사람들의 운명에 관심을 기울일 순간이다. 그 여인 뒤로 열다섯 걸음 가량 떨어진 곳에서 덩치 큰 남자 하나가 걸어오다가 그 여인이 화장실로 들어가자 마음을 정하지 못하고 멈춰서더니, 이제는 술집 쪽으로 와서 안으로 들어서서는 내 근처에, 탐 콜린즈를 시킨 남자 옆에 앉는다는 사실에 주목할 순간인 것이다. 지금은 저 위에 있는 당신 역시 주변 사람들을 눈여겨보아야 하며, 이를테면 당신과 같은 열에 앉아 있는 한 아이와 그 아버지 사이의 대화에 집중해야 할 때이다. 아이의 아버지가 하강이 시작될 때를 대비해서 아이에게 이야기를 해주겠다고 약속했으리라는 생각이 문득 든다. 어쩌면 아이는 저 산맥에 관한 이야기를 해달라고 했을 것이고 아버지는 머뭇거리다가 헛기침을 하고 마침내 아이의 청에 굴복한다.

이렇게 되어 다른 할 일도 없기 때문에 당신은 그 이야기에 귀를 기울이고, 나로서는 마치 거기 비행기 창가에 앉아 있는 아이가 내 아들인 듯, 내 아들이 자기 엄마와 함께 저 바깥, 딴 나라에 나가 있지 않다면 들려줄 신기한 동화를 지금 그 아이한테 들려주고 있는 듯, 그 장면을 내 뜻대로 상상해볼 수 있다. 인물들과 비행기의 모습을 떠올리기는 쉽다. 화장실에서 아예 나오지 않을 것만 같은 여자와 술집에서 아무것도 주문하지 않고 '숙녀용'이라 표시된 화장실 문만 바라보는 그 남자 외에 다른 무엇으로 이 미치도록 느릿느릿한 시간을 채우는 것은 쉬울 뿐 아니라 꼭 필요한 일이다. 여기서 진 한잔을 아무것도 타지 않고 찔끔찔끔 마시는 대신——진이 무슨 보석이나 되는 것처럼 한방울씩 마시는 까닭은 또 한잔을 할 돈이 한푼 없는데다, 어차피 술은 더 마시고 싶지 않기 때문이다——내가 거기 당신 곁에 앉은 사람이 되어 이야기를 하고 당신은 눈을 감고 그 이야기를 단 한마디도 놓치지 않으려 하는 장면을 상상하기란 쉽다. 그리고 당신과 나의 시간을 보내는 데는 저 산맥에 관한 이야기만큼, 아르뚜로가 얘기하기 좋아하는 저 이상한 이야기들 중의 하나이며 어쩌면 그가 말한 정신훈련의 하나일지 모르는 150년 전에 살았던 한 노새몰이꾼에 관한 이야기만큼 좋은 것이 어디 있겠는가. 지금 우리는 그 이야기를 아이와 함께 듣고 있는데, 기장이 중앙계곡으로 하강이 시작되었고 약 20분 후에는 뿌다우엘 국제공항에, 확실하지는 않지만 당신의 삐드로인 내가 언제나 그랬듯이 세관 바로 바깥에서 신문을

읽으며 당신을 기다려주기를 기대하는 그 공항에 착륙할 것이라는
안내방송을 한다.

 "그 옛날에는 저 산맥을 횡단하는 것이 위험한 일이었단다." 내 생
각으로는 아르뚜로의 목소리 같기도 하고 어쩌면 내 목소리 같기도
한, 당신 옆에 앉은 남자의 목소리가 이렇게 말하는 것을 상상한다.
"하지만 정확히 말하자면 저 산맥 자체가 위험한 것은 아니었다. 왜
냐하면 저 산맥이야 노새몰이꾼한테 어떤 해도 입힐 수가 없었거든.
그는 어린아이였을 때부터 자기 아버지랑 저 산맥을 탐험했기 때문
에 모르는 산길이 없었던 거야."

 아이의 얼굴을, 그때는 비행기가 없었나요 하고 필시 묻고 있을 아
이의 얼굴을 그려보는 것은 어렵지 않다. 그러자 아버지는 그래, 비
행기도, 심지어 기차나 자동차도 없었기 때문에 걷거나 노새를 타고
횡단을 해야 했어라고 대답한다. 물론 그 노새몰이꾼은 수천번이나,
그것도 겨울의 폭설이나 여름의 거센 모래바람처럼 상상하기 힘든
온갖 악조건에서도 횡단한 적이 있지. 그런데도 그 노새몰이꾼은 한
번도 모임에 늦은 적이 없었어.

 이제는, 내가 그 아이의 아버지라면 내 손으로 아이의 손을 잡고
안전벨트가 단단히 채워졌는지 검사할 것이고, 그러는 동안 기장은
승객들에게 '금연' 신호가 들어왔으니 모두 담배를 꺼야 한다는 것을
상기시키는데, 바로 그 순간 당신은 담배를 단 한모금만 더 피우고
싶은 절박한 충동에 사로잡히고, 사형선고를 받은 사람이 마지막 담
배를 거부당했다는 터무니없는 생각이, 이것이야말로 죽음으로의 하
강이라는 생각이 당신의 뇌리를 스친다. 하지만 그런 생각을 지우기
위해서 당신은 당신 옆사람의 이야기에 따르면 한번도 모임에 늦게

도착한 적이 없다는 그 노새몰이꾼을 기억하기만 하면 된다. 물론 그는 늦은 적이 없었다. 그는 항상 정해진 시간에 차분하고 태연하게 나타났다. 심지어 독수리들조차 그만큼 안데스 산맥을 잘 알지는 못했다. 그는 빙하, 갈증을 풀어줄 은밀한 폭포수, 안개로 말미암은 온갖 기이한 현상, 그리고 미리 비를 예측하는 방법을 알고 있었다. 저 산맥을 횡단하여 칠레를 해방시키려는 사람들이 화톳불 가에 모여들면 그에 관한 전설들을 오랫동안 이야기했다. 그들의 이야기로는, 예컨대 그는 몇달 앞서서 동굴이나 다른 은신처에 땔감과 마른 음식들을 놓아두었는데, 그것은 자기가 사용하지 않더라도 누군가한테는 필요하리라는 이유에서였다는 것이다. 그들은 한 여자가 목적지에서 항상 그를 기다리고 있었다는 이야기도 했다.

비행기는 돌풍에 휘말려 공중에서 약간 흔들리더니, 기수를 돌리고 비스듬히 기울다가 하강을 시작한다. 갑자기 강렬한 햇빛이 날개를 환하게 비추더니 곧 사라진다. 기분이 내켜 눈을 뜨면 저 밑에 스모그에 잠겨 헐떡거리고 있는 싼띠아고 시를 볼 수 있다.

그렇다. 따지고 보면 내가 시간을 보내는 것이, 비행기의 하강에 직접 참여하여 아이의 아버지가 다음에 할 말이나 아이의 몰두한 표정을, 그리고 머리를 뒤로 젖혀 좌석 위쪽에서 풍부하게 흘러내리는 신선한 산소를 깊이 들이마시고 있는 당신의 모습을 미리 상상해보는 것이 그렇게 어렵지는 않다. 이제 당신은 담배를 피울 수가 없으므로 내가 우리 둘을 대표해서 담배 피우는 모습을 상상할 수밖에 없을 것이다. 나는 불을 붙이기 전에 담배가 마약이라도 되는 양 노려본다. 첫 모금의 담배연기가 위로 퍼져나가자 나는 그 연기를 따라가는데, 내 눈은 그 너머로, 그 위의 하늘까지 나아가, 시간표에 따르면

16분만 있으면 나타날 그 비행기를 찾는다. 내 눈길이 다시 지상으로 내려오는 순간 검은 옷을 입은 여인이 두 아이의 손을 잡고 술집을 지나쳐간다. 그녀는 도착장으로 가는 계단에 이른다. 그 남자는 로봇이나 꼭두각시처럼 동작을 취했고, 계단에 이르러서는 발길을 멈추고 난간에 손을 올려놓은 채 그녀를 감시한다. 어떤 일이 벌어지는지 내가 확실하게 깨닫지도 못하는 사이에 갑자기 또 한 남자가 그와 합류한다. 내 옆에 앉아 있던 바로 그 사람, 탐 콜린즈를 시켜서 마신 그 사람이다. 그들 중 하나가 다른 하나에게 뭐라고 말을 하고, 그런 다음 그들은 말없이 잠시 기다린다. 그러다가 이제는 그들 둘 다 마치 다리가 아프기라도 한 듯이 조심스럽게 계단을 내려간다.

"하지만 노새몰이꾼을 위협한 것은 돌풍이 아니었지" 하고 아이의 아버지는 지금쯤 설명을 하지 않을 수 없을 것이다. 그리고 그는 아이에게 노새몰이꾼을 해칠 수 있는 것이 무엇인지, 노새몰이꾼이 두려워할 필요가 있는 유일한 것이 무엇인지 아느냐고 묻고는, 아니야, 그건 퓨마도 지진도 홍수도 아니야라고 대답한다. 그는 아이한테 어떤 것이, 혹은 어떤 사람이 노새몰이꾼을 해칠 수 있는지 알아맞혀보라고 한다.

"모르겠어요." 아이가 말한다.

나는 담배를 끄고 시계를 보고 바텐더에게 계산서를 달라고 한다. 마치 내 자신이 저 위에서 그 질문에 답하는 듯, 마치 뻬드로가 잠자리에 들기 전 자기 아들 곁에서 악몽을 꾼 아들을 위로하고 물 한잔을 갖다줘서 정신을 차리게 하고는 이렇게 대답하는 듯하다.

"애야, 사람들이란다. 사람들이 그를 해칠 수 있지. 사람들이란 말이야."

"사람들이요?" 당신은 듣는다. 나도 듣는다. 세밀하게 고안된 고통이 있다는 것을 이해하지 못하는, 절대로 이해할 수 없는 아이의 목소리를 우리 모두는 듣는다. 아이를 공포에 질리지 않게 하면서, 아이의 순진성을 파괴하지 않으면서, 감옥보다 더 음침한 곳들이, 총알보다 더 가혹하고 예리한 것들이, 목을 감는 밧줄보다 훨씬 더 나쁜 뭔가가 있다는 것을 어떻게 이해시킬 수 있을 것인가? 어떻게 하면 아이를 더 강하게 하고, 삶을 위한 준비를 하게 하고, 아이의 무지를 없애면서도, 아직 받아들일 준비가 되어 있지 않은 문제로 아이의 정신을 억누르지 않을 수 있을 것인가? 아이가 해서는 안될 질문을, 물어서는 안되지만 마땅히 대답할 만한 질문들을 할 때 어떻게 대답할 것인가? 노새몰이꾼이 그 질문에 대한 답을 상상하고 싶어하지도 않았다는 것을, 모든 문제를 잊어버리는 편이 낫다는 것을, 여정의 종착지에서 자신을 기다리는 사람이 미겔이나 페르난도나 혹은 마누엘 로드리게스가 아닌 다른 사람——그를 체포하고자 하는 다른 사람들, 이를테면 에스빠냐 왕에게 충성하는 사람들이나 싼 브루노 대장의 병사들——이라면 자신한테 무슨 일이 벌어질 것인가 하는 생각은 아예 안하는 편이 낫다는 것을 아이에게 어떻게 설명할 것인가?

방금 LAN-칠레 항공사의 한 여직원이 확성기를 통해 부에노스아이레스, 몬테비데오 및 리우 데 자네이로 발(發) 112 항공기의 도착이 임박했음을 방송한다. 나는 술값을 치른 다음, 아직은 도착장으로 내려가지 않고 뿌다우엘 공항의 테라스로 나가보기로 작정한다. 도착장에서 그 여인의 어두운 형상과 그녀의 치마를 꽉 잡고 있는 아이들과 멀찌감치에서 혹은 가까이에서 심판관의 눈길로 그녀를 감시하는 두 명의 남자들——지금쯤 셋이 되어 있을지 모르지만——을 굽이 보고 싶지 않은 것이다. 테라스에는 멋지게 차려입고 기다리는 사람들이 흘러넘칠 정도로 가득하였고, 난간에 매달려 비행기가 뜰 때마다 보이지도 않는 승객들에게 안녕 하면서 아우성치는 아이들, 끝도 없는 숨바꼭질 놀이에 악동처럼 날뛰며 어른들의 가랑이 사이를 들락거리다가 좀더 눈을 끌 만하다 싶은 다른 놀이에 빠져드는 아이들로 그야말로 야단법석이다. 그런데 저 위에서 비행기 한대가, 틀림없이 당신이 탑승했을 그 비행기가, 그 속에 있는 당신은 착륙용 바퀴가 삐걱거리면서 내려오는 것조차 거의 눈치채지 못하는 그 비행기가 사뭇 우아하게 하강하는 모습이 정말 잘 보인다. 노새몰이꾼 이야기는 계속되고, 다시 눈을 감고 위스키잔을 입술에 갖다대는 당신의 혀에 얼음에 약간 희석된 쌉쌀한 술맛이 느껴진다. 한순간 당신은, 아무것도 당신한테 달려 있지 않은 그 상태를, 모든 것이 다른 힘들의 손아귀에 있는 그 상태를, 주사위가 이미 던져져서 당신의 의지는 이제 전혀 중요하지 않게 될 그 상태를 즐길 수 있으리라고 믿는다.

당신은 내가 이 밑에 있는지 확신할 수 없다. 어쩌면 당신은 비행기가 마침내 칠레 땅에 닿는 순간을, 당신이 착륙의 작은 충격조차 거의 느낄 수 없는 그 순간을 그늘에서 지켜보는 나를 떠올리고 있을지도 모른다. 만사가 너무나도 부드럽게 진행되어 당신이 아직도 시속 300킬로미터로 움직이고 있다는 것을, 산맥들이 지금은 있어야 할 자리에 그러니까 당신의 뒤와 위에 있다는 것을, 이 그르렁거리는 소리는 역전(逆轉)하는 엔진 소리라는 것을 깨닫는 것은 불가능하며 뿌다우엘 공항임에 틀림없는 바로 앞에 놓인 저 회색건물에서 뻬드로가 당신을 기다리고 있다는 것을 당신은 이제 의심할 수가 없다.

제트기의 깔끔한 착륙 광경을 눈으로 좇다가 도착장으로 통하는 계단을 느릿느릿 내려가보기로 하는 뻬드로. 당신이 이민국, 국제경찰, 세관 등에서 보낼 시간을 계산하면서 손목시계를 쳐다보는 뻬드로. 이 아래에서 검은 옷의 여인은 이제 어디에도 보이지 않는다. 보이는 것이라고는 한 여행보험사 사무실 옆에 있는 한쌍의 연인들인데, 그들은 뿌다우엘 공항 한복판에 남겨진 황량한 두 몸뚱어리에 불과하건만 은막 위의 인기배우라도 되는 것처럼 서로 키스하고 부둥켜안고, 어떤 것에도 어느 누구에게도 아랑곳하지 않고 바로 거기서 대중이 보는 가운데 서로의 어깨와 엉덩이를 움켜쥐고 거리낌없이 열정적으로 서로에게 몸을 내맡긴다. 떠나는 사람이 여자인지 남자인지 분명하지 않으나, 마치 선정적으로 클린치를 하는 두 명의 권투선수처럼, 발가벗은 채 부르르 떠는 입상들처럼 서로 배를 밀착시키고 있다. 여자의 지갑이 바닥에 굴러떨어져 내용물이 그들의 다리 사이로 쏟아져나오건만 그들 중 어느 쪽도 전혀 주의를 기울이지 않고, 마치 지금 두 몸뚱어리 사이에 단 1밀리미터라도 배반의 틈을 허용하면 돌아와서 다시 포옹할 권리를 잃어버릴 것처럼 계속 서로를 관통하려고, 한몸이 되려고 애쓴다. 나는 내 눈을 어떻게 해야 할지, 어디에 두어야 할지, 그토록 자세하게 확대된 그토록 엄청난 고통을 어떻게 계속 지켜보아야 할지 알지 못하는 채로 그 장면을 바라본다. 강렬한 호기심에 끌려 계속 가만히 있어야 할지 아니면 얼굴을 돌려 딴 쪽을 쳐다보아야 할지 정할 수 없는데, 딴 쪽을 쳐다보면 객장 구석의 승객 출구 근처에 있는 그 두 남자를, 조금 전에 검은 옷의 여인을 지켜보던 것과 똑같은 눈으로 그 연인들을 지켜보면서 이야기를 하고 담배를 피우는 그 두 남자를 보게 될 것이 틀림없다.

그러나 비행기가 계속 굴러오는 동안 당신은 이런 것을 전혀 생각하지 못한다. 물론 당신은 노새몰이꾼의 이야기를 듣는 데 더 관심이 있다. 그 이야기는 어린아이의 침대 모서리에 걸터앉아서, 혹은 야간경비의 근무교대 전에 모닥불 가에 둘러앉아서, 혹은 방과후 이해되지 않는 문제를 안고 집으로 돌아온 다음에, 혹은 비행기가 착륙하고 기차가 도착하는 그런 순간들에 이야기되는 모든 이야기들처럼 느릿느릿 끝을 맺는다. 그럴 때는 신경을 가라앉히고 두려움을 없애야 하며, 끝없이 외로운 사랑의 돌풍에 휘말린 한쌍의 몸뚱어리들에서 눈을 떼고 당신 발치에 놓여 있는 루즈, 손수건, 열쇠들의 기억을 잊어야 하며, 승객용 트랩 앞의 좋은 자리를 찾는 데 몰두해야 하며, 싼 브루노는 무슨 짓을 해서라도 그 노새몰이꾼을 잡아 오직 그만이 갖고 있는 그 소중한 정보를 얻어내려 했다고 말하는 아이 아버지의 목소리에 귀를 기울여야 한다. 누구라도 그 겸손하고 초라한 남자가 어떤 특별한 것을 알 리 없다고 장담했을 것이다. 그러나 그는 전령이었고 싼 마르띤(라틴아메리카의 위대한 혁명가로 아르헨띠나, 칠레, 뻬루 등지에서 에스빠냐의 식민통치를 종식하기 위한 해방운동을 이끌었음—옮긴이)이 직접 맡긴 편지들을 지니고 있었다. 그런 다음 노새몰이꾼은 칠레에 있는 사람들이 주는 답장을 기다렸다가 해방군이 형성되고 있는 멘도사로 돌아왔다. 그런데 싼 브루노는 그를 찾고 있었다. 싼 브루노는 그의 얼굴도 이름도 모르지만 첩자, 망원, 정보원 등을 통하여 그를 감시하고 있었다. 왜냐하면 노새몰이꾼은 편지를 전달하는 방법 외에도 여러가지를 알고 있기 때문이었다. 싼 마르띤 장군은 그의 면전에서 모든 것을 이야기했다. 그들은 날짜를 정하고 숨을 곳과 차선책을 논의했으며, 노새몰이꾼이 읽을 수도 없는 선포문을 작성했고, 프랑스나 영국의 명사(名士)들을 들먹였고 전략을 되새기거나 비판하기도 했다. 노새몰이꾼은 이런 비밀회의에 참석하였는데, 한마디도 하지 않고 차분하고 흐트러짐 없이 인내심말고는 어떤 감정도 드러내지 않았다. 한달 후에 그는 돌아올 것이다.

"아빠, 그 노새몰이꾼의 이름이 뭐였어요?" 나는 누가 그 질문을 하는지, 비행기에 타고 있는 그 상상의 아이인지, 내 아들인지, 아니면 다른 누구인지 이제 알 수가 없다.

당신도 그렇다. 당신은 엔진이 멈추었다는 것을 깨닫는다. 기장은 승객들에게 LAN-칠레 항공을 이용해주셔서 고맙다는 인사를 하고 에스빠냐어로 싼띠아고의 기온은 섭씨 25도이며, 현지 시각은 오후 4시이며, 여러분들을 다시 모시기를 바란다고 말하고 똑같은 말을 이제 영어로 되풀이한다. 당신은 방송에는 주의를 점점 덜 기울이고 나처럼 그 아이 아버지의 대답을, 노새몰이꾼의 이름을 기다린다.

"싼 브루노가 몰랐듯이 나도 모른단다." 아버지가 말하고──우리는 그 아버지가 하는 말에 귀를 기울인다. "믿거나 말거나 나는 전혀 모른다. 그 이름이 필시 어떤 전문 역사서에 실려 있을 것 같은데 그걸 찾아내진 못했단다."

그러자 당신은 미소지으며 일어선다.

당신은 내가 출구 정면에 서 있는지 그리고 오늘 자 『엘 메르꾸리오』지를 펼치고 사설면을 읽고 있는지 아직 확신할 수 없으나, 어찌됐건 미소를 지으며 조용히 계단을 내려와 여승무원에게 작별인사를 하고 단호하게 앞으로 걸어가 당신의 제반 서류가 담긴 그 가방과 저 엄청나게 큰 금발인형을 들고, 언제나 그렇듯이 한마디의 질문도 없이 도장을 찍어주는 여권수속 줄을 우선 통과하고 그 다음에는 수하

물을 찾으러 간다. 당신이 짐꾼에게 짙은 갈색 여행가방을 손으로 가리키자 그 짐꾼은 가방검사를 하는 세관의 탁자 위에 그 가방을 올려놓는다. 세관직원이 손가락으로 특별한 관심 없이 되는 대로 옷가지속을 구석구석 뒤지면서 통상적인 질문을 하면 그와 마찬가지의 통상적인 대답이 나온다. 당신은 신고할 것이 전혀 없다. 술도 없고 선물 몇개가 전부다. 당신은 신중하고 솜씨있게 손가방을 닫고, 짐꾼은 여행가방을 손수레에 올려놓는다. 눈짓으로 묻는 짐꾼의 질문에 당신은 택시를 타고 시내로 들어갈 것이라고 답하고, 출구 옆에서 담배를 피우고 서 있는 그 두 남자들한테는 눈길 한번 주지 않는다. 당신은 그들한테 조금도 신경을 쓰지 않으려는 듯 그들 쪽으로 고개 한번 끄덕이지 않고 그냥 지나친다. 당신은 아무 장애 없이 칠레의 영토로 들어오고 있다. 첫번째 여행 때도 그랬고, 이후 매번 그랬듯이. 그리고 내가 신문 너머로 마침내 당신을 보는 것은, 당신 몸이 시야를 가득 채우고 불빛을 가리는 것은 바로 지금이다. 그토록 오랫동안 당신을 상상만 하였던 터라, 당신이 정말로 이 비행기에 탔다는 것이, 다른 누구가 아니라 바로 당신이라는 것이 기적처럼 여겨진다. 당신이 나를 보기 전에 내가 먼저 당신을 본다. 당신은 평소처럼 차분하고 침착하게 걸어나온다. 당신이 나를 포착하기 전에, 출구 정면에 앉아 여느 때처럼 얼굴에 지루한 표정을 지으면서 『엘 메르꾸리오』지를 읽고 있는 나를 발견하기 전에 내가 먼저 당신을 본다. 그런데도 자신들의 위치에서 아직도 이동하지 않은 그 두 남자들을 송곳처럼 주시하고 있었기 때문에 나는 늘어지게 하품을 하면서도 여전히 당신을 자세히 볼 생각은 하지 않는다. 나를 보기도 전에 당신의 공포는 사라져버렸으며 공포가 언제 사라졌는지조차 당신은 확실히 의식하지 못한다. 그 공포는 다음 여행 때까지 돌아오지 않을 것이며, 어쩌면 영원히 자취를 감추었는지도 모른다. 그리고 지금 당신은 '안녕하세요'나 '나중에 봐요' 같은 인사조차 없이 나를 지나친다. 처음에는 당신의 여행가방이, 그 다음에는 손가방을 든 당신이 지나간다. 당신이 나를 본 바로 그 순간에 내가 당신을 보았다고, 그 어김없고 정확하고 소중하고 수학적이고 동일하고 빛나는 순간에 어느 누구도 눈치채지 못하는 사이에 우리의 두 눈이 만났다고 아르뚜로에게 말할 수 있다면 참 멋졌을 테지만, 그러나 그건 사실이 아니다. 마땅히 그래야 하듯이 내가 당신을 먼저 보았던 것이다. 지금 나는 여전히 신문을 읽고 있으며 당신은 내 몸에서 불과 몇 인치 떨어지지 않고 옆을 스쳐지나는데, 이제 당신은 아무런 문제가 없다는 것을 알고 나 또한 당신이 미리 정해진 대로 비행기에 탔으며 아무런 장애물도 만나지 않았다는 것을 안다. 왜냐하면 당신은 손가방을, 당신이 지나갈 때 내 무릎을 스치다시피 한 손가방을 오른손이 아니라 왼손에 들고 있기 때문이다. 당신은 당신이 없는 사이에 모든 것이 순조롭게 진척되었다는 것을 알고, 부에노스아이레스의 우리 쪽 사람들이 당신한테 건네줘서 암기한 그 싼띠아고 전화번호를 이번에도 다시 돌릴 수 있다는 것을 안다. 만약 뻬드로가, 만약 내가 여느 때처럼 거기 공항에 나타나서 당신의 존재의 짐을 덜어주지 않는다면, 만약 그 두 남자가 당신한테 정중하지만 차갑고 굶주린 눈으로 다가왔더라면, 당신은 그 전화번호를 정말 원초적인 공포를 느끼며 잊어버려야만 했을 것이다. 당신은 물론 내가 알지 못하는 그 전화번호를 이번에도 돌릴 수 있으며, 그러면 전화받는 목소리가 당신한테 일러줄 모퉁이에서 사람들이 당신을 차에 태울 것이고, 그러고는 당신이 전에는 한번도 가본 적이 없거니와 두 번 다시 가지 않을 아파트로 당신을 데려갈 것이라는 것을 안다. 그 아파트에는 틀림없이 아르뚜로가 당신을 기다리고 있다가 당신에게 커피 한 잔과 손으로 만 담배 한 개비를 내놓을 것이며, 일단 농담이 끝나고 이런저런 것들에 대한 질문들이 나오고 질문과 대답이 오간 다음에는 그 역시 어린 딸이 없지만 당신은 그에게 인형을 건네줄 것이다. 그런데 지금 당신은 바로 여기에서 ——앞으로 얼마나 오랜 세월이 흘러야 내가 다시 한번 여기에 와서 그때는 이 모든 악몽이 끝난 후 조국으로 돌아올 내 아들을 기다리고 있을지 누구도 모르는 바로 여기에서——이미 내 옆을 지나쳤고, 멀찌감치에서라도 내 팔을 만지지 않은 채, 당신을 기다리고 있는 택시에 이른다. 나는 당신 손가락의 온기가 어떠할지, 혹은 짐꾼이 아닌 딴 사람에게 말할 때의 당신 목소리, 연기를 하지 않을 때의 당신 목소리가 어떨지 상상할 수조차 없다. 오로지 이 끝없이 비참한 한순간에만 나를 보는 당신, 두달마다 한 번씩 곁눈질로 신문 너머의 당신을 지켜보는 나. 내가 단 한음절도, 단 한마디도 나누어보지 않았고 진짜 이름은 추측조차 하고 싶지 않은 당신. 마치 당신이 나에 관해 아는 바라곤 사람들이 나를 뻬드로라고 부르며 만사가 순조로우면 내가 『엘 메르꾸리오』지를 읽는다는 것, 그리고 내가 크고 태평스러운 배를 하고 안경을 쓰고 있다는 것밖에 없듯이. 사실 임무를 수행하는 데 내가 필요한 것은 그것뿐, 즉 신문과 하품과 크고 태평스러운 배와 승객용 출구에서 담배를 피우며 서 있는 녀석들을 냄새맡는 귀신 같은 직관력과, 당신에게 우리가 계획대로 하고 있다는 것을, 아무것도 연기되지 않았다는 것을, 우리의 일이 느리지만 확실하게 진행되고 있다는 것을, 이름조차 알지도 추측하지도 못하는 당신과

108

당신 같은 수천 명의 사람들을 저 멀리에 둔 채 내가 어느 때보다 더 고독하게 여기 이 공항 의자에 앉아 있다는 것을 당신한테 말없이 알려줄 강철 같은 신경뿐이다. 나는 여기 있음으로써, 당신한테 이렇게 말할 뿐이다. 모든 것이 잘 되어가고 있습니다, 내 자매여, 싼띠아고에 다시 온 것을 환영합니다. 우리는 무사하고 멋지게 해나가고 있으니 두달 후에 다시 봅시다. 그럼, 모니까, 그때까지 잘 있어요. 어쩌면 언젠가는 당신을 정말 기다리고 있다가 원래 내가 그렇듯이 미친 놈처럼 뛰어가 당신을 껴안을 수 있고, 우리가 그럴 수 있는 권리도 얻을 수 있을 겁니다. 그럼, 다음 임무 때까지 잘 있어요. 지금쯤은 택시가 출발할 시간인데 나는 고개를 돌리지 않는다. 그런데 모니까, 실은 나도 두려웠답니다. 아르뚜로가 넌지시 의중을 떠보았을 때 실토하지는 않았지만 나 역시 두려웠답니다, 동지여.

뿌따마드레

에스메랄다호 오늘 입항
—『쌘프란씨스코 크로니클』1975년

"아직 시간이 안됐어." 뿌따마드레가 단언했다. "여덟시 전에는 안 열어."

그들 셋은 보폭을 줄이고 좀더 고르게 보조를 맞췄으나 그럼에도 이전의 걸음걸이 속에 깃들인 힘과 자신감의 기색만큼은 여전했다. 마치 제대로 길을 찾아가고 있다는 것을, 그날 밤 아주 굉장한 시간을 보내리라는 것을 그들의 다리가 먼저 알아차리고 그러니 친구들, 서두를 게 뭐 있냐고 하는 것 같았다. 그 젊은이들 가운데 몸집이 큰 둘은 마치 그들의 허세를, 그들의 범접할 수 없는 자유를, 이국땅의 이 알려지지 않은 도시의 도로를 완전히 장악했음을 강조라도 하려는 것처럼 손을 바지주머니 깊숙이 찔러넣고 숱한 피티체조로 단련된 그 근육들의, 전혀 힘들어 보이지 않게 지금 저 언덕을 올라가고 있는 근육들의, 지금 당장은 그렇게 열심히 운동하고 있지 않지만 나중에는 진짜 사나이다운 일을 하느라고 미친듯이 땀을 흘릴 근육들의, 그 은밀하고 팽팽한 움직임을 만지면서 스스로 즐거워하고 있었다. 그러나 몸집이 호리호리한 세번째 젊은이는 가만히 있을 수가 없었다. 그는 어디에 있어야 할지 확신하지 못한 채 나머지 둘 사이를 계속 왔다갔다하며 자신의 공간을 확보하려고 애썼다. 처음에는 한쪽으로 움직이고 다음에는 뿌따마드레 옆으로 다가서다가 마침내는 그들 사이로 팔꿈치로 비집고 들어가 그들의 대화에서 단 하나의 야한 말도 놓치지 않으려고 목을 길게 늘이는데, 머리가 겨우 두 사관생도들의 어깨춤에 온다. 그가 나름의 개인적인 견해를 가지고 그들의 대화에 끼여드는 바로 그 순간 뿌따마드레는 투우사처럼 획 돌더니 갑자기 멈춰서서 고르고 하얀 이를 한껏 드러내며 크게 씽긋 웃는다. 금발 여인 하나가 그 부드러운 허벅지 속에 무슨 폭풍이라도 이는 듯 엉덩이를 흔들며 지나가고 있었다. 그 역시 고개를 획 돌리고 그 못지않게 빠르게 멈추는 동작을 용감하게 시도해보았지만 성공하지 못했다. 그는 뿌따마드레와 부딪쳐 그를 약간 밀치고 말았다. "이 어설픈 자식!"

뿌따마드레는 근엄하게 군복을 털었다. 그 흠잡을 데 없는 짙은 감색 제복에 티끌만한 먼지라도 묻어서는 안되는 것이었다. 그는 길을 따라 사라져가는 금발 여인의 멋지게 요동치는 엉덩이를 찬찬히 바라보았는데, 그의 두 눈은 햇빛에 그을린 그녀의 다리 쪽으로 노련하게 내려가다가 돛처럼 그녀의 피부에 착 휘감기는 듯했다.

"발데스, 너 때문에 틀림없이 항로를 이탈하고 말 거야." 뿌따마드레가 단언했다. "네 덕분에 저 금발의 쾌속정(快速艇)을 놓치고 말았잖아."

치꼬 발데스는 그 어이없는 판단에 시비를 걸지 않았다. 그만큼 그의 관심이 그 여자에게 쏠렸던 것이다. "그 여잔……?"

뿌따마드레는 금발 여인이 군중 속으로 완전히 사라질 때까지 기다렸다가 대답했다. "그래, 맞아." 그가 한숨지었다. "그 여자나 다른 여자들이나 모두 그렇지. 맞지, 호르헤?"

호르헤는 한순간도 호주머니에서 손을 꺼내지 않았다. 그는 그 여자한테 눈곱만큼도 관심이 없는 듯했다. 그는 조용히 동의했다. "내 엄마와 누이만 빼놓고 여자들은 모조리 화냥년이야."

뿌따마드레는 물에 빠져죽는 놈처럼 입을 쫙 벌리고 약간 삐뚤어질 정도로 입술을 늘어뜨리고는 미소라기보다는 조롱에 가까운 사팔눈을 해 보였다. "아, 참, 물론 그렇지. 깜빡했네. 자네 어머니와 누이동생은 다르지. 날 용서하게." 그는 멋들어지게 모자를 획 벗었다. "각하, 각하께 축하를 올리도록 용허해주시옵소서."

치꼬는 기회를 포착했다. "모든 여자는 누군가의 어머니거나 누군가의 누이야." 그가 말했다. 그들이 약 2주 전에 뭍으로 휴가를 나가기 기다리면서 꼴롬비아의 서해안을 응시할 때 그는 뿌따마드레 자신이 그렇게 말하는 것을 들었던 것이다. 2주나 되었다니 도저히 믿기지 않았다. 2주라니. 그러나 지금 그들은 여기 **미합중국**에 와 있는 것이었다.

호르헤는 그를 아래위로 쳐다보았다. "그래 이런 일에 대해 네가 아는 게 뭔데? 응? 언제부터 그렇게 잘 알았어?"

"움직이자구." 뿌따마드레가 종용했다. "우리가 차들을 막고 있잖아."

호르헤는 꿈쩍도 하지 않았다. "응, 치꼬? 그래 네가 아는 게 뭐야?"

"재는 이 방면에는 아무것도 몰라." 뿌따마드레가 말했다. "이 짱구야, 그래서 우리가 여기에 와 있는 거야. 그러니까 재한테 가르쳐야지."

"좋아." 호르헤가 공언했다. "좋아. 하지만 이 멍청이는 우선 썹부터 해야 해. 그런 다음에야 남자답게 이야기할 수 있을걸. 그런 다음에 딴사람 일에 참견하든지 해야지."

"지가 원하는 거나 생각하라고 그래." 뿌따마드레가 말했다. "오늘은 재 인생에서 정말 끝내주는 밤이 될 거야. 즐기도록 내버려두라구." 그는 아래의 만과 엠바르카데로 해변로와 그 곁에 정박한 큰 배의 기풍당당한 그림자, 거대한 콘크리트 건물들 따위를 한꺼번에 끌어안고 휙 쓸어버리는 몸짓을 하였다. "그리고 쌘프란씨스코보다 더 좋은 곳이 어디 있어? 발빠라이쏘에 돌아와 있는 것과 마찬가지지. 고향 땅에 있는 거나 다름없어. 그리고 여기 사람들 정말 끝내준다구. 여기서 그것을 처음으로 한다는 것은 칠레에서 그짓을 하는 것과 마찬가지야. 게다가 여기가 더 로맨틱하고……"

치꼬는 그들이 서 있는 길모퉁이가 어딘지 알아내기 위해 호주머니에서 지도를 꺼내 살펴보느라고 여념이 없었다.

"이 꺼벙한 자식, 내가 있는데 도대체 지도가 뭣 때문에 필요해?" 뿌따마드레가 그의 손에서 지도를 낚아채면서 말했다. "난 이곳을 내 손바닥처럼 빤히 안다고. 우린 일단 피셔먼즈 와프(쌘프란씨스코 인근의 관광명소─옮긴이)로 가지만, 다른 녀석들처럼 부둣길을 따라가지 않고 이 길로 해서 시내를 가로지르면서 볼만한 광경들도 좀 보고 그 유명한 전차도 한번 타보는 거야." 그는 언덕 쪽으로 계속 이어지는 길을 가리켰다. "저 길이야." 그가 덧붙였다. "기어리가(街)인지 파월가인지, 어느 쪽인지 기억이 나지 않지만 내게 입이 달린 건 물어보라는 것 아니겠어. 물론 빨라고도 달렸지만 지금 당장은 육만사천 달러짜리 질문을 할 거야." 그는 길목에서 신호등이 바뀌기를 기다리고 있는 키 큰 여자한테 다가가서──두 친구가 있는 쪽으로 보란 듯 윙크를 하며──그녀에게 영어로 말했다. "아가씨, 실례합니다. 피셔먼즈 와프로 가는 전차를 타고 싶은데요. 어느 쪽이죠?" 다른 두 친구들은 그의 발음에 꽤 깊은 인상을 받았다.

그 여자가 대답을 하는 동안 뿌따마드레는 그녀한테서 눈을 떼지 않았다. 치꼬는 너무나 옅고 너무나 투명하여 차마 맞받아 응시할 수 없을 것 같은 저 미국인의 푸른 눈동자를 자기 친구가 깊숙이 들여다보는 것을 지켜보면서 불편한 느낌이 들기 시작했다. "고맙소." 뿌따마드레는 마침내 간결하게 덧붙였다. 그러고는 "참 친절하시군요"라고 했다. 그 여자는 그들에게 활짝 웃어 보이고는 길을 건너갔다. 뿌따마드레는 그녀를 계속 지켜보았다. "내가 말한 바로 그 길이야."

"그럼 가자고." 호르헤가 말했다.

"물론 가야지." 뿌따마드레가 말했다. "첫번째 정거장인 피셔먼즈 와프는 뿌에르또 몬뜨(칠레 남쪽의 항구도시—옮긴이)처럼 경치가 끝내주지만 더 깨끗하고 더 현대적이지. 거기서 기레어델리 광장(쌘프란씨스코의 유흥가—옮긴이)으로 내려가는 거야. 거긴 아가씨들이 많이 있는데, 어떤 땐 한길에서 옷을 벗기도 하지. 그러나 히피들은 예전만큼 많지는 않아." 뿌따마드레는 자신이 가리킨 길 쪽으로 앞장서서 갔다. 그는 치꼬 발데스의 팔을 잡았다. "발데스, 너한테 비밀 하나를 말해주지. 모든 관계에서 최고의 순간은 계집애가 진정으로 그짓을 원하고, 할 준비가 되어 있다는 것을 알아차릴 때란 말이야. 그러면 넌 그냥 여기 살짝 누르고 저기 살짝 당기고 하면서 완전히 자유자재의 상태가 되거든. 치꼬, 그런 순간 같은 게 어디 있겠어. 그 순간에는 일이 어떻게 될지 분명하고, 어떤 일이 벌어질지 정확하게 알 수 있단 말이야. 그외의 모든 일은 절정의 내리막길이야. 내 말 알아듣겠어?"

뿌따마드레는 비냐 델 마르(칠레 중부의 항구도시—옮긴이)에 있는 메케이즈 고등학교에서 영국식 억양이 강한 영어를 배우기 시작했다. 나중에 부모가 시카고에서 살았던 2년 동안 영어를 완벽하게 구사하게 되었다. 그의 어머니 표현을 빌리면 그들은 저 '여자 같은 남자, 아옌데'한테서 도망쳐왔던 것이다. 그러나 9월 쿠데타(1973년 9월 11일 삐노체뜨가 이끄는 군부가 좌파연정의 아옌데 정권을 무너뜨린 사건―옮긴이) 몇달 전에 이미 그는 칠레로 돌아와서 보란 듯이 해군사관학교에 입학했다. "우리 부모님의 선견지명이 대단하지, 응? 부모님은 아옌데 동지의 날이 얼마 남지 않았다는 걸, 그가 그 자리를 그리 오래 지키지 못하리라는 걸 확실히 알고 있었던 거지. 그래서 나는 돌아가야만 했지. 정말 유감이었어. 예쁜 과부 하나가 나한테 푹 빠져 있었거든. 그전에는 그렇게 큰 여자하고 해본 적이 없었지. 정말 거인 같은 미국년이었어. 갑자기 그런 여자를 상대하자니 어떻게 다뤄야 할지 잘 모르겠더라구. 하지만 여자들이란 코끼리든 난쟁이든 가랑이 사이는 다 비슷비슷하지. 중요한 것은 말이야, 여자들이 섹스를 하고 싶어한다는 것이고 그 방법을 알면……"

"쌘프란씨스코에서는 얼마나 있었어?"

"오래는 아니야. 여긴 두 번 왔었지. 한 번은 LA로 가는 도중에, 그리고 또 한 번은 돌아가는 길에 들렀지. 그래도 정말 중요한 곳이 열리고 닫히는 시간을 알 만큼은 있었어."

"그래 네가 그렇게 똑똑하다면 정말 멋진 여자애들, 그러니까 창녀가 아닌 여자애들을 찾으러 가자." 호르헤가 고집했다. 그가 그런 말을 한 것은 이번이 처음이 아니었다. "이 군복을 입고 있으면 확실하다고. 우리가 나타나기만 하면 걔들은 모두 우리한테 홀딱 반할 거야."

"이 군복을 입고 있으면 확실하단 말이지." 뿌따마드레는 하품하고 싶은 것처럼 손가락을 쫙 편 채로 손을 턱에 갖다대더니, 얼굴을 찡그리고 입에서 침을 닦아내는 듯한 몸짓을 했다. "확실하단 말이지. 나타나기만 하면 걔들이 모두 우리한테 홀딱 반한단 말이지. 정신 차려! 우리가 발데스와 함께 있다는 것을 몰라? 발데스의 삼촌한테 발데스가 진짜 사나이가 되어 칠레로 돌아갈 거라고 약속하지 않았어? 꼴롬비아에서도 에꽈도르에서도 우리의 입항을 허락하지 않았고 비애국적인 놈들이 떠들어대는 통에 심지어 아까뿔꼬(멕시코 남부의 항구도시—옮긴이)에도 들어가지 못해 한 년도 건지지 못했다는 걸 잊었어? 상황을 알겠지? 그래 우리는 몸이 달아 있긴 해, 하지만 하룻밤밖에 여유가 없기 때문에 확실한 쪽으로 찾아가야 해. 아니면 나 혼자 가서 방금 본 그 끝내주게 예쁜 계집애를 꿰어차고 너네들은 알아서 하라고 내버려두면 좋겠어, 응?" 그들은 정거장에 이르렀고, 뿌따마드레는 양손을 허리에 짚고 서서 그들을 노려보았다. "여기서 결정을 할 수 있는 사람은 치꼬 발데스뿐이야. 오로지 그의 의견만이 중요한 거니까."

"글쎄, 나는……" 치꼬는 말문을 열었으나 말을 끝내지는 못했다. 왜냐하면 바로 그 순간 전차가 벨을 땡땡 울리면서 그들 앞에 섰기 때문이다.

"이 차 맞아." 뿌따마드레가 또렷이 말했다. "친구들, 모두 타라구." 그는 그들이 전차에 타는 동안 이야기를 계속하다가 요금을 내려고 돈을 찾았다. "너네들을 정말 특별한 곳으로, 정말 끝내주는 색싯집으로 데려갈 거야. 그 집은 '루씨아네'라고 불리지. 영어와 스페인어, 말 그대로 2개국어 다 통하지."

"2개국어가 다 통한다고?" 호르헤가 물었다. "2개국어가?"

"그 집을 시작한 마담은 멕시코 출신의 늙은 창녀야. 그 여자는 자기 어머니 이름을 따서 그 집 이름을 지었다고 하던데. 정말 엉뚱하지, 안 그래?" 뿌따마드레는 돈을 건넸다. "여기, 셋이오."

"진짜로 스페인어가 통해?" 호르헤가 말했다. "뿌따마드레, 너 정말 기똥차다. 가끔 널 이해하기 힘들 때도 있지만 어쨌든 네가 기똥차다는 것만은 인정해야겠네."

"치꼬, 넌 멋진 시간을 보내게 될 거야." 뿌따마드레가 그에게 일러주었다. "정말 범아메리카적인 분위기라구. 우린 너한테 최고의 여자애를 골라줄 거야. 먼저 여자애들을 죽 세워놓으면 넌 원하는 애를 고르고 그 다음엔 그애한테 칠레 남자의 참맛이 어떤 건지 보여주는 거야."

"걔들이 말이야…… 걔들이 손님을 거절할 수도 있어? 손님을 거절하기도 하냐고?" 치꼬 발데스는 질문을 제대로 하지도 못할 지경이었지만 약하고 소심한 목소리로나마 마침내 그 말을 내뱉었다. 마치 폭풍의 바다에 떠오르는 잠망경처럼 어쨌든 그 질문이 터져나온 것이다.

"걔들이 손님을 거절하는 법은 없지." 호르헤가 단언했다.

"돈만 있으면 다 돼." 뿌따마드레가 의미심장하게 손가락을 마주 비비면서 덧붙였다. "이 친구야, 사랑까지 포함해서 못 사는 게 없는 세상이란 말이야. 그래서 창녀가 있는 거야."

"인간쓰레기들." 호르헤는 암흑가의 사나이 같은 분위기를 풍기며 말했다.

"인간쓰레기들이라니 무슨 뜻이야? 무슨 뜻이냐고? 여긴 진짜 최고급이고 평판도 좋고 아가씨들도 최상품이고 보건검사에다 경찰에 뇌물까지 주는 집이야. 여기 치꼬가 아무리 열심히 박아대도 임질이

나 그딴 병에 걸릴 염려는 없단 말이야." 뿌따마드레는 팔로 다정하게 치꼬의 어깨를 감쌌다. "그래서 치꼬를 나한테 맡겼던 거야. 난 진짜 뱃사람답게 약속은 지킨다구."

"좋아, 됐어." 호르헤가 말했다. "원한다면 계속 좆빠는 년들 변호를 하라고. 네가 선장이니까, 네 마음대로 해. 이 배는 루씨아네로 항로를 정했어. 하지만 물건에 대해서 내 생각이 어떤지는 나중에 알려줄게."

"하고 싶은 만큼 의사표시를 하라구." 뿌따마드레가 말했다. "여긴 자유의 나라야. 타히티에 도착할 때까지 기회가 없을지도 모르니까, 그리고 거기 가도 원주민 여자애들밖에 없으니까, 불알 속을 다 비우고 훈련선 에스메랄다호로 돌아가는 거야."

호르헤는 앉은 채로 돌아다보았다. 그는 치꼬를 세심하게 관찰했다. "이봐, 치꼬, 넌 어때? 너 쫄았니?"

"쫄다니 무슨 뜻이야? 쟨 자기 삼촌을 완전히 빼닮았잖아. 그런 삼촌이 있으니, 전혀 문제가 없어."

치꼬는 대꾸하지 않았다. 차창을 통하여 따뜻하고 부드러운 쌘프란씨스코의 석양이 보였다. 사람들은 마치 자신이 우주의 주인이라도 되는 것처럼 조금도 서두르지 않고 개와 산책을 하거나 장을 보거나 집으로 돌아가고 있었다. "이 친구야, 여긴 미합중국이라구." 뿌따마드레의 목소리는 신이 났고, 그의 손은 진짜 다정하게 치꼬의 어깨를 툭툭 쳤다. 뿌따마드레는 계속 일장 연설을 했다. 세상의 중심이니 지구상에서 가장 강력한 나라니 하면서. 더욱 중요한 것은 그들의 조국을 구해준 나라였다는 것인데, 왜냐하면 나머지 겁쟁이 나라들이 배를 버리고 도망칠 때 양키들은 항상 미사일과 구축함과 항공

모함을 몰고 와 함포 곁에 버티고 있었다는 것이며, 그 점은 뿌따마드레 자신이 장담한다고 했다. 그는 바로 이 관대한 땅에서 여러 해 동안 양키들과 함께 살았기 때문에 그들을 잘 아는데, 미국 사람들이 야말로 믿을 수 있는 유일한 동맹군이며, 칠레와 고락을 함께했으며, 그런 거대강국이 곁에 있으니 누구도 이 세상에서 혼자는 아니라는 것이었다.

그 순간 치꼬가 벽에 걸린 포스터 하나를 가리켰다. 불가항력으로 그의 주목을 끈 것은 마치 방금 뿌따마드레가 한 말의 뒤틀린 메아리인 양 피처럼 흘러내리는 크고 붉은 글자로 씌어진 칠레라는 이름 그자체였다. 그는 나머지 글자를 읽을 수는 없었지만 그 빛깔은 칠레의 국기처럼 파랗고 하얗고 붉은 색이었다. 전차가 너무 빨리 움직여갔다. 그들은 이미 언덕 꼭대기에 도달했고 이제는 내리막길을 가고 있었고, 그들의 아래쪽에서는 쌘프란씨스코 만이 반짝거렸다.

"저걸 봐." 그는 그들의 주의를 환기시켰으나 그럴 필요가 없었다. 뿌따마드레가 갑자기 그 모든 찬사를 삼켰다. 그들은 모두 길을 따라 죽 늘어선 동일한 모양의 창문 같은 포스터 몇개를 식별할 수 있는데, 그 맨 끝에서는 두 명의 젊은 남자와 한 명의 금발 여자로 조를 이룬 미국인들이 똑같은 디자인의 포스터 한장을 벽에 붙이는 중이었다. 그들 모두는 다소 긴장되어 있었으나 효율적으로 움직였다. 전차가 조금 더 가서 멈추었다. 그들은 그 여자가 애정을 쏟다시피 하면서 매우 세심하게 포스터의 가장자리를 풀로 붙이는 모습을 볼 수 있었다. 이제 포스터의 메씨지에 대해서는 의심의 여지가 없었다. 그것은 엄밀히 말해서 환영의 뜻이 아니었다. 그들은 자신들의 배, 즉 훈련선 에스메랄드호의 모습을 알아보았는데, 배의 푸른 고물이 핏빛 바다를 가로지르며 항해하는 동안 선창에 시체들이 쌓여 있고 돛 대에는 뒤틀린 형상들이 매달려 있으며, 고통스럽게 비명을 지르는 일그러진 남녀들로 그야말로 아비규환이었다. 씌어진 글자도 그 못지않게 인상적이었다. **고문(拷問)의 배를 저지하라, 칠레를 보이코트하라**라고 적혀 있었다.

"니기미 씹할년놈들." 뿌따마드레가 음절 하나하나에 야만적으로 강세를 주면서 신음하듯 내뱉었다. "바로 여기 미합중국에서. 이 개자식들이."

"개자식들은 어디에나 있군." 호르헤가 말했다. "심지어 여기에도 있어."

전차는 놀랄 만큼 갑작스럽게 움직이기 시작했다.

뿌따마드레가 책임지고 나섰다. "내려주시오." 그가 명령했다. "당장."

그들은 뒷문으로 몰려갔으나 차장은 냉담한 목소리로 다음 정거장까지 기다려야 한다고 일러주었다. 뿌따마드레의 눈에서 뭔가 위험스러운 빛이 흘렀으나, 그는 자신을 억제했다. 그들은 말없이 두 블록을 갔다.

뿌따마드레는 땅에 발을 내딛자마자 단호하게 언덕을 되짚어 오르기 시작했다.

"무슨 짓을 하려고 그래?" 치꼬가 가까스로 물었다.

그러나 뿌따마드레의 등은 아무런 반응이 없었다.

"어이, 뿌따마드레," 호르헤가 말했다. "무슨 일을 꾸미고 있는 거야?"

"혼쭐을 내놓는 거야." 뿌따마드레는 발걸음을 늦추지 않고 큰소

122

리로 말했다. "칠레 무적함대의 훈련선이 여기 있는 한 놈들이 그따위 더러운 포스터를 붙이도록 수수방관하지는 않는다는 것을 보여주는 거야."

"잠깐만 좀 참아." 호르헤가 말했다. 그러나 뿌따마드레는 그의 말을 듣지도 못한 것 같았다. 나머지 둘은 뛰지 않으려고 애를 써야 했다. "이봐, 잠깐만 기다려 응?"

뿌따마드레는 멈추지 않았다. 뒤돌아보려고도 하지 않았다. 그의 발걸음을 늦추려고 호르헤가 붙잡는 손마저 뿌리쳤다.

"치꼬, 네가 말해." 호르헤가 말했다. "말썽을 일으키지 말라고, 그리고 지금 군복을 입고 있다고 말이야."

"넌 군복을 입고 있어." 치꼬가 말했다. "우린 엄청난 말썽을 일으킬 수 있단 말이야."

"사령관님이 우리들에게 흥분된 행동을 하지 말라고 했잖아." 호르헤가 덧붙였다. 그는 뿌따마드레에게 말을 걸고 그 반응을 헤아릴 수 있도록 이제 그 옆에서, 아니 그를 약간 앞서서 뛰다시피 했다. "우리가 말썽을 일으키면 신문이란 신문은 모두 우리 기사를 실을 텐데, 그건 우리에게 최악의 사태가 될 거야."

뿌따마드레는 언덕을 오르기 시작하던 때만큼이나 퉁명스럽게 멈춰서더니 그들을 향해 몸을 돌렸다. "이 빌어먹을 겁쟁이들, 누런 배때기의 지지리도 못난 똥쌀 놈들아! 너희는 더러운 털북숭이 빨갱이 놈 떼거리가 칠레의 이름을 더럽히고 있는데 그냥 수수방관할 작정이냐? 칠레가 작은 나라일지는 모르지만 우리에겐 우리의 자존심이 있는 거야. 자유를 위한 우리의 투쟁이 아직 계속되고 있음을 알게 해주고 말겠어. 내가 이 두 팔로, 이 두 주먹으로 놈들에게 보여주겠어. 우린 놈들의 뼈몽둥이를 모조리 분질러놓은 다음 저 포스터들을 모조리 찢어발기는 거야. 그놈들이 이 좆같은 도시 전체를……" 그는 합당한 말을 찾았으나 떠오르지 않았다. "똥으로 가득 채운다 해도," 그가 마침내 말했다. "우리 군대에 대한 모욕을 참고 있을 필요는 없어."

호르헤는 목소리가 동요하지 않도록 애쓰면서 천천히 말했다. "우리가 놈들의 머리카락 하나라도 건드리면, 우리가 저 녀석들에게 손가락 하나라도 대면 무슨 일이 일어날지 상상이나 해봐."

"그리고 저 여자는 어떡하고?" 치꼬가 말했다. "여자애하고 싸울 순 없잖아."

"내가 요구하는 것은, 뿌따마드레, 잠시 생각해보라는 것뿐이야. 진정하고 생각을 해보라고. 이 도시는 우리를 사랑하고 찬양하는 사람들, 칠레에서 일어난 일들을 이해하는 사람들, 우리를 지지하는 사람들로 가득 차 있어. 그들을 생각해야지, 저놈들을 생각해서는 안되는 거야. 저놈들은 소수야. 우리는 우방에 와 있는 거야, 알아듣겠어?"

뿌따마드레는 아무 말도 하지 않았다. 그의 얼굴은 아까처럼 붉지는 않았으나, 그의 눈에는 조금 전 홍수 같은 말을 퍼부을 때의 사나운 기색이 아직도 가득했다. 그는 세 사람이 또하나의 포스터를 붙이고 있는 거리를 올려다보았다. 바로 그 순간 그 여자의 어깨를 덮고 등을 거쳐 허리춤까지 잔물결처럼 내려온 굽이치는 금발이 석양을 받아 빛나고 있었다. 그녀는 쌘들까지 내려오는 긴치마를 입고 있었다. 그녀의 동료들은 장발에다 수염을 기르고 있었고 그들 중 하나는 히피들이 많이 끼는 뜨로쯔끼 안경을 쓰고 있었다.

"적어도 쟤들에게 말을 걸어 상황을 설명하기라도 하자." 뿌따마드레가 마침내 말했다. "쟤들이 저런 거짓말 보따리로 사람들을 기만하도록 내버려둘 순 없잖아."

"그럴 시간이 어딨어. 못난이같이 굴지 말아." 호르헤가 말했다. "쟤들은 쟤들 아빠가 먹고 살 돈을 대주지 않아서 직장에 나가야 할 때가 되면 자연히 철이 들 거야. 그게 우리 엄마가 늘 하는 말인데 그 말이 맞지."

뿌따마드레는 승복하려 하지 않았다. "쟤들 곁으로 지나가보자. 우리가 자기네들을 무서워하지 않는다는 걸 알 수 있도록 말이야. 내가 영어를 할 줄 아니까."

"그러면 결국 패싸움이 벌어질걸." 호르헤가 말했다. "근데, 우리한테 뭔 일이 벌어지면 여기 치꼬한테 한 약속을 지킬 수 없게 돼. 그러면, 치꼬 삼촌이 뭐라고 하겠어? 발데스 선장이 진짜 머리끝까지 화를 낼 게 뻔하지."

갑자기 뿌따마드레는 미소를 지었다. 영화에서 배우들이 짓는 것처럼 씁쓸한 패배의 미소였지만, 동시에 거기엔 뭔가 심오한 진실을 방금 이해한 사람의 뿌듯함이 배어 있었다. 그는 고개를 들고 깊이 숨을 들이쉬고는 자신의 두 친구를 한없이 가여운 듯이 쳐다보았다. "좋아, 그럼 쟤들한테 아무 짓도 하지 말자. 내 약속하지. 하지만……" 그는 눈을 완전히 감다시피 해 사팔눈을 만들었는데, 그의 생각은 그만큼 속 깊은 곳에서 나오는 것 같았다. "하지만…… 쟤네가 어디서 사는지 알아내고 싶어. 언젠가 쟤들한테 분풀이할 기회가 생길지 모르니까. 걱정 마. 난 약속은 지킨다구. 여기서 기다렸다가 쟤들 집까지 미행할 거야. 너희들은 산책이나 좀 하라구. 이 길로 계속 내려가면 엠바르카데로 거리가 나오는데, 나중에 기레어델리 광장에서 합류하자구."

호르헤와 치꼬는 그 젊은이들이 이미 모퉁이를 돌아서는 모습을 볼 수 있었다.

"우리 이렇게 하지. 한 시간 반 이내에 뭔가 알아내지 못하면 그땐 내가 포기할게. 8시 15분까지 말이야, 어때? 기레어델리 광장의 맨 꼭대기 테라스에서 봐." 뿌따마드레는 함박웃음을 지으며 차분하고도 자신만만하게 이미 걸음을 떼고 있었다. 그는 돌아서서 그들에게 손을 흔들었다. "잘 처신하도록 할게. 저 계집애를 따먹지는 않을 테니까…… 적어도 이번에는 말이야." 그들이 저지할 수 없게 그는 길 모퉁이로 달려가 조금 전에 미국인들이 간 방향으로 돌아섰다.

"저 녀석은 또라이야." 치꼬가 중얼거렸다.

"또라이건 아니건 저 녀석은 걔들이 어디 사는지 알아낼 거야. 걔들 이름도. 그냥 두고 보라구."

그들은 그다지 오랫동안 기다릴 필요가 없었다. 그는 8시 25분에 지정된 장소에 나타났다. 호르헤와 치꼬는 테라스의 한 탁자에 앉아 있었다.

뿌따마드레는 양손을 치켜든 채 길 저 아래서부터 그들에게 환호했다.

"자식들, 재미가 어때? 뭐하고 있었어? 너네들의 친애하는 쌘프란씨스코 관광안내원 없이, 이 몸 없이 어떻게 보냈어?" 그러고는 그는 의자 하나를 새로 끌어냈다.

"뭣 좀 알아냈어?"

"알아냈냐구? 이 자식들 뭘 먹고 있는 거야? 이런 쯧쯧! 밀크셰이크는 그만두라구. 초콜릿 썬디(시럽·과일 등을 얹은 아이스크림—옮긴이)로 시작해야지. 여기에 세상에서 최고 맛있는 초콜릿 썬디가 있다구. 그걸 먹으면 오늘밤을 거뜬하게 치를 수 있을 거야. 우리한테 필요한 건 열량이라구!"

뿌따마드레는 몸소 썬디를 시키려고 일어섰다.

"자식들아, 저 경치를 봐라." 온몸을 엄습하여 찬란하게 용솟음치는 격정에 문득 사로잡혀 그가 말했다. "칠레에 있다면 지금쯤 불알이 다 얼어붙을 텐데, 여기서는 쌘프란씨스코 만의 마지막 햇살을 지켜보는구나. 어때, 마음에 드냐?"

"너 아무 짓도 안했지, 그렇지?" 호르헤가 자기 친구의 들뜬 기분을 어떻게 이해할지 몰라 걱정스러운 듯 물었다.

"썬디나 먹고 돈이나 내라구." 뿌따마드레가 소리쳤다. "난 약속을 지키는 사람이라구, 안 그래? 내가 거짓말하는 것 봤어? 군인이 명예의 계율을 깨뜨릴 수 있어? 응? 난 그 계집애의 귀여운 빨갱이 젖꼭지도 건드리지 않았다구. 근데, 젖꼭지가 정말 작더라구."

"남자애들은 어떻게 하고?" 치꼬가 물었다.

"개네들? 그 계집애 같은 녀석들 말이야? 그런 이상한 놈들 때문에 내 손을 더럽히고 싶지 않아. 그 자식들은 하루 종일 책 보느라고 볼장 다 보는 놈들이야. 개네들 근육이라곤 눈까풀밖에 없잖아." 그는 스푼으로 썬디를 푹 찔러서 커다란 아이스크림 덩어리를 덜어냈다. 그러고는 그 덩어리 전체를 몽땅 입안에 쑤셔넣었다. "제길, 우리가 발빠라이쏘에 와 있는 것 같잖아. 우리가 이런 건물과 다리들을 짓게 될 2000년의 발빠라이쏘 말이야. 저 물이 얼마나 푸른가 보라구. 금문교를 보라구. 저 너머를 보라구. 저게 바로 쏘쌀리토(금문교 북쪽의 마을—옮긴이)라는 곳이야. 저기서 근사한 파티들이 열린다구."

"둘러대지 말고 어서 말해봐."

"말할 것도 없어. 그 여자 이름은 마를린 제닝스야. 독신으로 혼자 살아. 학생이구. 그 여자한테 찾아가고 싶어? 주소는 돌로레스가 126번지, 아파트 2E야. 여기선 모두 스페인 이름을 붙이더라구."

"어떻게 알아냈어?"

뿌따마드레는 그의 뺨을 토닥거렸다. "이런 불쌍한 녀석. 자식아, 내가 걔들을 미행했지. 미국놈들은 일찍 식사를 한다구. 난 걔들의 습관을 알지. 집에서 식사하느라고 이런 좋은 날을 놓치는 거야.

"그러고는 뭘 했어?"

"그런 후에? 그런 후에 그런 후에 그런 후에지 뭐. 자식아, 내가 걔들을 미행했다고 했지. 걔들이 그 집으로 들어가더군. 난 길 건너편 가게에서 그 집에 관해 물었지."

치꼬는 헛기침을 했다. "그래 사람들이 네게 정보를 알려주던가, 그냥 그렇게?"

"그냥 그렇게는 아니지, 발데스. 이 세상에 공짜는 없어. 거기서 일하는 늙은 여자한테 착 달라붙어서 칠레의 매력을 쏟아부었지."

"그래서 그 여자가 죄다 불었군."

"거의 모든 걸. 이름이야말로 정말 중요한 사항이지. 그 미국 계집 애의 하루 일과, 그것도 중요하지. 이를테면 그녀가 오늘밤 몇시에 집에 돌아오는지 알고 싶어?"

호르헤는 만을 가로지르는 돛배의 항로를 눈으로 따라갔다. "걔들 이름은 뭐야?"

"누구 이름?"

"그 녀석들 말이야."

"그 호모 같은 놈들의 이름은 집어치우라구. 걔네들은 십중팔구 그 녀와 제대로 씹도 하지 못할 놈들이라구. 그 삼인조 가운데서 그녀가 두목인데…… 근데 내가 그걸 어떻게 알았는지 알고 싶지? 그건 그 녀가 정말 끝내주는 년이기 때문이라구, 뻐드렁니에다 궁둥이만 큰 멍청한 미국년들과는 다르다구. 정말 작지만, 목소리는 큰, 그 여여 쁜 계집애…… 네년을 홀랑 벗겨 샤워실에 데리고 들어가면 좋겠다. 조그만 년이 그런 선동가라는 게, 그런 공산당 쌍년이라는 게 유감이 지만, 우리가 네 생각을 돌리도록 힘써볼 수는 있지, 안 그래? 그렇 지? 일단 그녀가 남자의 참맛을 보면, 칠레 남자들을 이런 식으로는 대하지는 않을 거야."

호르헤는 빨대로 마지막 남은 초콜릿 방울들을 후르르 빨아먹었 다.

"좋아. 넌 재미있는 시간을 보냈어. 이제 넌 그녀가 어디 사는지 알 아. 그럼 우리 볼일이나 신경 쓰자고."

"그래." 치꼬가 말했다. "점점 늦어지고 있어."

"여기 돈 있다. 호르헤 네가 가서 계산해." 뿌따마드레가 명령했 다. "난 줄서지 않을 테야."

현금출납기 앞엔 정말 긴 줄이 있었지만, 호르헤는 반발하지 않았 다. 호르헤가 자리를 뜨자마자 뿌따마드레는 치꼬를 향해 몸을 기울 였다.

"그래, 발데스, 기분이 어때?"

"좋아. 기분 나쁠 이유가 있어?"

뿌따마드레는 입술을 깨물고는 생각에 잠긴 듯이 보였다. "첫번째 경험 후에 말이야 말하자면 사람이 달라지거든. 예전의 자기가 결코 아닌 거야."

"난 두렵지 않아."

"우리 사관생도들은 두려움을 모르지." 뿌따마드레가 말했다. "너네 엄마가 널 기르는 방법을 몰랐던 거야, 그게 문제야." 날이 어두워지고 있었다. 광장 주위의 가로등에 불이 들어오고 있었다. "너한테 묻고 싶은 게 있어, 치꼬. 이제는, 아니, 이미, 넌 알고 있었지?"

치꼬는 아무 말도 하지 않았다.

"이봐 치꼬, 난 네 친구야. 내가 기수(旗手)지만 넌 날 믿을 수 있어. 알다시피 난 딴사람 일에 괜히 끼여들고 싶지 않다구. 내가 너한테 하는 질문이 마음에 들지 않는다면 그냥 그렇다고 솔직히, 진짜 사나이답게 말하라구, 그러면 더이상 묻지 않을게. 하지만, 너한테 진짜 하고 싶은 질문이 딱 하나 있어. 오늘밤 정말로 널 도울 수 있도록, 그래서 만사가 순조롭게 진행될 수 있도록 말이야."

"우리는 이미 많은 이야기를 했잖아." 치꼬가 말했다. "여행 내내, 하루 종일 우리가 한 일이라곤 여자들 얘기뿐이었어."

"내 말을 못 알아듣는군."

"이야기 듣는 것도 지겨워. 우리가 발빠라이쏘에서 떠난 지 며칠이 지났는데, 사십일 가량 동안, 매일 넌 나한테 다른 이야기를 했어."

"전문가의 말을 듣는 게 너한테 좋을 거라고, 그러면 세세한 사항들을 모두 알고 이 모든 것이 얼마나 자연스러운 것인지 알 거고 그러면 그렇게 부끄러워하지도 않을 거라고 생각했지."

"그래. 그래서 이제 부끄럽지 않아. 네가 네 할아버지 농장에서 농장 여자애를, 네 첫번째 여자애를 어떻게 따먹었는지, 그리고 여자애가 처녀인 경우를 대비해서 항상 손수건을 갖고 다니는 것이 좋다는 것도 정확하게 알고 있어. 그리고 그 넬리라는 여자, 젖꼭지가 엄청나게 큰 가게 점원에 관해서도 모든 것을……"

"잠시만 닥치라구. 그런 이야기는 더이상 하고 싶지 않아. 넌 내 말을 못 알아들었어. 난 그냥 간단한 질문 하나를 하고 싶은 거야."

치꼬가 일어섰다. 호르헤가 돌아오고 있었기에 그들은 계단 쪽으로 이동했다.

"치꼬한테 무슨 일 있어?" 호르헤가 물었다. "걔한테 무슨 말을 한 거야?"

뿌따마드레는 그의 팔을 붙잡았다. "네가 다 망쳤잖아, 이 자식아. 넌 너무 빨리 돌아왔어. 이 일은 내게 맡기라구…… 이봐, 항상 뒤에서 마치 다른 볼일이 있는 것처럼 우리를 따라오라구. 몇가지 마술만 부리면…… 만사 오케이야! 발데스가 드디어 거사를 치를 준비가 다 될 거란 말이야."

호르헤가 뿌따마드레의 얼굴에 눈을 붙박은 채 친구의 펴진 손 안에 거스름돈을 한닢한닢 떨어뜨렸다. 그는 의도적으로 천천히 동전을 떨어뜨렸다.

"뿌따마드레, 넌 정말 굉장한 이빨이다. 저 불쌍한 녀석한테 뭐라고 했어?"

뿌따마드레의 표정은 변하지 않았다. 그는 거스름돈을 호주머니에 떨어뜨려 쨍그랑 소리를 냈다. "이봐, 호르헤, 내가 생도들 절반이나 총각 딱지를 떼줬으니 이래라 저래라 가르치려 하지 마. 단지 알아내야 할 게 있어, 그뿐이야."

"뭘 알아내?"

뿌따마드레는 몸짓으로 치꼬 쪽을 가리켰다. 치꼬는 난간에 기대어 만으로 넘어가는 찬란한 석양을 바라보고 있었다. 산들바람이 열기를 덜어주었고, 동시에 바다를 가로질러 흩어져 있는 돛배들의 돛을 부풀렸다.

"쟤가 자기 문제에 관해 우리한테 말하지 않은 게 있어."

"야. 넌 아직도 과거에 일어난 일을 물고늘어지는구나."

"그래. 과거에 일어난 일이지. 그 여자애, 걔가 어떻게 생겼을까, 말하자면 육체적으로 어떤 애였을까? 그녀가 어떻게 생겼을까?"

"뿌따마드레, 넌 포기하는 법이 없구나. 그녀가 어떻게 생겼는지 우리는 몰라. 발데스 선장이 그녀가 누군지를 기어이 밝혀주었으면 했는데."

"발데스 선장은 치꼬가 그 일을 거론하는 것조차 거부한다고 주장하고 있어. 치꼬가 당황한 것은 당연하지, 그날 밤 발기를 할 수 없었으니까 말이야……"

호르헤는 담배에 불을 붙였다. "근데 치꼬가 너한테 아무 말도 안 했니?"

뿌따마드레는 깊은 숨을 쉬어 허파에 부드러운 바닷공기를 채워넣었다. 대기는 서서히 식어가면서 해질녘이 가까워옴을 알리고 있지만 그 속에는 아직 햇빛의 맛이 남아 있었다. "물론 말을 했지. 나한테 모든 것을 말했어."

"모든 것을?"

"거의 모든 것을. 우리가 이미 알고 있는 것은, 그가 그 여자한테 강요하고 싶지 않았다는 것, 그건 공정하지 못한 짓인지 뭔지였다는 것, 그녀가 무방비 상태였다는 것, 그리고 그짓 자체가 옳지 않았다는 것 등이야. 그녀한테도 자기 나름의 생각을 할 수 있는 권리가 있다는 것. 젠장! 그는 그 계집애한테 오랫동안 있으면서 이야기를 했던 것 같아. 얼마나 멍청한 자식이냐. 틀림없이 누군가가 나중에 그녀를 따먹었겠지."

"하지만 네게 그녀의 생김새를 결코 말하지 않았단 말이지."

"치꼬는 정말 입이 무거워. 조개처럼 꽉 다물지. 게다가 너도 기억하겠지만, 그날은 정말 난장판이었잖아. 난 내가 한 여자애와 두 번 했는지 아니면 다른 두 여자애와 했는지도 기억 못해. 자기 차례가 되었을 때 치꼬가 얼어붙을 거라고 우리가 어떻게 상상할 수 있었겠어? 내가 그걸 상상이나 할 수 있었겠어?" 뿌따마드레는 치꼬를 바라보았다. 치꼬는 만(灣)에 갇혀 이따금씩 푸르게 움직이는 바다와, 평화로운 전경을 밝히는 도회의 첫 가로등 불빛과, 그 너머로 뻗어 있는 짙은 갈색과 초록색 언덕을 보느라고 여념이 없었다. 쌘프란씨스코의 고층건물 그림자가 부드러운 어둠의 바람처럼 물위에 퍼져 있었다. "하지만 그는 나한테 이야기할 거야. 나한테는 모든 것을 이야기할 거야. 누구도 뿌따마드레한테 비밀을 숨길 수는 없지. 뿌따마드레는 결국은 모든 것을 알아내거든."

"내가 너라면, 치꼬를 내버려두겠어. 걔는 신경이 아주 날카롭다고. 너무 다그치지 마."

"문제는 난 네가 아니라는 거야. 넌 아직도 그걸 깨닫지 못한 모양인데, 난 나라구. 그를 점잖게 대할 거구." 그는 호르헤한테 크게 눈짓을 하고는 치꼬를 향해 걸어가 팔꿈치로 헤쳐 그의 곁에 자리를 잡았다. 한동안 그는 아무 말도 하지 않고, 치꼬와 함께 전경(前景)과

보트와 시끄러운 행인들과 여인네들의 치맛자락을 지켜보았는데, 그들 아래쪽에서 산책하는 그 여인네들은 그들 같은 사람들의 눈에는 언제나 기쁨의 원천이었다. "치꼬, 그렇게 화낼 것까지는 없잖아."

"화난 게 아니야."

"아냐, 화난 게 맞아. 그리고 그럴 만한 권리도 있지. 이봐, 치꼬. 난 내 자신을 알아, 젠장, 내 앞에 언제나 거울이 있는 것처럼 빤히 안다구. 내가 주둥이를 쉴새없이 놀린다는 걸 알아. 딴사람한테 한마디라도 끼여들 기회를 주지 않는다는 걸 알아."

치꼬는 갈매기 한마리에 시선을 집중하려고 애썼고 그 갈매기의 끝없이 졸리운 비행을 눈으로 따라갈 수 있었다. 갈매기가 사라졌을 때 그가 말했다. "누구나 자기 개성이 있는 법이지. 타고난 개성을 네가 어쩌겠어."

"내가 쉴새없이 이야기를 하고 싶지 않은 것도 바로 그 때문이야, 이해하겠지. 오히려 네 말에 귀기울이고 싶다구. 하지만 난 남의 말을 귀담아듣기가 어려워."

"뿌따마드레, 문제는 말이지 넌 이야깃거리가 엄청 많다는 거야. 그래서 그렇게 이야기를 많이 하는 거야. 반면에 나는, 진짜로 살아본 적이 없어. 특히 아버지가 돌아가신 이래로 인생이 좋친 것 같았어. 집에 나와 엄마만 달랑 남았거든."

"그래. 하지만 해군학교에 입학한 것은 참 멋진 생각이었어. 네 삼촌이 멋진 조치를 취한 거라구."

"삼촌은 늘 내가 자기처럼 해군장교가 되기를 원했지. 하지만 아버지는 그 길에는 미래가 없다고 생각하셨어."

"존경받을 것 다 받고, 더이상 좋은 게 어뎠어, 발데스. 정말 최상

의 길이야. 앞날이 빵빵하다구." 뿌따마드레는 마치 다음 말을 생각
해내기 위해 청중을 찬찬히 응시하듯 주위를 죽 돌아봤다. 그는 목
뒤에 손을 갖다대고 하늘을 향해 쭉 내뻗으면서 우드득거리는 근육
과 팽팽한 가슴과 허공을 강하게 압박하는 팔꿈치의 감각을 즐겼다.

"나한테는 다 마찬가지야." 치꼬가 말했다. "다른 직업이나 마찬가
지로 하나의 직업일 따름이야."

"다른 직업과 마찬가지라구? 모든 직업의 여왕이야. 아니, 내가 무
슨 말을 하고 있는 거야? 잘못 말했어. 황후라구. 근데 어느 때보다
조국을 수호해야 하는 지금이야말로 모든 직업의 황후지."

"조국이라." 치꼬가 되뇌었다.

"그래, 자식아, 조국 말이야. 치꼬, 네 아둔한 머리로는 우리가 영
웅이라는 걸, 국가적인 영웅이라는 사실을 깨닫지 못하는 것 같
아…… 치꼬, 네 두뇌와 감수성이라면 언젠가는 교육부 장관쯤은 해
먹을 수 있을 거야. 교육부는 해군 산하에 있지, 그렇지?"

"그리고 넌 해외관계 일에 뛰어들 거고, 그렇지?" 치꼬가 목소리에
냉소의 기미를 깔고 물었다.

"난 자식아, 관계라면 해외관계든 두 계집애들과의 관계든, 뭐든
다 좋아."

그들은 웃었고 마치 누군가가 회로를 차단한 것처럼 그들 사이에
흐르던 피곤한 기류가 줄어들었다. 그들은 서두르지 않고 걸어가 첫
번째 계단을 내려가기 시작했다. 그들 뒤에서, 호르헤는 한 소년이
공을 튀기고 잡는 광경을 지켜보는 데 온통 정신을 쏟고 있는 것처럼
보였다.

"뿌따마드레, 실은 말이야, 난 조금도 불안하지 않아."

"물론 그럴 테지." 뿌따마드레가 대답했다.

"문제는 내가 말을 그다지 믿지 않는다는 것뿐이야. 그냥 말로만 이야기하고 이야기하고 이야기해봤자 되는 일이 없거든. 지치게 될 뿐이야, 안 그래? 처음에는 꼴롬비아에 상륙할 거라고 했고, 그 다음엔 에꽈도르라고 했어. 그리고 아까뿔꼬. 아까뿔꼬는 공식적인 방문이 아니랬어. 아까뿔꼬는 확실하다고 했잖아. 난 네가 일러준 대로 매번 준비를 했지. 나는 그 여자에 대해 생각했고 내 머릿속에서 그녀의 몸을 머리끝에서 발끝까지 구석구석 새겨보았어."

"천천히. 그 일은 천천히 해야 돼." 뿌따마드레가 종용했다. "그러나 가장 중요한 그 한가지 일에 대해서는 생각하지 않도록 하면서."

"맞아. 가장 중요한 그 한가지 일은 생각하지 않도록 하면서. 심리적으로 긴장을 풀고 심호흡을 하면서 만사가 잘 풀리도록 그냥 나 자신을 내버려두었어. 뿌따마드레, 가끔 밤에 잠드는 데 애를 먹었지. 저 열대성 대기 때문에. 그러나 우린 상륙한 적이 없었어. 공식적인 환영식뿐이었어. 그리고 이거 알아? 난 꼴롬비아 무도회에서의 그 젊은 여자들, 그 여자애들 가운데 하나가 정말 마음에 들었어."

"하지만 그들은 섹스 상대가 아니잖아." 뿌따마드레가 이의를 표했다. "그들은 정말 기품있는 여자들이야. 우리 같은 사람들이라구."

"난 그들 중 하나한테 반했던 거야." 치꼬가 우겼다. 그들은 여전히 거리로 통하는 계단을 내려가는 중이었다. 계단은 끝이 없었다. 그들의 발걸음 소리가 군대식으로 맞아떨어지면서 울려퍼졌다. 완벽하게 광을 낸 그들의 검은 군화는 마치 열병식 때처럼 번쩍였다. "우린 상륙한 적이 없었어." 치꼬가 되풀이했다. "우린 육지와 집들과 그 빌어먹을 부두를 노려보면서 거기에 꼼짝없이 박혀 있었지. 생도들, 모든 휴가는 취소다. 생도들, 여긴 위험하다. 생도들, 칠레에 대한 항의데모가 일어났다. 생도들, 국가의 안전이 최우선이다 하는 말들이 들려왔지. 그런데도 넌 그 빌어먹을 이야기만 늘어놓았어." 그는 곁눈질로 친구를 쳐다보고는 황급히 덧붙였다. "뿌따마드레, 네 뜻은 고맙게 생각해. 정말 그래. 하지만 내가 어떤 느낌인지, 어떤 느낌이었는지 상상만 해보라구. 엿같은 기분이 속에서 쌓이는데 분출할 길이 없었어. 우리가 예행연습을 하고 네가 우리에게 엉덩이를 흔들라고, 우리 밑에 총애하는 애인이 있는 것처럼 엉덩이를 흔들라고 하면서 연습을 시키는 동안에도 난 엿같은 기분이었어."

"그건 사실이야." 뿌따마드레가 동의했다. "네 말이 하나도 틀리지 않아. 난 항상 입이 싸지. 하지만 날 때부터 그런데 날더러 어떡하라는 거야?"

치꼬는 소매를 걷어올리고 비난하듯 그에게 시계를 보여주었다. "넌 여덟시라고 했는데, 지금은 아홉시야. 네가 그 멍청한 미국 여자를 따라갈 기발한 생각을 하지 않았다면 지금쯤 우리는 거기 가 있을 거야."

"멍청한 미국 여자가 아니야. 그 여잔 예뻤다구. 너도 봤잖아." 치꼬가 대답을 하지 않았기 때문에 뿌따마드레는 말할 기회를 잡았다. "바로 그 점에 관해 네게 말하고 싶었다구, 사실은 네게 바로 그 질문을 하고 싶었단 말이야. 그리고 나서, 가서 사관학교 깃발을 꽂는 거야. 내 말은 그걸 확실히 꽂자는 거야."

치꼬는 이번에는 웃지 않았다. 그들은 거리에 도착했고, 그들 둘 다 여기가 대화를 할 모퉁이라는 데 동의한 것처럼 그는 걸음을 멈췄다. "기본적으로 알아야 할 것은 오늘밤 틀림없는 여자애를 어떻게 고르느냐 하는 거야." 뿌따마드레는 계속 말했다. "그러자면, 내겐 정보가 좀더 필요해."

"그냥 여자이기만 하면 돼, 그뿐이야." 치꼬가 말했다. "이 문제로 이것저것 따지지 말자고."

"발데스, 상대할 계집애가 틀림없다는 느낌이 들어야 한다구. 난 있는 그대로 말하고 있는 거야. 내가 쓸데없는 이야기를 하는 게 아니라구. 그 여자애가, 그날 밤 그 여자애가 어떻게 생겼는지에 관해 좀더 알 필요가 있어. 이게 바로 내가 너한테 하는 질문이야."

치꼬는 깊이 숨을 들이마셨다. "섹스를 하고 싶어하지 않는 여자한테 강요하고 싶지 않았을 따름이라고 이미 말했잖아. 그게 구식처럼 보인다는 것은 나도 알아."

"그 문제에 관해 말하려는 게 아니야. 각자가 자기 취향대로지. 그래서 우리가 자유로운 국가에 산다는 것 아니겠어. 난 그 화냥년들이 어떤 일을 당해도 싸다구 생각해. 내가 구태여 아옌데 편을 드는 쌍년들을 따먹을 필요는 없지. 침대에서 날 기다리는 다른 년들도 많다구."

"그럴지도 모르지만 넌 그날 밤 다른 사람들과 마찬가지로 그 여자들과 섹스를 했잖아."

"자식아, 걔네들이 싱싱한 몸뚱어리를 공짜로 막 나눠줬잖아. 내 말은 나한테 진정으로 그게 필요하지는 않았다는 거지. 좋은 기회였기에 움켜잡았을 뿐이야. 그런 일들은 전시에 항상 일어나는 법이거든. 승자의 전리품인 거지. 그들이 이겼다면 그 자식들은 하나같이 우리 여자들을 꿰차고 있었을 거야, 그리고 이건 사관학교 이야기가 아니라 바로 우리 가족들 이야기란 말이야."

"난 그렇게 할 수 없었어. 그뿐이야." 치꼬가 말했다.

"그래서, 자식아, 누가 뭐라고 그래. 단지 네가 좋은 기회를 날렸다고 생각하는 거지. 그리고 넌 그 여자한테 은혜를 베푼 게 절대 아니야, 왜냐하면 딴 녀석이 걔를 잡아챘으니까. 그리고 그 녀석이 망설이다가 세월 다 보냈을 리는 만무하지…… 그리고 그 계집애들은 그날 밤 근사한 시간을 보냈어. 걔네들은 목숨을 건졌고 우린 나중에 걔네들을 보내줬잖아. 내가 헛소리하는 게 아니야."

"그들을 살려줬단 말이야?" 치꼬가 물었다.

"걔네들 모두 창녀야." 뿌따마드레가 말했다. "내가 차지한 애는 나중에 그짓을 지독히 즐기더라구."

치꼬는 호주머니에 손을 찔러넣고 조약돌을 걷어찼다. 돌은 가로등 기둥에 맞아 쇳소리를 내면서 튀었다. "뿌따마드레, 네 말을 못 믿겠어. 그 말은 정말 못 믿겠어."

"믿고 싶으면 믿고, 믿고 싶잖으면 엿먹으라구. 너한테 말하지만, 이건 생리의 문제라구. 네가 그 계집애의 클리토리스를 살짝 건드리기만 하면, 걔가 어디를 애무받고 싶어하는지 알기만 하면, 엉덩이를 제대로 돌리기만 하면, 적절한 순간까지 기다리기만 하면, 그러면 자식아, 우리의 사랑스런 이브는 절정에 이르고, 또 절정에 이르고 그것으로 그만이야. 그 쌍년들은 모두 창녀야. 걔네들은 그짓을 밝힌다구, 자식아, 정말 밝힌단 말이야."

"뿌따마드레," 치꼬가 말했다. "너한테 부탁 하나 해도 돼?"

"발데스, 청하기만 해. 뭐든지 네 소망대로 하지."

"뿌따마드레, 이제 출발하자."

"좋아. 가자구. 여기서 멀지 않지. 놉 힐 근처야." 뿌따마드레는 마지막으로 한번 더 공격을 시도했다. "하지만 그 여자애의 생김새를 묘사하면 나한테 정말 도움이 될 거야…… 그게 이 경험의 재미를 정말 최대한으로 활용하는 최상의 길이야, 이해하겠어? 적어도 개머리색만이라도, 발데스, 그것만이라도 말해보라구. 그러면 내가 여자를 제대로 골라줄 줄 안다고 네 삼촌한테 말할 수 있잖아."

"치꼬한테 고르라고 하지 그래." 그 순간 그들에게 따라붙은 호르헤가 말했다.

뿌따마드레는 화가 나서 그를 돌아다보았다. "넌 빠져."

"빠지지 않는다면 어떡할래?" 호르헤가 말했다. "발데스는 내 친구이기도 해. 나도 너처럼 충고를 할 수 있어."

그들은 몸집이 거의 같았지만 그 순간에는 뿌따마드레가 3피트 가량은 더 큰 것처럼 보였다. 그는 명령을 내리는 제독처럼 호르헤 위에서 내려다보며 말했다. "발데스 선장이 나한테 이야기했어. 선장이 나한테 이 임무를 맡겼단 말이야. 내가 책임자야. 난 사관생도로서 명예를 걸고 약속했고, 그걸 끝까지 지킬 생각이야. 게다가, 그 약속을 완벽하게 지킬 거야. 그러니 넌 빠지고, 치꼬, 넌 나한테 그 계집애의 머리색이 뭔지 말하는 거야."

"그건 하나도 중요하지 않아." 치꼬가 말했다.

"이봐, 발데스," 뿌따마드레가 말했다. "발데스, 그 여자가 금발인지 알고 싶다구. 너한테는 그게 중요하지 않은 사항처럼 여겨질지 몰라도, 난 알고 싶어. 나한테 말하면 우린 가는 거야."

"그를 내버려둬."

"넌 입 닥쳐. 이건 치꼬와 그의 삼촌과 나 사이의 일이야. 우리가 널 이 파티에 청하기로 했으면, 그걸 행운으로 받아들이고 조용히 있으라구…… 발데스!"

"이건 말도 안돼." 치꼬가 말했다. "묘사할 것도 없어."

"걔가 금발이었어? 아니면 갈색머리? 적어도 그것만이라도 말하라구."

치꼬는 잠시 머뭇거렸다. 날은 어두웠고 작고 검은 파리떼들이 네온 불빛 주위에서 붕붕거렸다.

"금발이었어." 치꼬가 마침내 말했다.

"금발이었다구." 뿌따마드레가 환하게 미소짓고는 손으로 자신의 잘 다듬은 머리를 문질렀다. "좋아, 발데스. 그것 참 잘됐구먼. 덕분에 우리 임무가 한결 쉬워질 테니까. 자식들아, 여기를 뜨자구. 여기서서 대체 뭣들 하고 있었던 거지?" 그들은 걷기 시작했다. "진짜 금발이야?"

"진짜야." 치꼬가 말했다. "대학생이고. 적어도 대학에 다닌 적이 있어. 근데 대학에서 쫓겨났대. 그녀의 부모 중 한쪽이 이민온 사람인 것 같았어."

"너 그 여자에 관해 많이 아는 것 같구나." 뿌따마드레가 말했다. "네가 걔를 따먹었다면…… 하지만 그건 잊어버려. 이건 새로운 게임이니까. 자 용감한 사나이들이여, 날 따르시오."

그들은 말없이 몇분간 걸었다. 뿌따마드레가 휘파람을 불고, 콧노래를 흥얼거리며, 가로등 기둥을 상대로 권투하는 시늉을 하면서 계속 쌘프란씨스코 찬가를 읊어댔다. 그는 행복감에 취해 있었고 온몸에 전기처럼 용솟음치는 힘이 넘쳐흘렀다. 나머지 둘은 한마디도 하지 않고 그를 따랐다.

"이쪽이야. 내가 말하지 않았던가?" 뿌따마드레가 기쁨에 겨워 소리쳤다. 그는 근처의 농구 코트에서 즉석에서 벌어진 농구경기를 처량하게 지켜보는 한 무리의 아이들에게 방금 길을 묻고 확인했던 것이다. "여기 이 고참께서 기억이 나긴 나는데……"

건물은 크고 현대식이며 위풍당당했다. 티없이 깨끗한 유리문 너머로 우아한 현관이 보였다. 실내화분용 화초와 덩굴이 긴 거울 앞에 여기저기 늘어서 있어 고급스럽고 품위있는 분위기를 더해주었다. 빠진 것이 있다면 현관 안내인뿐이었다.

"3층의 B야." 뿌따마드레가 말하고는 버튼을 눌렀다.

"여기야?" 호르헤는 놀라서 물었다.

"여긴 최고급 가게거든. 싸구려 창녀굴이라면 너네들을 데려오지도 않지."

바로 그때 그들은 인터컴에서 한 여인이 영어로 말하는 목소리를 들었다. "이름이 뭐예요?"

뿌따마드레는 자신이 전에, 약 2년 전에 여기에 와봤으며 지금은 일행이 세 명이라고 영어로 대답했다.

"좋아요." 그 목소리 다음에 그들은 길게 울리는 버저 소리를 들었다.

"너희들은 여기 있어." 뿌따마드레가 문을 열면서 말했다. "금방 갔다올게."

"함께 가겠어." 치꼬가 말했다.

"함께 올라가든지," 호르헤가 강조했다. "아니면 아무도 올라가지 않는 거야."

뿌따마드레는 대답하지 않았다. 승강기는 널찍하고 조용하고 그리고 빨랐다. 아파트 3B의 문은 반쯤 열려 있었다. 뿌따마드레는 가만히 문을 두드렸고 그들은 안으로 들어갔다.

조명이 거의 안되어 있는 입구홀에서 그들을 기다리고 있는 사람은 아무도 없었다. 희미한 불빛 속에서 그들은 닫혀 있는 문 두 개를 알아볼 수 있었다. 그 문들 가운데 하나의 안쪽에서 술잔 소리, 줄기차게 속삭이는 목소리, 그리고 대화 중간중간에 날카롭고 거슬리는 여인의 웃음소리를 들을 수 있었다. 그들은 아주 멀리서 들려오는 듯한 어떤 노래의 첫소절을 들었다. 스페인 노래였다. "꾸안도 떼 베오 꼰 라 블루싸 아술(푸른 옷을 입은 그대를 보면)……" 흥겨운 노래였으나 거기에는 일말의 패배감, 문득 온몸을 엄습하는 비애감도 깃들여 있었다. "미스 오호스 씬 께레르 반 아시아 띠(내 눈은 나도 모르게 그대를 향하고)……" 뿌따마드레는 환하게 웃으며 크게 손짓을 하면서 홀의 임자인 양 행세했다. 그러나 그의 목소리는 마치 그들이 묘지나 병원에 와 있기라도 한 것처럼 약하고 낮게 나왔다.

"그래 어떤가? 술 마시는 바와 방이 있어서 춤도 좀 추고 색시들을 훑어볼 수가 있지. 아가씨들한테 몇잔 마시자고 청해야 하거든. 그렇기 때문에 우리가 이 두둑한 지폐를, 이 좋은 양키 달러를 갖고 온 거 아니겠어. 나중에 우린 저기로 가서," 그러면서 그는 두번째 문을 손가락으로 가리켰다. "매트리스가 얼마나 좋은지 시험해보는 거야."

"뭘 기다리고 있는 거야?" 호르헤가 물었다. "안으로 들어가자."

"잠깐만 기다려. 용사들, 조금만 참으라구. 여기서 기다려야 해. 틀림없이 루시아가 몸소 우리를 맞이할 거야. 그녀는 언제나 나와서 먼저 손님을 한번 쳐다보지."

바로 그 순간, 바로 통하는 문이 열렸다. 홀로 들어온 갈색머리는 키가 큰 여자였는데, 다소 거무칙칙하지만 분명 최신 스타일의 옷을 입고 매우 크고 호리호리했으며, 나이는 알 수 없었다. 그녀는 마치 성년에 달하면서 그 순간 영원히 얼어붙어 더이상 나이를 먹지 않기로 작정한 듯하였으나 그럼에도 그녀의 몸 가운데 어떤 부분은 이런 결심에 완전히 순종하지는 않은 것처럼 보였다. "어서 오세요, 어서 오세요." 그녀가 말했다. "편하게 하세요."

"우린 스페인어를 합니다." 뿌따마드레가 말했다. "아블라모스 에 스빠뇰(스페인어로 합시다)."

"그럼 스페인어로 환영해요." 여자가 멕시코 억양이 강한 스페인어로 말했다.

"여기 루시아 없습니까?" 뿌따마드레가 물었다.

갑자기 여자는 그들을 다르게 쳐다보았다. 그들은 그 어둠속에서 그녀의 강렬한 눈이 그들을 뚫어지게 바라보는 것을 느꼈다. 마치 그녀가 뭔가를 불현듯 기억해낸 듯했다. "아뇨, 루시아는 여기 없어요." 그녀가 말했다. "그녀는 베이커스필드에 있어요." 마치 다른 무엇을 생각하고 있는 듯, 그녀의 말은 공허하게 아득히 먼 어떤 곳에서 흘러나왔다. 그녀는 아직 손가락으로 문고리를 잡고 있었지만 그들이 안으로 들어갈 수 있도록 문을 열지는 않았다. 오히려 그녀는 그 문을 닫았다. 그렇잖아도 충분치 않았던 불빛이 더욱 희미해지면서, 춤 추고 술 마시고 노래 부르는 남녀를 볼 수 있었던 그 안에서 감돌던 담배연기, 음악, 그리고 밀도 높은 특별한 분위기의 단편적인 인상마저 사라졌다. 그들이 아직도 선명하게 들을 수 있는 것은 위압적이고 간절한 노랫소리였다. "뽀르 디오스 노 떼 뽄가스 마스, 라 블루싸 아술(푸른 옷의 여인이여, 제발 옷을 더 잘 차려입지 마오)." 그러고 나서 합창이 이어졌다. "뽀르 디오스 노 떼 뽄가스 마스, 라 블루싸 아술." "오늘 입항했어요?" 여자가 물었다.

"여기엔 어제 도착했소." 호르헤가 대답했다. "하지만 배에서는 조금 전에 내렸소."

"물론 그렇겠지요." 여자가 말했다. "그리고 여기로 곧장 왔겠지요."

뭔가 이상한 일이 진행되고 있었으며, 뭔가 꼬집어 말할 수 없는 냉랭한 것이 이 방의 구석과 벽을 따라 형성되고 있었다. 그 여자는 전등 스위치로 다가가 불을 켰다. 그들은 야만적이고 죽음 같은 불빛으로 말미암아 눈을 끔벅였고, 두 문 사이의 공간을 차지하고 있는 거울 속에서 갑자기 자신의 모습을 보았다. 그들은 티없이 깨끗한 군복을 입고 남성성의 완벽하고 위압적인 징표가 되어 거기에 있었다. 멋지고, 완전무결하고, 흠잡을 데 없었다. 뿌따마드레가 맨 먼저 침묵을 깼다. 그는 거울 속에서 자신이 말하는 모습을 보았고 자신의 차분함에 경탄했다.

"아뇨, 여기로 곧장 온 것은 아니오." 그가 말했다. "우선 산책을 좀 했지. 당신 가게는 여덟시나 돼야 여니까 서둘러봤자 소용없잖소."

"당신은 전에 여기 왔었다고 했는데," 그 여자가 말했다. "기억나지 않는데요."

"여기에 두 번 왔소." 뿌따마드레가 말했다. "두 번 다 또마싸랑 파트너였지. 나도 당신을 기억하지 못하겠는데."

그 여자는 가만히 있었다. 그녀는 왼쪽 손에 불붙이지 않은 담배를 쥐고 있었으나 불을 붙이려는 동작을 취하지는 않았다. 그녀는 그들에게 가까이 다가오지 않았고 문을 열지도 않았다. 마치 죽은 고양이가 그들과 그 여자 사이에 몸을 쭉 펴고 음란하게 누워 있는데 이에 대해 어느 쪽도 먼저 행동을 취하고 싶지 않은 듯, 그들을 갈라놓고 있는 간격은 소름끼치도록 냉랭했다.

"오늘밤 또마싸가 여기 나와 있소?" 뿌따마드레가 물었다.

"또마싸는 멕시코로 돌아갔어요."

"그럼 다른 애들이 있겠군." 뿌따마드레가 말했다. "유감인데. 그녀가 참 마음에 들었거든…… 어쨌든, 안으로 들어가자." 그러나 그는 움직이지 않았고 다시 한번 그녀가 그들을 청하기를 기다렸다.

"당신들 칠레에서 왔군요." 그것은 질문이 아니라 차라리 확언이었다.

"그래, 칠레에서 왔소." 뿌따마드레가 선언했다. "그리고 그게 자랑스럽구. 두둑한 지갑을 갖고 한바탕 잘 놀아보려는 세 명의 칠레인들이지." 그는 다른 이들을 쳐다보았다. "그렇지?"

"우린 오랫동안 배를 탔소." 호르헤가 말했다.

"근데 그 군복은 뭐죠? 항상 그걸 입나요? 아니면 가끔 집에 벗어놓고 다니나요?"

"우린 사관생도들이오." 호르헤가 설명했다. "일반 선원이라고 생각하지 마시오."

"알아요." 그 여자가 말했다. "당신들이 진짜 신사분들이며 여자들을 제대로 대할 줄 안다는 것은 알겠어요. 당신들은 그 예쁜 이름의 배를 타고 왔군요. 멕시코에 그 이름을 갖고 있는 친구가 있어요. 에스메랄다라고."

그러나 그녀는 움직이지 않았고 그들을 위해 문을 열어줄 동작을 전혀 취하지 않았으며, 그들에게 미소짓거나 하지도 않았다. 마치 그들 넷은 버스를 기다리면서 시간을 보내기 위해 잡담하고 있는 것 같았다.

뿌따마드레는 이 난국에 과감하게 맞서기로 마음먹었다. 결국 이 원정의 책임은 그에게 있으니까. "무슨 일이오? 색시들이 하나도 없소? 모두들 바쁜가요?"

"그게 아니에요." 그녀가 말했다.

"왜냐하면 바쁘면 나중에 올 테니까. 우린 서두를 게 없거든."

"그게 이유라고 하면 쉽겠지만," 그녀가 약간 쉰 멕시코인 목소리로 말했다. "그러나 그게 아니에요."

"잘됐군." 뿌따마드레가 말했다. "그럼 우리 모두 같은 생각이네."

그 순간 옆문이 열리고 남녀 한 쌍이 나타나서 웃으며 홀을 지나 객실을 향해 갔다. 오십대쯤 되는 머리가 벗어진 미국 남자의 팔에 매달린 여자는 정말 환상적인 금발로, 마치 제2의 피부처럼 보이는 녹색 옷을 입은 야성적이고 끝내주는 여자였다. 그녀는 현란한 향수 냄새 속에 둘러싸인 채, 입술과 가슴과 엉덩이에서 온 사방으로 맹렬히 에너지 파동을 발산하는 흰 표범으로, 자연의 희귀한 걸작품이라 할 만했다. 그들 셋은 그녀가 사라질 때까지 그녀를 쳐다보면서 거기에 서 있었다.

"장사 못 해요." 그 여자가 말했다. "아저씨들, 안됐네요."

"뭐라구?" 뿌따마드레가 말했다. "뭐가 안됐다는 거야?"

금발 여자가 문을 열고 고개를 내밀었다. "어머나, 무슨 일이지? 씰비아, 모두들 널 찾고 있어. 네가 빠지면 파티가 김이 빠지잖아."

"칠레에서 온 친구들이야." 그 여자가 말했다.

"오," 금발 여자가 말했다. "칠레 사람들. 선원 아저씨들." 그녀는 믿기지 않을 만큼 날랜 동작으로 미끄러지듯 홀로 나왔다. 그녀는 엄청나게 큰 눈으로 그들을 하나씩 응시했는데, 그 눈은 마치 누군가가 샴페인 속에 담가놓은 듯 부글거렸고, 누군가의 목구멍 속에 있는 것처럼 뜨거운 거품을 터뜨리는 듯했다.

"이 애는 스페인어를 할 줄 모르지만, 알아듣기는 해요." 그 여자가 말했다. "애가 모든 걸 설명할 수 있을 거예요." 그러고는 영어로 금발 여자한테 말했다. "네가 이 사람들한테 말해줄래?"

"아저씨들, 파업이에요." 금발 여자가 말했다. "미안해요." 그녀가 호르헤에게 다가가서 그의 팔을 붙잡고 진귀한 물건이라도 되는 양 살펴보았다. 그녀는 그의 생명선을 따라 자기 손가락을 쓸어내리더니, 그의 손바닥에 성호를 그었다.

"스페인어로 말해봐." 그 여자가 말했다. "그들한테 그들의 언어로 말해봐."

금발 여자는 다른 팔로 뿌따마드레의 목에 매달렸다. 그녀는 두 사관생도들 사이에 놓인 다리〔橋〕라도 되는 것처럼 양손을 각각 걸치고 한동안 그렇게 좌우로 흔들어댔다. "저기, 외로운 아저씨, 이리 와요." 그녀가 어디에도 붙들리지 않은 발데스에게 말했다. 치꼬는 꿈쩍도 하지 않았다.

뿌따마드레는 그녀의 손목을 잡았다. "그런데 아가씨, 당신 이름은 뭐요?"

"우엘가." 금발 여자는 스페인어로 말했다. 그 말은 미국 억양을 담고 매끄럽게 나왔으나, 벨소리처럼 혹은 햇빛 속의 밀밭처럼 선명하여 마치 사전을 펴놓고 여러 시간 힘들게 발음연습을 한 것 같았다.

"우엘가라고?" 호르헤가 마치 그 말을 이해하지 못하는 듯 되풀이했다.

"우엘가예요." 금발 여자가 힘주어 말했다. "우리는 우엘가를 하고 있어요. 그게 무슨 뜻인 줄 모르세요?" 그녀는 그의 군복 앞면에 'h' 자(우엘가huelga의 머리글자―옮긴이)와 그리고 나머지 글자들을 그렸다. "우엘가――그건 파업이라는 뜻이에요."

"하지만 어째서?" 뿌따마드레가 항의했다. "저 안에 있는 녀석들은 뭐야, 왜 그들은 접대하고 있는 거야?" 그는 화가 나서 그녀의 허리에서 팔을 치웠다. "내 평생에 이런 일은 들어본 적이 없어…… 이건…… 말도 안돼."

"모든 사람한테 하는 파업이 아니에요." 씰비아라고 불리는 여자가 마침내 말했다. "당신네들한테만 하는 파업이에요."

"우리한테라니? 선원들 말이오?"

"아뇨. 당신네들, 에스메랄다호에 탄 칠레인들 말이에요. 그뿐이에요."

"아저씨들한테는 오늘밤 아무것도 안돼요, 여기 쌘프란씨스코에서는 안돼요." 금발 여자는 뿌따마드레의 이마에 흘러내린 머리카락을 손가락으로 배배 꼬며 말했다. "아무것도, 아무것도 안돼요."

뿌따마드레는 자신의 머리를 옆으로 빼고는 여자의 손길에서 벗어나기 위해 뒤로 물러섰다. "우리한테라니? 우리한테만 그런 거야?"

"배가 가고 나서, 다른 날에 찾아오고 싶다면, 당신네들을 다시 기쁘게 맞이하겠어요. 군복을 안 입고만 오면 당신네들이 쌘프란씨스코에 들를 때마다 우리 집은 환영이에요. 하지만 오늘밤은 안돼요."

치꼬 발데스가 처음으로 용기를 내어 말했다. "배가 떠나면," 그가 천천히 말했다. "우리도 함께 가요. 배가 닻을 올리면 여기 머물 수가 없다구요."

"바로 그래요, 내가 바로 그걸 설명하려는 거예요." 그 여자는 무감한 눈으로, 별의별 일을 다 보고 겪은 눈으로 그들을 찬찬히 쳐다보았다. "아저씨들, 출구는 저기예요." 아무도 움직이지 않았기 때문에 그녀는 몸소 문을 열고 나가서 승강기를 향해 걸어갔다. 그녀는 승강기 단추를 눌렀다. "우린 파업중이에요. 집회에서 이틀 전에 결의를 했어요. 에스메랄다호를 보이코트하라고. 우린 우리의 민주적인 결의를 항상 지키거든요."

"민주적이라니." 뿌따마드레가 폭발했다. "창녀들이, 민주적이라니? 온 세상이 미쳐버렸군!"

안에서는 축음기 소리가 끝나고 있었다. 금발 여자는 혼자서 낮은 목소리로 구제할 수 없을 만큼 형편없는 억양으로 노래를 부르고 있었다. "뽀르 디오스 노 떼 뽄가스 마스, 라 블루싸 아술. 뽀르 디오스 노 떼 뽄가스 마스, 라 블루싸 아술."

"우리 그냥 갈 거야?" 호르헤가 말했다. "얘네들이 이렇게 우릴 내쫓는데도 그냥 내버려둘 거냐구?"

승강기가 도착했다. 씰비아라고 불리는 여자가 그들한테 승강기 문을 열어주고는 처음으로 미소지었다. 마치 마돈나가 다름아닌 자기 아이한테 미소짓는 것처럼 자애롭게 미소지었다. 검은 머리에다 구릿빛 얼굴에 저렇게 검은 눈을 한 그녀는 흡사 칠레 사람 같았다. "젊은이들, 그게 인생이란 거야." 그녀가 말했다. "매일 새로운 걸 배우는 법이거든."

뿌따마드레가 아파트의 입구를 향해 걸어갔다. 그는 분노로 주먹을 불끈 쥐었다 폈다 했고 입술은 떨렸다. 그러나 말을 꺼냈을 때 그 목소리는 차분하고 남자답고 카우보이처럼 바리톤으로 나왔다. "이건 손님을 붙잡아두는 최상의 방법이 아닌 것 같은데." 그가 말했다.

금발 여자는 호르헤의 손을 놓았다. "아저씨들, 잘 가세요."

"이건 손님을 붙잡아두는 좋은 방법이 아닌 것 같은데." 뿌따마드레가 먼저 금발 여자를 그 다음에는 씰비아를 쳐다보면서 되풀이했다.

"그보다 더 중요한 게 있어요." 씰비아가 그렇게 말하고는 손가락으로 승강기를 가리켰다. "아저씨들, 집으로 가시지. 우린 시간을 낭비하고 있어요. 오늘은 안된다니까요."

뿌따마드레가 그녀에게 등을 돌렸다. 그는 두 친구를 쳐다보고는 목소리를 높였다. "자 정부가 물러터지면 무슨 일이 벌어지는지 보라구. 창녀들까지 우리한테 반기를 들고 공산주의자로 돌변한다구." 그는 마치 전투부대를 지휘하듯 고갯짓을 했다. "딴 곳을 찾아가보자구. 쌘프란씨스코에서 색싯집이 어디 한두 군데야."

씰비아의 목소리가, 피곤해서 갈라졌지만 단호한 목소리가 그의 귀에 닿았다. "당신네들을 받아줄 집은 찾을 수 없을걸. 쌘프란씨스코에는 그럴 여자가 하나도 없지. 보너스를 준다고 해도 안 받아줄걸. 아무리 늙은 여자라도, 골목길에 나와 있는 여자들도 안 받아줄걸. 그렇게까지 비굴해질 여자는 없으니까."

뿌따마드레는 서두르지 않았다. 그는 금발 여자한테 다가가서 말했다. "아가씨, 조만간에 여기 다시 찾아와서 한두 가지 보여주지. 그때에도 여기 있으면 말이야." 그리고 그는 천천히 승강기를 향해 이동했다. 그는 친구들이 먼저 타도록 정중하게 배려했다. 그런 다음 그가 탔고, 씰비아는 승강기 문을 닫았다. 그 찰나 그녀의 무르익은 구릿빛 얼굴이 어느 잊혀진 아스떼끄의 여신처럼 승강기의 작고 둥근 유리창에 비쳤다. "널 곧 보러 오겠어." 뿌따마드레가 맹세했다. 그러고는, 차분하게 승강기의 단추를 눌렀다. 그러자 그녀는 시야에서 사라졌다. 그들은 말없이 내려갔다.

"쓰레기같은 년들." 호르헤가 불쑥 내뱉고는 승강기 문을 발로 차서 열었다. "쓰레기같은 년들."

뿌따마드레는 여전히 침묵했다. 그리고 그로서는 보기드문 유순한 미소를 지었다.

"걔네들한테 뭔가 한마디해야 했어." 호르헤가 말을 이었다. "뿌따마드레, 걔네들 혼쭐을 내줘야 했어. 뭔가 한마디해야 했다구."

"그 여자가 말한 게 사실일까?" 치꼬가 궁금해했다. "정말 이 도시 어디서도……"

그들은 거리로 걸어나갔다. 뿌따마드레는 3층을 향해 눈길을 돌렸지만 그들은 아무것도, 심지어는 음악소리도 들을 수 없었다. 그는 담벼락에 성냥을 그어 담배에 불을 붙였다. "치꼬, 지금 몇시야?" 그가 물었다.

"저런 망할년들이 우릴 완전히 엿먹이도록 놔두다니!" 호르헤가 말했다. "면전에서 엿을 먹이다니."

"빌어먹을. 자식아, 몇시냐구?" 뿌따마드레가 다시 한번 다그쳤다.

치꼬는 그들이 볼 수 있도록 손목시계를 내밀었다. 열시가 다 되었다. 뿌따마드레는 가로등 아래 멈춰섰다. 담배연기가 3B의 발코니를 향해 올라가자 그는 부유하는 연기 사이로 3층을 노려보았다.

"그런 식으로 우릴 모욕하도록 놔두다니." 호르헤가 말했다. "쓰레기, 찌꺼기, 똥통 같으니. 망할년 우릴 그렇게 대접하다니! 화냥년!"

뿌따마드레는 생각에 잠긴 듯 고개를 저었다. 그의 차분함이 범상치 않았다. "그래 그녀가 금발이었단 말이지, 응?"

치꼬는 아무 대답도 하지 않았다.

"이봐, 그 미국 여자와 비슷해? 그것만 말해봐. 그녀가 그 미국 여자와 비슷하냐구?"

"미국 여자라구?" 호르헤가 물었다. "어떤 미국 여자?"

치꼬는 호르헤를 거들떠보지도 않았다. 그는 뿌따마드레에게 시선을 고정하고 있었다. 그의 목소리가 떨렸다. "그래, 그녀와 아주 비슷해. 머리 긴 것도 같고."

"치꼬, 몸집도 엇비슷하지? 호리호리하고, 멋진 엉덩이에다, 장신구도 많이 달고, 젖꼭지는 조그맣고?"

치꼬는 대답하지 않았다.

"너네들 누구 이야기를 하고 있는 거야?" 호르헤가 다시 그들의 말에 끼여들었다. "도대체 누구 이야기를 하느냐고?"

"치꼬, 내 질문에 대답할 필요 없어." 뿌따마드레가 말을 이었다. "몸집이 거의 같다는 걸 알아. 그렇지?"

조용하게 치꼬가 대답했다. "그래, 거의 같아."

"누구 얘길 하는지 말해주지 않을래?" 호르헤가 물었다.

뿌따마드레는 그를 무시했다. "아주 늦은 건 아니야." 그가 말했다. "그리고 여기서 멀지도 않아." 그는 양손을 치꼬의 어깨에 올려놓고 깊은 숨을 쉬었다. "치꼬, 네 생각은 어때?"

"그럴 생각 없어." 치꼬가 말했다. "그럴 생각 전혀 없어."

"군복이 걱정된다면," 뿌따마드레가 말했다. "이런 어둠속에선 아무도 모를 거야."

"그럴 생각 없어." 치꼬가 되풀이했다. "그리고 군복 때문이 아니야. 군복하고는 아무 상관도 없어."

"이봐, 발데스," 뿌따마드레가 말했다. "발데스, 네 삼촌한테 난 약속을 했어."

호르헤가 다시 끼여들었다. "너희들 정말 무슨 얘기를 하는 거야? 빌어먹을 하나도 못 알아듣겠네!"

치꼬는 고개를 저었다.

"우린 불을 켤 필요조차 없어." 뿌따마드레가 말했다. "한마디도 할 필요 없고…… 치꼬! 이새끼들, 한번은 대가를 치르게 해야지."

치꼬는 더이상 자기 목소리가 안 나올 것이라 믿는 듯 계속 고개만 저었다. 마치 다른 모든 동작을 잊어버린 완고한 말 같았다.

"여기 있는 이 고참이 모든 걸 다 알아서 해줄게. 바레네체아와 내가 널 위해 모든 걸 해줄 거야. 호르헤, 그렇지?"

"뭘 해준다는 거야?" 호르헤가 물었다.

"네가 아직도 알아채지 못했다면," 뿌따마드레가 마치 백치한테 이야기하듯 말했다. "대화의 주제는 그 미국 여자야."

"어느 미국 여자?" 그러고 나서 호르헤가 말했다. "아, 그 미국 여자."

"이제 맞혔군." 뿌따마드레가 말했다. "그 미국 여자야. 모두 그 여자 이야기를 한 거야. 우린 치꼬가 칠레에 돌아갈 때는 사나이가 될 거라고 약속했어, 그러니 이제 그 약속을 지켜야지."

"약속을 한 사람은 너라고." 호르헤가 말했다. "난 어떤 약속도 하지 않았어."

뿌따마드레는 담배를 차도에 던졌다. "치꼬, 미국인들은 여름에 창문을 열어놓는다구. 치꼬, 그 여자 아파트에서 그 여잘 기다리는 거야. 그 여잔 오늘밤 열한시경에 혼자 돌아올 거야. 일은 쉬울 거야. 그리고 우릴 그 여자와 연관시키는 사람은 없을 거고. 쉽지. 호르헤, 그렇지?"

"쉽진 않지," 호르헤가 말했다. 그의 목소리가 떨리고 있었다. "하지만 불가능한 것도 아니지."

"치꼬, 우리가 얼마나 더 참고 있어야 돼? 응? 눈에는 눈이야. 엉덩이엔 엉덩이고. 그게 내 철학이야."

치꼬는 땅바닥을 응시하고 뿌따마드레의 시선을 피하면서 계속 고개를 내저었다. 그의 눈길은 그의 발치에서 타고 있는 담배에 고정되어 있었다.

"바레네체아," 뿌따마드레가 말했다. "바레네체아, 네가 치꼬한테 이야기해. 설명하라구."

호르헤가 가볍게 미소를 지었다. "이봐, 걱정 마." 그가 말했다. "우리 모두한테 사나이가 되어야만 하는 날이 있는 거야. 훨씬 기분이 나아질걸. 뿌따마드레 말이 맞아. 쉬울 거라고."

뿌따마드레는 군홧발로 담배꽁초를 뭉갰다. 그리고는 치꼬의 어깨를 움켜쥐고 놓지 않아서, 마침내 치꼬는 그와 눈길을 마주할 수밖에 없었다.

"치꼬, 네 생각은 어때? 가는 거지? 응? 그 미국 여자 집에서 재미 좀 보는 거지? 우리의 사랑스런 금발 아가씨 마를렌하고 말이야?"

그들은 대답을 기다렸다.

외로운 이들의 투고란

고통받는 애국자에게

　당신의 편지는 분명히 우리 독자들의 흥미를 끌겠지만 너무 길어서 실을 수가 없습니다. 어쨌든, 당신은 자신이 믿는 만큼 버림을 받았거나 외톨이인 것은 아닙니다. 계속 믿음을 가지시고, 당신의 고민을 해결할 방안이 곧 나타나더라도 놀라지 마십시오. 제가 개인적으로 편지를 써서 당신에게 유익한 충고를 몇마디 해보겠습니다.

당신의 친애하는
로쌀린

　—『라스 울띠마스 노띠시아스』지, 1974년 4월 18일자, 22면 24컬럼에서

로_{쌀린에게}

내 생애 최악의 순간에도 당신한테 편지를 쓰리라고 생각한 적은 없습니다. 내가 지금 당신의 고매한 충고를 들으려고 도움을 청하고 있다면, 그것은 내가 막다른 골목에 빠져 있으며, 달리 도움을 청할 사람이 아무도 없기 때문입니다. 고민에 빠진 수많은 여성들을 해마다 도와온 당신이라면 나도 도와줄 수 있다고 확신합니다.

여성으로서, 칠레인으로서, 그리고 세 아이의 어머니로서 나는 의젓하고 도덕적으로 나무랄 데 없는 사람들의 통치를 받는 것 이외에는 아무런 보상도 바라지 않고 아옌데씨의 정부와 단호하게 싸워왔습니다. 우리 동네의 누구라도 내가 배급카드——이 책략을 이용하여 공산주의자들이 우리의 주린 배를 통해 우리 영혼을 지배하고자 했지요——에 대한 투쟁에서 여성들을 어떻게 조직했는지를 증언할 수 있습니다. 다행히 이 나라의 모든 자유의 외침이 무시되지는 않았습니다. 칠레에는 양심이 있었고 이 양심의 의로운 도구인 우리의 영광스런 군대가 우리의 가장 내밀한 의지를 실행하면서 일사불란하게 들고일어났습니다. 나는 우리가 단 하나의 보상 외에는 다른 어떤 보상도 꿈꾼 적이 없다는 것을 거듭 말합니다. 그 하나의 보상이란 정상상태로의 복귀, 즉 타락자와 날강도들을 겁내지 않고 안뜰에서 행복하게 뛰노는 아이들의 웃음소리로, 우리 가정의 평화로 돌아가는 것인데, 그것이 우리에게 실제로 찾아왔습니다.

그럼에도 불구하고 군부가 정부를 접수한 이후 나는 예기치 못한

또하나의 보상을 받았습니다. 신의 뜻은 신비롭지만 확실하여, 조국을 위한 내 모든 고통과 노력들에 대해 개인적인 상이 주어진 것입니다. 내가 그토록 바라던 국민적인 화해가 이루어졌을 뿐 아니라, 내 가족의 품안에서도 뭔가가 해결되었습니다. 간단히 말하면, 주님께서 군사정권을 매개로 사용하셔서 남편을 내게 돌려주신 것입니다.

통행금지 제도 이후부터 그이는 내게로 돌아왔습니다. 그전에 우리가 함께한 삶은 지옥이었습니다. 그이는 밤중에 언제 귀가할지 몰랐고, 술을 과하게 마시는 그런 남자는 아니지만 내 생각에는 분명히 다른 여자들을 만나고 있었습니다. 사실을 말하자면, 내가 그이를 현장에서 붙잡은 적은 없지만, 밤늦게 집으로 돌아올 때마다 그이는 언제나 행복감에 젖어 있었습니다. 그이가 나와 함께 보낸 얼마 안되는 시간들은 끔찍했습니다. 그이는 항상 다른 어딘가에 가고 싶어했는데, 자기 '여자친구들'을 보러 가려는 것이 분명했습니다. 물론 '그들'을 입에 올리지는 않으면서 내가 그이의 태도를 나무라면, 그이는 나를 '반동적'이라든지 '무식하다'든지 혹은 그 비슷한 말로 비난하고 모욕하면서 항상 정치적인 공격으로 응수했습니다. 사태가 악화되어 그이는 내게 처음이자 마지막으로 별거를 요구하고, 사실은 애걸하기까지 하는 지경에 이르렀지만, 나는 그때나 지금이나 별거를 받아들일 수 없습니다. 그것은 훌륭한 가톨릭신자로 성장한 나의 종교적인 배경 때문만이 아니라 그이한테 진정한 애정을 가지고 있기 때문이기도 합니다. 우리는 좋을 때나 궂을 때나 12년을 함께 보냈는데, 그것이 아무 의미도 없는 것은 아니었습니다. 문제는 그 남자가 너무 정치화되어 있다는 것이었습니다. 그이의 여자들이 그를 부추기고 '혁명'에 더욱더 관여하고 싶은 그이의 열망을 자극한 것입니다. 아옌데 전에는 이렇지 않았습니다. 그이의 사랑이 어떻게 된 것일까요?

우리의 언쟁은 점점 더 심각해졌습니다. 그이는 내가 동네일에 매우 적극적인 것을 못마땅해했습니다. 당신이 이해하지 못하는 일에 끼여들지 말라고 그이는 말했습니다. 나는 그들이 무장시키고 있는 시민군들의 이름을 알아내려고 애썼습니다. 그들은 뭔가를 꾸미고 있었습니다. 나중에 나는 그것이 우리들의 목을 치려는 그 유명한 ZETA 계획이라는 것을 알아냈습니다. 우리 동네 가게의 안주인이 내게 이야기한 바로는 나도 그 명단에 올라와 있었습니다.

내 동지들이 어떻게 생각하겠어 하고 그이는 나를 힐난하곤 했는데, 내가 빈 항아리와 냄비를 든 기아행진(1971년 칠레의 우파진영이 아옌데정부의 사회주의 정책에 항의하여 벌인 시위 행진―옮긴이)에 참가하겠다는 의사를 밝혔을 때는 매우 화를 냈습니다. 동지들이라고요! 그들은 아무 짝에 쓸모없는 사람들이고 겁쟁이들 무리예요 하고 나는 그이에게 말했습니다. 그들은 나한테서 그이를 훔쳐갔습니다. 남자들이 아옌데씨를 지지하는 것은 쉬웠습니다. 그들은 기름 한병, 설탕 2파운드를 타기 위해 열시간씩이나 줄을 서 있어야 할 필요가 없었거든요. 그런 식으로 나는 1972년 내내 나의 애국적인 임무를 계속 수행했습니다. 한번은 그이가 나를 물리적으로 위협하기까지 했는데, 우리 이웃에 사는 트럭운전사 홀아비가 끼여들지 않았다면 무슨 일이 벌어졌을지 모릅니다. 다음날 화가 가라앉은 남편은 말했습니다. 당신은 그를 트럭운전사로 알고 있을 수도 있겠지. 맞아요, 나는 그이에게 자랑스럽게 대답했습니다. 지난 10월파업(1972년 10월 트럭운전수를 비롯한 소상인계층의 대대적인 파업과 좌우진영의 극한대립으로 아옌데정부는 위기를 맞았음―옮긴이)으로 전국을 마비시켜 이 나라를 도왔듯이 언제라도 나를 도와줄 트럭운전사들 가운데 하나라구요.

그러나 남편은 사리를 좇으려 하지 않았습니다. 나는 우리 가정에 남아 있는 얼마 안되는 평화라도 지켜내기 위해서 조용히 있기로 했습니다. 1973년 여름 내내 그이는 계속 매우 늦게 귀가했습니다. 벽에 칠을 하고 왔어라고 그이는 말했습니다. 마치 새벽 네시까지 칠을 할 수 있었다는 것처럼! 그러나 최고의 공직을 차지하여 만사를 책임지고 있는 사람들이 그가 그토록 흠모하는 바로 그 범죄자들인 판에, 법을 존중하는 사람이 아무도 없다는 사실을, 숨을 쉬면 온통 최루가스뿐이기 때문에 더이상 시내에 갈 수 없다는 사실을, 심지어 병아리들마저 이젠 남아나지 않는다는 사실을 내가 그이한테 들이대봤자 무슨 소용이 있었겠습니까? 우리 딸애 둘이 야만인들 무리의 손아귀에 잡혀 있는 모습을 울며불며 떠올리게 해봤자, 그들이 우리 집을 빼앗아갈 거라고, 동네 사람들 말로는 대통령 자신이 예의범절에 어긋나는 행동에 가담했다더라고 그이한테 말해봤자 무슨 소용이 있었겠습니까? 그들이 그이의 마음을 편견으로 중독시켰으니 아무리 따져도 전혀 효과가 없었습니다.

나의 유일한 만족은 73년 3월 국회의원 선거에서 마침내 상황이 바로잡힐지 두고보려는 심산으로 투표용지의 랍베 대령 이름 옆에 선명하게 십자표를 하는 것이었습니다. 나는 항상 군부에 믿음을 갖고 있었거든요.

그러나 상황은 더욱 악화되었습니다. 나의 신중함에도 불구하고 그이는 점점 더 멀어져갔고 마침내 1973년 중반, 7월경에 이르러서는 그이가 나한테 따로 나가 살 작은 아파트를 찾는 중이라고 말했습니다. 당신이 그이의 목소리에 담긴 그 증오심을 들을 수만 있었다면. 그이가 한 말들이 아직도 나를 아프게 합니다. 그이는 나하고 사는 것을 더이상 견딜 수 없다고, 내가 창피하다고 했습니다. 나는 그이를 말리려고 하지 않았습니다. 결국 내 쪽에서 머리를 조아리지는 않을 생각이었기 때문에 나는 내 자신의 존엄성에 매달렸습니다. 그래요, 그이가 떠나고자 한다면 무방비 상태의 불쌍한 여자가, 특히 그이는 공화국 정부에 공모자들도 있는데, 어쩌겠습니까?

1973년 9월 11일(삐노체뜨의 쿠데타로 아옌데정권이 무너진 날—옮긴이) 모든 것이 변했습니다. 나는 기도를 하였고 딸들에게도 그렇게 하라고 말했는데, 마치 신께서 우리의 기도를 들어준 것 같았습니다. 쿠데타 이틀 후에 집으로 돌아왔을 때, 그이는 딴사람이 되어 있었습니다. 그이는 좀더 가정적으로 변하기 시작했고 심지어 다정하기조차 했습니다. 나는 그것이 단순히 통금 때문만은 아니었다고 생각합니다. 비록 통금으로 말미암아 내가 그이를 감시하고 단짝들로부터 떼어놓을 수 있었지만 말이에요. 오히려 나라 전체의 도덕적 풍토가 전반적으로 개선되었기 때문이었습니다. 상층부에서 보여준 부패의 사례들이 근절되었고 가정의, 내 가정의 파괴를 지지했던 사람들은 쥐새끼들처럼 도망쳤거나 감옥에 갇혔습니다. 그이의 애인들은 이제 저 멀리 어느 대사관으로 피신하여 그들의 '활동'을 해외에서 계속할 수 있도록 출국을 허락해달라고 애걸하고 있었습니다.

그 변화는 하루 만에 일어난 매우 갑작스러운 것이라서 내가 여전히 의심을 버리지 못하는 것도 당연했습니다. 그이가 그날 집에 와서 한 말을 나는 아직도 기억합니다. 여보, 그이는 나를 껴안으면서 말했습니다. 난 이제 정치에서 손뗐어. 다시는 다른 사람의 졸개가 되지 않겠어.

그 이후로 줄곧 그이는 정말로 딴사람이 되었습니다. 옛날 친구를 만나는 것을 그만두었고, 가지고 있던 서류들을 불살랐고, 나무랄 데 없는 생활을 했습니다. 게다가 그이가 이런 행동을 보이니 나도 직접 간여하여 그이 편을 들게 되었는데, 그 결과 어느모로 보나 당연히 강등되어 면밀한 관찰대상이 되어야 함에도 불구하고 그이는 직장을 잃지 않게 되었습니다. 나와 면담한 정보부의 대령이 말했습니다. 부인, 부인의 말은 다 믿지만 그 사람의 말은 하나도 믿지 않습니다. 부인, 내겐 당신의 말이면 충분합니다. 그러나 불한당 같은 당신 남편이 예전의 습성을 버리지 못한다면, 내게 알려만 주십시오. 우리는 골치아픈 사람들을 다루는 데 이골이 나 있고, 이곳의 질서를 좀 잡아볼 생각이니까요.

그이가 그처럼 불한당으로 불리는 것을 들으니 슬펐지만, 따지고 보면 그건 그이가 그런 나쁜 친구들과 어울려다님으로써 자초한 일이었습니다.

어쨌든, 대령에게 무엇을 보고해야 할 필요는 없었습니다. 아니, 적어도 어제까지만 해도 난 그렇게 생각했습니다. 그런데 어제, 그 불운의 13일에, 나는 슬픈 각성을 했습니다. 어제는 내 생애 가장 암울하고 수치스러운 날이었으니, 항상 검은 잉크로 그날을 달력에 표시해두겠습니다.

우연히 나는 꼰셉시온(칠레 남중부의 중심도시―옮긴이)에서 방금 막 도착한 병든 친구 하나를 찾아가야 했습니다. 그녀가 머물러 있는 집은 그 근처 동네와 마찬가지로 내가 잘 알지 못하는 곳이었습니다. 이처럼 겉보기에 하찮은 사항을 세세히 언급하는 까닭은 남편이 내가 그 지역에 오리라고 전혀 생각지 못했을 것이라는 사실 때문입니다. 차창 밖으로, 어느 버스 정류장에서 무언가를 기다리고 있는 남편의 모습을 직접 보았을 때 내 놀라움이 어떠했는지 상상이 가실 것입니다. 그이는 항상 가지고 다니는 그 서류가방을 들고, 음반 한 장을 팔에 끼고 있었습니다. 나는 버스에서 내려 그이한테 인사할까 하는 생각까지 했는데, 바로 그 순간에 젊은것이 하나 그이한테 다가오더니 마치 여러 해 동안 알고 지낸 것처럼 그이의 뺨에다 키스를 퍼붓고는 팔짱을 끼었습니다. 그이는 그 여자의 들뜬 감정에 약간 놀라는 것 같았지만, 곧 그들은 더없이 행복한 듯 함께 걸어가기 시작했습니다. 로쌀린씨, 상상하시겠지만 나는 그냥 시간을 보내지는 않았습니다. 다음 정류장에서 버스에서 내려 길모퉁이에서 그들을 기다렸습니다. 그들은 나를 보지 못했는데, 내가 잘 숨어서 그런지 아니면 그들이 큰소리로 이야기하면서 서로에게 너무 열중해서 그런지 모르겠습니다. 나는 분노로 몸이 떨렸습니다. 그때까지는 그이의 부정에 대한 증거가 아무것도 없었거든요. 이제야 증거를 잡은 것이었습니다. 나는 그들이 머잖아 근처의 건물 안으로 들어갈 것이라고 추측했는데, 그렇지 않았습니다. 그들은 딱 한번 멈춰섰는데, 그때 나는 생기 넘치는 남편이 서류가방에서 뭔가를 꺼내는 것을 보았습니다. 그것은 선물이거나, 아니면 적어도 선물용 포장지로 싸여 있는 것이었으며, 부피가 꽤 컸습니다. 그 여자는 그것에 별다른 신경을 쓰는 것 같지 않았고 열어보지도 않았기 때문에 나는 그 안에 무엇이 들었는지 알 수 없습니다. 그로써 우리 집안의 돈이 나간 겁니다. 초콜릿이나 잠옷이나 혹은 그따위 것들에 써버린 것입니다.

그들은 낯선 거리를 따라 계속 걸었습니다. 그들은 까페에 들어갔고 거기서 한참 있었습니다. 나는 바깥에서 기다렸습니다. 나는 계속

해서 시계를 흘낏거렸는데, 왜냐하면 그때는 점심시간이었으므로 남편이 직장으로 돌아갈 수밖에 없었고 시내는 거기서 꽤 먼 거리라는 것을 알았기 때문입니다. 나는 그들의 꽁무니를 따라 그들의 은신처까지 갈 수 있기를 바랐고, 불쑥 뛰어들어가 그들을 현장에서 붙잡고는 그 자리에서 한바탕 하려고 했습니다. 그러나 그들은 키스를 하고는 각자 제 갈 길을 갔습니다. 나는 어떻게 해야 할지 몰랐고, 후안무치한 남편이 어디로 갈지는 의문의 여지가 없었기 때문에 그 여자를 따라가기로 작정했습니다. 그 여자는 몇 블록 안 가서 소형차에 타더니 금방 사라졌습니다. 나는 택시를 잡을 수 없었기 때문에 행여나 하고 그 여자의 차량번호를 적는 것으로 만족할 수밖에 없었습니다.

나는 이전에는 본 적도 없고 다시는 보기도 싫은 그 거리에 홀로 남아 있었습니다. 여러 해 동안 쌓여온 그 모든 분노가 속에서 끓어오르는 것을 느꼈는데, 그건 내가 도저히 감당할 수 없는 진짜 울화였습니다. 나는 그들을 바로 그 자리에서, 까페 한복판에서 맞닥뜨렸어야, 그래서 손님들이 모두 목격하도록 해야 했는데 하면서 고통스러워했습니다. 그러나 증거는 없었고 오히려 내가 바보처럼 보일까봐 몹시 두려웠습니다. 그럼에도 불구하고 내 마음은 갈가리 찢어졌습니다. 한 여자가 뭔가를 알고 있다고 할 때는 그건 진정으로 알고 있다는 얘기거든요. 증거가 있건 없건 문제가 되지 않습니다. 최악의 사태는 내가 그이의 모든 거짓말을 믿었다는 것이고 그이가 변했다고 정말로 믿었다는 것입니다. 나는 이용당한 느낌이었습니다.

로쌀린씨, 이제 나는 어디에다 하소연해야 할지 모르겠습니다. 저 비참하고 사람 같지도 않은 사람이 내 아이들의 아버지랍니다. 나는 성약(聖約)과 인간의 약속 양자에 의해 그이와 하나가 되었습니다.

나는 그이를 열렬히 사랑하였고, 그이에게는 어머니이자 누이이자 아내였습니다. 설령 그 사랑이 이제 다 날아갔다 해도, 설령 그이의 위선적인 얼굴을 대하는 것조차 참을 수 없다 해도, 나는 이 결혼을 구제할 수 있는 길이 있는 한 그이와 헤어지지 않는 것이 내 의무라는 것을 아직도 명심하고 있답니다.

어젯밤 그이가 성자인 척하면서 문을 열고 들어와서는, 곤경에도 불구하고 우리는 헤쳐나갈 수 있을 거라면서 군사정부의 경제정책을 하늘 높이 찬양하기 시작하였을 때 나는 그이에게 닥쳐, 닥쳐, 닥쳐라고 세 차례나 있는 힘 다해 소리치고 싶었습니다. 나는 이제 그이가 하는 말은 아무것도 믿지 않는데, 그것이야말로 남편과 아내 사이에 일어날 수 있는 최악의 사태인 것입니다.

내가 당신한테 언급한 그 이웃은 매우 이해심이 많고 산전수전 다 겪어 경험도 많은데 내게 그러더군요——그래요, 나는 누군가에게 말하지 않을 수 없었습니다. 내 속에만 그 비밀을 간직할 수 없었습니다. 가슴이 터져버렸을 테니까요——자기가 내 남편한테 말을 해보겠다고, 상황이 정확히 어떠한지 말해보겠다고요. 그는 나처럼 훌륭한 여자한테 이런 일이 일어났을 때는 이미 한계에 이른 것이며, 내가 그런 대접을 받아서는 안된다고 말했습니다. 나는 그 시점에서 눈물을 흘렸는데, 그것은 다름아니라 적어도 나의 미덕을 알아보고 제대로 평가하는 사람이 있다는 것을 알았기 때문입니다. 어쨌거나, 내 집안에서 두 남자가 싸우게 할 수는 없었고, 우리의 모든 과거의 불화가 지긋지긋했기 때문에 나는 그의 제안을 거절했습니다.

나는 저기 내 옆에서 아무런 일도 없다는 듯 태평스럽게 자고 있는 그이의 숨소리를 들으며 밤새 뜬눈으로 누워 있었습니다. 한번은 불을 켜고 그이를 쳐다보았습니다. 그이는 너무나 순진하게 보였습니다. 나는 일종의 작별키스로 내 입술을 그이의 입술에 갖다대고 싶었습니다. 그러나 나는 아무런 행동도 하지 않았습니다. 누군가가 나타나서 내 끔찍한 문제를 해결해주기를 기다리면서, 그이가 일어나서 이 모든 것이 실수라고, 내가 자기 인생에서 유일한 여자이며 딴 여자한테는 관심이 없다고 말해주기를 기다리면서 한참 동안 그렇게 있었습니다. 그러나 잠시 후 모든 희망이 사라졌습니다. 암세포가 어느날 저절로 낫기를 바라는 것은 부질없는 짓이에요. 불을 끄고 그이의 숨소리를 들으면서 내가 한 유일한 생각은, 여러번 거듭한 그 생각은, 이 사람이야말로 죽음이 우리를 갈라놓을 때까지, 죽음이 우리를 갈라놓을 때까지 나와 하나가 된 바로 그 사람이라는 것이었습니다.

    그이가 아침에 직장에 나가고 아이들이 학교에 가자마자 나는 당신에게 이 편지를 쓰기 시작했으며, 어떤 기적이 나를 구원해주기를, 이 모든 어둠속에서 당신이 나보다 선명하게 볼 수 있기를 바라며 이 편지를 지금 당신에게 부치는 바입니다. 왜냐하면 누군가가 도와주지 않으면 내가 무슨 짓을 할지 나도 모르기 때문입니다.

1974년 4월 14일
심란한 애국자로부터

친애하는 독자에게

오늘자 신문을 보면 아시겠지만, 우리는 당신의 고통스러운 편지를 실을 수가 없었습니다. 아무튼, 나는 당신이 겪은 특이한 경험의 중요성 때문에 개인적으로 당신에게 편지를 쓰는 바입니다.

당신 스스로가 절망감에 빠져들지 말아야 하지만, 나는 당신의 감정을 이해합니다. 우선, 당신은 남편의 잘못된 행실에 대한 확실한 증거를 갖고 있지 않습니다. 외양만 보면 종종 속기 쉬운데, 특히 과거에 안 좋은 경험이 있었던 경우에는 더욱 그렇습니다. 그러나 누구보다 질투에 빠지기 쉬운 여자이기에 그런 의심으로 자신을 괴롭히기 마련이지만, 그럴 때조차도 다른 가능한 설명들을 결코 도외시해서는 안됩니다.

나는 당신이 앞으로 며칠 동안 남편이 알아채지 못하게 그를 지켜볼 것을 제안합니다. 우리가 당신 편지를 공개하지 않기로 한 것, 그리하여 당신 남편도 그의 여자친구도 그밖의 친지들도 상황을 의식하지 못하도록 한 것은 바로 그런 이유 때문입니다. 아무리 어렵다 해도 그를 보통 때처럼 대하세요. 당신이 좀더 실질적인 증거를 갖게 될 때 신문사의 내 사무실로 찾아오시면 우리는 여자 대 여자로서 그 문제를 논의할 수 있습니다. 아니면 원하신다면, 내가 당신을 직접 방문할 수도 있습니다. 친절하게도 당신이 의심하는 젊은 여자의 차량번호와 아울러 당신의 주소까지 추신에다 밝히셨으니까요.

당신 편지에서 염려되는 점은 이 모든 것의 이면에 있는 다른 무엇입니다. 나는 편지의 말미에서 명백히 비통하고 환멸적인 어조를 감지합니다. 당신은 기독교인이므로 신에 대한 믿음의 상실이라는 사치에 탐닉할 수 없습니다. 주님은 자신의 뜻이 선한 결실을 맺도록 하는 여러 방도를 갖고 계십니다. 주님은 자신의 의지를 실행하는 은밀한 도구와 공개적인 도구를 모두 갖고 계십니다. 주님은 사악한 인간들의 삶에 갑자기 그리고 급격하게 개입하십니다. 칠레의 최근 역사를 보면 그 점을 확인할 수 있습니다. 신께서는 당신의 거듭난 믿음에 응답할 길을 찾으실 겁니다. 오늘 나의 칼럼에서 밝혔듯이, 당신은 스스로가 믿는 것처럼 버림을 받았거나 외톨이인 것이 아닙니다. 당신의 믿음을 버리지 마시고, 당신의 고민에 대한 해결책이 곧 나타나더라도 놀라지 마십시오. 행운을 빕니다.

1974년 4월 18일
로쌀린 씀

상담

"**피**곤한데." 목소리가 말한다. "지금은 이 정도로 해두지…… 내게 차 한잔 갖다주겠어?"

"토스트와 케익을 곁들일까요, 중위님?"

당신은 그 목소리에서 약간의 망설임을, 꽤 긴 단절을 눈치챈다. 당신은 이제 저 단절들에, 저 망설임들에, 그리고 그것들을 해석하는 데에 익숙해져 있다.

"다 가져와." 목소리가 마침내 대답한다.

"이 자식은 어떻게 할까요, 중위님?"

이번에는 전혀 망설임이 없다. 쿠키에 대해, 케익에 대해서는 망설이면서도 당신한테는 털끝만큼도 회의하는 기색이 없다.

"그냥 묶인 채로 놔둬. 지금 내가 피곤하다고 해서 이 개자식이 피곤해야 되는 것은 아니잖아, 안 그래? 아니면 너도 피곤하냐, 자식아? 우리가 지금 널 풀어주었으면 해?"

당신은 대답하지 않는다. 가끔 그런 태도가 효과를 본다. 이 시점에서 당신은 그것이 즉각적인 대답을 요하지 않는 질문들 가운데 하나이기를, 그것은 그냥 또한번의 연습이기를 바란다. 결국 그런 것임이 드러난다. 시간이 흐른다. 당신이 들을 수 있는 것이라곤 군화가 벗겨져 바닥에 떨어지고 그런 다음 책상 노릇을 하는 근처의 탁자 위에 무겁게 발이 걸쳐지는 소리와 마침내는 한숨인지 툴툴거림인지 모를 만족감의 표현뿐이다. 사병들도 앉았음이 분명하다. 아무도 말을 하지 않는다. 그러더니 성냥 긋는 날카로운 소리가 나고, 담배에 불이 붙여지고 그 냄새가 퍼지면서 순한 맛의 연기가 간질간질 당신한테 찾아온다. 당신은 담배를 피우고 싶은 욕망이 전혀 없다는 데에 놀란다. 담배 생각만 해도 당신의 목이 찢어지고 당신의 속이 역겨움으로 가득 찬다. 갈증이 당신을 사로잡고 압도하고 있음이 분명하다. 당신의 몸은 물 외에는 어떤 것도 갈망할 수가 없는 것이다.

지금 그들은 쟁반 하나를 갖고 온다. 당신은 그들이 탁자 주위에 앉는 소리, 의자를 드르륵 끄는 소리, 서류더미를 부스럭거리며 치우는 소리, 그리고 기대감과 동료애로 중얼대는 소리를 듣는다.

갑자기, 아무런 경고도 없이 그 목소리가 당신한테 말한다.

"실은 말이야, 히오르히오, 실은 난 문제가 하나 있어." 당신은 그의 이어지는 말을 기다린다. 당신은 적어도 이 짧은 순간만큼은 그들의 모든 생각이 음식에 모아져서 당신을 조용히 내버려둘 것이라고 생각했다. "난 정말로 문제가 있어. 그게 뭔지 알아?" 또다시 말이 중단된다. "히오르히오, 내게 좀 가르쳐줘. 이거 살찌는 거야?"

"그게 뭡니까?" 당신은 당신 자신의 목소리를, 쉰 목소리를 마치 다른 사람의 목소리인 것처럼 듣는다. 당신은 목이 쉬었음에도 자신이 어떻게 의사의 사무적인 어조를, 약간 우월감을 깔고 캐묻는 듯한 말투를 보존할 수 있었는지 놀란다.

"차 한잔이야."

"그건 살찌는 게 아니오." 당신은 외과의사 특유의 정확성으로 낱말들을 고르고, 낱말들을 바꿔쓸 수 있는지 살펴보고 그 풍부한 교체 가능성을 탐색하며, 예기치 못한 틈새가 없는지 냄새를 맡으면서 메마른 어조로 말한다. "설탕을 많이 넣지 않는다면 말이오."

"케익과 토스트와 버터는 어때?"

"그밖에 또 뭐가 있습니까?" 마치 누군가가 화면에 총천연색으로 그 음식물들을 비추는 것처럼 당신은 가려진 눈으로 그것들이 차례로 지나가는 것을 보면서 묻는다. 그 음식물들은 순간적으로 나타났다가 곧 사라진다. 케잌, 토스트, 버터, 치즈, 그따위 것들은 우디 우드페커(미국 만화에 자주 등장하는 딱다구리—옮긴이)나 존 웨인이나 텔레비전 스타들처럼 비현실적이다. 당신은 그런 것을 맛본 지 여러 달 되었다. 지금 그같은 것은 꿈도 꾸지 못한다.

"젤리." 목소리가 말한다. "이 모든 게 내 살로 갈 거라고 생각하나?"

"지금 몇십니까?" 당신은 자신조차 놀랄 정도로 영민하게 묻는다.

중위는 당신에게 나침반처럼 방향을 일러주는 귀중한 정보를 순순히 제공한다.

"오후 다섯시야, 히오르히오. 간식시간이지."

여기서 아홉 시간이라. 당신은 한 시간 혹은 사백 시간이 흘렀다고 맹세할 수도 있었겠지만, 아홉 시간은 있을 법하지 않는 숫자처럼 여겨진다.

"몸무게를 빼려고 애쓰는 사람한테," 당신은 단언한다. "그건 간식으로선 많은 겁니다. 설탕을 넣지 않은 차와 쏘다 크래커(치즈 등과 함께 먹는 비스킷의 일종—옮긴이) 몇 쪽이면 충분하고 남습니다. 그리고 간식을 모조리 그만두고 식사시간까지 참으면 훨씬 좋을 겁니다."

잠시 그는 아무 말도 하지 않는다. 그들은 음식을 먹는다. 그들 넷이 앉아서 차를 마시고 있다. 당신은 나이프로 토스트의 탄 부위를 긁어내는 소리, 심지어 이가 부딪치는 소리, 씹는 소리, 누군가가 치즈 한 조각을 달라고 하는 소리까지 다 들을 수 있다.

"이봐, 히오르히오, 자네 이걸 알고 있나?" 입에 음식이 가득하지만 그는 음절 하나하나를 분명하게 발음해낸다. "실은 말이야, 자네가 날 도와줄 수가 있겠네…… 검진을 하고 약이나 식이요법이나 뭐 그런 것을 처방해줄 수 있겠다구……"

"날 이런 자세에서 풀어준다면 그럴 수 있겠지요." 당신은 그 말이 실수임을, 믿기지 않을 정도로 어리석은 실수임을 깨닫는다. 어떤 의사라도 환자한테 굽실거리며 애걸하지는 않는 법이다. 당신이 지난 몇분 동안 터무니없이 공들여 세워올린 관계를 단 한 문장으로 파괴할 수 있음이 분명해진 것이다. 하지만 어쩔 도리가 없다. 고문대에 묶인 손목의 통증, 최대한으로 잡아당겨진 몸의 통증, 모든 화상 부위의 통증이 정말 너무 심한 것이다. 당신이 생각할 수 있는 유일한 것은 오로지 풀려나서, 그저 작은 컵으로 한잔의 물을 마실 수 있다면 물을 한번 마시는 것뿐이다.

그 반응이야말로 정확히 당신이 두려워한 것이다.

"이 자식이 떠나고 싶어하네. 벌써 가고 싶어하네. 임마, 안되지, 임마, 네가 한 짓은 심각한 문제라고. 너와 그놈의 의사들이 자기 일도 아닌데 끼여들고선 이젠 그냥 발뺌하고 싶단 말이군. 그렇게 쉽게는 안되지. 비밀병원들을 조직하면서 돌아다니다가 바로 다음날에는 아무 일도 없었다는 듯이 시치미뗄 수는 없지. 여기선 그런 게임이 통하지 않을걸." 그러나 당신은 그의 턱이 분명 더 풀어져 있다는 것을, 그의 분노가 누그러졌다는 것을 감지한다. 그는 일어나서 당신을 향해 걸어오지 않았고, 아직도 탁자에 앉아 있으며 먹는 것을 중단하지도 않았던 것이다.

"이미 당신한테 설명했잖소." 당신은 오늘 아침 여덟시에 그들이 당신을 데리고 왔을 때 보였던 것과 똑같이 고집을 부리며 완강하게 말한다. "난 절대 그런 일을 하지 않았습니다. 당신이 말하는 것과 같은 병원들은 전혀 존재하지 않습니다."

"자식, 그럼 내가 거짓말하고 있다는 건가? 나더러 거짓말쟁이라는 거야?"

"아닙니다."

"이 개자식아, 그렇다면 네가 거짓말쟁일 수밖에 없어. 알겠어?"

"예."

그럼에도 불구하고 당신은 그가 다시 음식과 식이요법의 주제로 돌아가고 있다는 것을, 비밀병원들에 대한 추측, (있지도 않았던) 내전을 대비한 음식물 비축, 부상자들을 위한 비밀병동, 부자 동네의 우물에 독약 살포, 그리고 그밖의 터무니없는 온갖 죄상들보다는 이 주제가 그에게 더 흥미로운 것이라는 사실을 감지한다.

"넌 이런 종류의 일에 대해선 죄다 알고 있지, 안 그래?" 중위의 목소리가 묻는다. "영양 문제 말이야."

"중위님, 이런 조건에서는 말하기가 매우 어렵습니다." 당신은 그에게 말한다.

그가 웃는다. "정말 매우 편하지는 않은 것 같군, 그렇지? 네 집무실과 똑같다고는 할 수 없지. 좋아, 좋아, 자식, 네가 이겼어. 그를 풀어줘. 날 위해 히오르히오를 풀어주라구."

그들이 마지막 매듭을 풀었을 때 당신은 곤죽이 되어 바닥에 폭삭 내려앉는다. 일어서려고 애쓰지만 당신은 팔과 다리에 대한 통제력이 전혀 없다. 이제 다음 고문을 기다리며 굳어질 필요가 없는데도 근육들의 풀림을 아직 즐길 수가 없는 상태로, 그들이 마침내 고문대에서 당신을 끌어내렸다는 것을 믿을 수 없는 상태로, 당신은 늘어진 채 그 자세 그대로 있다. 당신은 얼굴에 와닿은 자신의 숨결과 당신의 몸 전체보다 더 커진 심장의 박동을 느낄 수 있다. 당신의 심장 박동은 당신 안으로 스며들어 넘쳐흐르면서 속에서 메아리친다.

"그자를 저기 세워." 중위가 말한다.

두 쌍의 손이 그를 억지로 세운다.

"제길, 이 자식 정말 더럽게 무겁네요, 중위님." 사병들 중의 하나가 말한다.

"크고 둔한 놈이야." 다른 사병이 동의한다. "거물급이야."

"불평은 그만하고 일이나 해." 중위의 목소리가 날카롭게 끼어든다. "이 자식이 그렇게 대단한 놈은 아니야. 이제 우리가 충분히 요리할 수 있어. 그럴려고 이 자식을 하루 종일 구워삶았던 거야…… 안그래, 히오르히오?"

당신은 그 장교가 끈질기게 묻지 않기를 바라며 아무 말 않고 있기로 하지만, 이번에는 대답을 기대하며 질문을 되풀이하는 탓에 할 수 없이 "예, 맞습니다, 하루 종일 그랬죠"라고 대답한다. 그들은 당신을 작은 침상 위에 올려놓는다. 빛이 덜 들어오는 듯한 것을 보니 침상이 방 한구석에 있는 것이 분명하다.

"좋아, 히오르히오, 준비됐지? 넌 이제 새처럼 자유로운 거야. 히오르히오, 우린 너를 왕자처럼 대하고 있다는 것, 내가 할 말은 그뿐이야…… 원하는 것 또 없어, 이젠 행복해?"

당신은 감히 물을 좀 달라고 청한다.

중위는 충격을 받는다. 당신은 그의 목소리에 경직과 의심과 불신이 파충류처럼 다시 기어드는 것을 감지한다.

"물 생각은 잊어버려, 알겠어? 우리가 물을 줘서 수많은 놈들이 우리한테서 죽어버렸단 말이야. 감전 후에는 적어도 세 시간은 기다려야 한다구."

"물 때문에 그 사람들이 죽었다고요?" 당신의 물음에는 진정한 호기심이 담겨 있으며, 당신은 자신의 뇌리가 계산하고, 궁리하고, 분류하고 있음을 감지한다.

"그들은 물을 먹고는 그냥 그렇게 꼬르륵 하면서 죽더라구. 그래서 우리는 물 주는 걸 중단했지…… 히오르히오, 나하고 있을 땐 자살하려고 하지 말라구, 알아들어? 우린 아직 할 이야기가 많잖아."

"그건 전혀 과학적 근거가 없습니다." 당신은 구사할 수 있는 최대한의 확실성으로 전문직업인의 어조를 주입하면서 암시한다.

"나한테 그런 이야기는 관둬." 중위는 선언한다. "내 눈으로 직접 봤다구. 물을 한 모금이라도 주는 순간, 그놈들 안녕, 잘 있어 하면서 가더라구."

"중위님, 거기엔 필시 다른 요인이 있었을 겁니다. 그건 어떤 생리학적 현상과도 아무런 관계가 없다는 것을 장담할 수 있습니다."

말이 끊겼다. 당신은 중위가 탁자에서 일어나 침상을 향해 걸어오는 소리를 들을 수 있다. 그가 말을 할 때쯤에는 그는 사실상 당신 위에 와 있다.

"히오르히오, 정말 목마르군, 응? 그래서 죽는 것도 개의치 않는가 보군."

"정말 목마르긴 합니다." 당신이 긍정한다. "하지만 지금 내 얘기는 그게 아닙니다. 당신이 제시한 견해는 생물학적으로 불가능한 겁니다. 물은 감전되었던 기관에 해를 끼칠 수가 없습니다."

"전기기구가 욕조에 떨어질 경우엔 어때?"

당신은 당신의 말 속에 약간의 조바심이 스며들도록 내버려둔다.

"그건 전혀 다른 문제죠. 물은 전도체지만, 난 지금 마시는 물을 말하는 거지 물에 잠겨 있는 것을 말하는 건 아니잖습니까."

중위는 마치 속으로 중얼거리듯 말한다.

"그런데 꼬르륵 가버린 그 자식들은 다 뭐야. 그건 어떻게 생각하냐구…… 히오르히오, 그 자식들의 심장이 그냥 멎더라구. 그냥 작동하지 않는 거야, 그뿐이야."

"죽은 사람이 많았습니까?" 당신은 감정을 숨기려고 애쓰면서, 어떤 의심의 기색도 순수하게 학구적인 것으로 바꾸려 들면서 묻는다.

"꽤 많았지." 중위가 말한다.

"심장박동 정지에는 수많은 원인이 있습니다만," 당신은 또박또박 말한다. "수분섭취는 그 원인이 아닙니다."

"좋아. 네 말에 난 확신했어." 중위가 말한다. "의사한테 물 좀 갖다줘…… 하지만 히오르히오, 내 분명히 너한테 경고한다. 네가 뒈져도 네 책임이다. 알겠지? 내가 경고하지 않았다고 하지 마. 뭔 일이 벌어져도 난 이 일에서 깨끗이 손털 거야."

당신은 대답하지 않고, 그는 탁자로 돌아간다. 그는 당신에게 적절한 식단을 처방해달라고 요구한다. 당신은 그에게 나이, 몸무게, 키를 묻는다. 그는 아무런 의심도 하지 않고, 자신이 지금 당신에게 자신의 정체에 대한 단서들을 제공하고 있다는 생각을 추호도 하지 않고 모든 정보를 준다. 그를 검진해보았더라면, 그의 병력에 관해 좀더 알고 있었더라면 더 좋았을 테지만, 어쨌든, 취해야 할 몇가지 기본적인 조치들에 관해 충고는 할 수 있다고 당신은 그에게 말한다.

그는 당신의 지시를 낮은 목소리로 되뇌면서 모든 사항들을 차례로 적는데, 분명 그가 당신의 진술을 받아적을 때 사용했던 바로 그 연필과 종이를 사용하고 있다. 좀더 상세한 처방을 하기 위해서는 당신이 좀더 차분해질 필요가 있으며, 그리고 그는 내일 당신한테 상담을 받아야 한다고 당신은 암시한다.

그는 지금 당신의 이력서를 읽고 있는 것이 분명하다. 왜냐하면 몇몇 외국 대학들, 학술회의들, 출판물들의 이름을 마치 그 분야에서의 당신의 자격요건을 확인하면서 되뇌듯이 중얼거리고 있기 때문이다.

"이봐, 히오르히오," 그가 불쑥 말한다. "어떻게 당신 같은 사람이 이런 자식들과 연루되었지?" 당신은 대답하지 않는다. 당신은 그곳까지 오는 데 시간이 너무 오래 걸리는 물에, 지금이 오후 다섯시라는 사실에, 그리고 운이 좋으면 오늘의 고문은 끝났다는 사실에 집중한다. "이런 범죄자들과 돌아다니는 게 창피하지도 않나? 내 말은 넌 네 분야에선 최고인데 말이지, 왜 그걸 망치면서 저 별볼일없는 놈들과 허송세월을 하냔 말이야?"

당신은 잠시 기다리다가 힘을 모으고는 다시 말을 하려 한다. 아옌데정부가 비단 보건분야에서뿐 아니라, 나라 전체를 위해서 무슨 일을 하려 했는지 설명하려 한다. 어떤 경우에도 상황을 거듭 분명히해두는 것이 나으며, 활동을 계속하기 위해서 뭔가는 남아 있어야 하고, 어떤 메아리가 미래에까지 울려퍼져야 한다고 당신은 생각한다. 하지만 중위는 또다른 질문을 함으로써 당신의 말문을 막는다.

"어이, 히오르히오." 지금 그의 어조에 뭔가 확실히 이상한 것이, 그의 말씨에 뭔가 부드럽고 상냥한 것이 담겨 있다. "여기 보면 넌 애가 없다고 되어 있는데, 그게 맞아?"

"사실, 그렇습니다." 당신은 눈가리개 안쪽에서 눈이 반쯤·감기는 것을 의식하면서 대답한다.

"왜지?" 중위가 묻는다. "어떻게 애를 가질 생각을 하지 않았나?"

두번째로 당신은 자신의 말이 마치 낯선 사람에게서 나오는 것인 양 듣는다. 당신이 다른 경우에, 이를테면 파티 때나 사무실에서나 저녁식사 시간에 했던 바로 그 말들, 그러나 이 지하실 혹은 막사에서, 아니 이곳이 어딘지는 몰라도 여기서 되풀이할 줄은 전혀 생각지 못했던 그 말들을 듣는다. "우리는 자식이 없습니다. 자식을 가질 수가 없었습니다"라는 당신 자신의 말을 듣는다.

"그렇지만, 그 문제를 해결할 수 있는 과학적인 방법이 있다구." 당신은 중위가 말을 멈추는 것을 알아차린다. 그는 아까처럼 가까이는 아니지만 당신에게 다가온다. "히오르히오, 내 아내와 나도 그 문제를 겪었어…… 하지만 지금은 만사가 잘 풀렸다구. 난 그 문제가 나와는 전혀 상관없다는 것을 확신해. 그렇게 내가 의사한테 말했지…… 이제 우리는 그 꼬마녀석을 삼개월만 기다리면 돼. 그 녀석은 올 가을에 태어날 거야. 어떻게 생각해?"

"축하합니다." 당신은 목소리에 전혀 아이러니를 담지 않고 말한다. "당신 아내가 분명 매우 행복해하겠군요."

"모든 것이 엄청 비싸더라고." 그 목소리가 대답한다. "그러나 그만한 가치가 있지, 정말 그만한 가치가 있다고 할 수 있지…… 원한다면 그 의사한테 추천해줄게. 그는 저기 로스레오네스 옆의 군병원에 근무하고 있어, 알겠어?"

당신은 낱말들을 조심스럽게 선택한다. "고맙지만 괜찮습니다, 중위님. 우리는 벌써 시도를 해보았습니다. 계속 시도하는 것은 아무 의미도 없습니다."

그 순간 그들이 당신에게 물을 갖다준다. 손 하나가 당신의 머리를 들어올리자, 당신은 천천히 물을 마시면서 입 안과 혀와 목에서 물의 서늘한 활력을 느낀다. 물은 메마른 강바닥을 따라가는 것처럼 당신의 잇몸 사이로 흘러가면서 마치 무슨 투명하고 성스러운 제2의 수혈액처럼 당신의 몸 전체를 어루만지고 환하게 한다. 그 잔과 또 한 잔을 더 비우고 난 후에야 당신은, 중위와 사병들이 당신의 심장 박동이 바로 그 자리에서 멈출 때를 기다리며, 심장 발작이 시작되고 그 다음에는 자기들 눈앞에서 당신이 죽을 것을 예상하며 당신을 매우 면밀하게 관찰하고 있다는 것을 깨닫는다. 그러나 아무 일도 일어나지 않는다. 당신은 팽팽하게 꼬인 사지가 풀리고, 물이 당신의 온몸을 식혀 생기를 회복시킨 것처럼 화상의 통증조차 덜한 듯하고, 심지어 두뇌조차 훨씬 잘 돌아가는 듯한 느낌이다.

"저렇게 잘 마시는데! 물 때문에 꼬르륵 죽은 놈들은 다 뭐야!" 중위는 아마도 놀라움 때문에 머리를 흔들면서 말한다. "그것도 첫번째 신문에서, 정보 하나 얻어내지 못하고, 심지어 서명조차 받지 못했는데 말이야. 녀석들은 물을 마셨을 뿐인데 그것으로 그만이었지, 안녕 잘 있어 하고 가버렸단 말야."

"물 때문이 아니었습니다, 중위님." 당신은 화가 나서 목소리를 높인다. "실제로는 당신네들이 이성을 잃어버리는 사태가 벌어진 것이죠. 그러고는 물 탓으로 돌리는 겁니다."

"히오르히오, 자네 정말 똑똑해." 그 목소리가 말한다. "그런 식으로 하면 우리가 고문을 살살 하고, 압박을 늦출 거라고 생각하지. 천만의 말씀, 그런 생각일랑 꿈도 꾸지 마. 우리는 수행해야 할 임무가 있고 그 임무를 끝까지 해내고 말 거야. 아무렴, 우린 계속 그렇게 할 거야."

"그러면 그들은 당신들한테서 계속 죽어갈 겁니다." 당신은 균형을 유지하면서 필요한 최대한의 확신감을 실어 경고한다.

"입을 안 열 바엔 죽는 게 낫지." 중위는 탁자를 향해 이동하면서 말한다. "좋아. 이것들을 치워. 이제부턴 케익은 없어, 알겠지. 쏘다크래커나 워터크래커(밀가루, 물, 버터로 만든 크래커 비슷한 비스킷—옮긴이)만 가져와. 근데, 히오르히오, 쏘다크래커와 워터크래커 중에 어느 쪽이 나은가?"

"어느 쪽이나 마찬가집니다." 당신은 말한다. "요점은 빵과 잼을 없애는 것이죠."

"의사양반, 내가 말이지, 어떻게 할지 말해줄게…… 자네가 풀려나면, 자네가 모든 것을 다 고백하고 우리가 자넬 풀어주면, 내가 자넬 부르러 사람을 보낼게. 걱정 마. 며칠간은 푹 쉬게 해줄 테니. 그 다음에 자넬 부르러 보내지. 운전수를 붙여 리무진을 자네 집 앞에 보내겠어. 자네 아직 같은 집에서 살고 있지, 응?"

"예." 당신은 말한다.

"우린 장교클럽에서 다정하게 몇잔 마시는 거야. 근사하게 환담도 나누고 말이야. 우린 가격에 대해 합의를 볼 거구, 그리고 내 아들을 보러 가는 거야. 내 사는 곳은 거기서 멀지 않아. 자네가 내 아들을 검진할 수 있도록 우리 함께 그 아이를 보러가는 거야…… 왜냐하면 내가 진정으로 원하는 것은 자네가 내 아이의 주치의가 되는 것이기 때문이지. 어때?"

당신은 아무 말도 하지 않는다.

"지금은 우리가 이 나라를 책임지고 있는 사람들이야." 그 목소리는 계속 이어진다. "그러므로 우리는 최고의 의사들한테 진료받을 자격이 있어."

"오줌을 눠야겠습니다." 당신이 불쑥 말한다.

"게다가," 중위는 덧붙인다. "머잖아 난 대위로 진급될 거야."

"오줌 눠야겠습니다." 당신이 줄기차게 말한다. "오줌을 눠야겠어요."

"이 자를 데려가." 중위가 명령한다. "이 의사양반을 점잖게 대하라구, 알겠어? 가다가 쓰러지지 않도록 하고."

다시 한번 당신은 당신의 팔을 부축하는 두 쌍의 손과, 당신의 피부를 파고들어 생채기를 내는 손톱을 느끼며, 당신이 쓰러지고 있다는 것을, 그들이 당신을 겨우 부축하고 있다는 것을 인식한다. 당신의 다리와 발은 무거운 추 같아서 그들은 당신을 그 방에서 끌어내어, 어둠과 추위가 엄습하는 복도를 따라 화장실 쪽으로 끌고가야 한다. 당신은 발가벗었기 때문에 그들이 무엇을 끌러줄 필요도 없고, 심지어는 옷을 벗길 필요도 없는데, 당신은 자신의 수치심에 스스로 놀란다.

"다 왔소." 당신의 오른편에 있는 사병이 설명한다.

"눈가리개를 조금 들어주시오, 앞을 볼 수 있게." 당신은 몸에다 오줌을 쌀까봐 걱정이 되어 말하지만, 그들은 대답하지 않는다. 그들은 당신에게 전혀 신경을 쓰지 않는다.

"의사양반, 그냥 싸라구." 예의 그 사병이 말한다.

그러나 이제는 오줌이 나오려 하지 않는다. 당신은 주변에 있는 타일의 찬 기운과, 습기와 분뇨와 막힌 공간에서 나는 시큼한 냄새와,

당신을 부축하고 경계하는 굳건한 손들을 느낄 수 있다. 마치 그들이 당신의 성기를 자른 것 같은, 다리 사이에 커다란 텅 빈 구멍만이 휑뎅그렁 달려 있는 것 같은 느낌이다.

"근데 말이지, 의사양반." 같은 목소리가 갑자기 말한다. "나한테도 문제가 있어요." 당신은 그가 말을 계속하도록 내버려두고 오줌누고 싶은 욕구에 몰두하면서, 속에서 당신을 부풀리고 있는 것을, 얼마 전만 해도 격렬하게 터져나올 것 같았던 것을 죄다 방출하려고 애쓴다. "실은 말이지, 의사양반, 난 키가 자라지 않소. 사람들이 날 '꼬마'라고 불러요. 그렇게들 부른다구요. 의사양반, 키가 클 수 있는 처방이 좀 있겠소?"

그러자 이제야, 마침내 오줌이 마려우면서 불끈하다가 터져나오는 호스처럼 흘러나오기 시작한다. 어쩌면 오줌이 당신의 다리에 튀었을지도 모른다. 당신의 오줌보가 악성균을 담고 터질락말락하고 있는 풍선이었던 것처럼 당신의 허파는 깊은 숨을 몰아쉰다. 당신은 이 작은 선물들, 이 하찮은 승리들, 물 한잔, 몇개의 풀린 매듭, 더이상 막힘 없이 나오는 오줌, 경이롭게 뛰는 심장, 어떤 혼란이나 배신도 모르는 신비로운 양심에 대해 감사한다.

"의사양반."

"나이가 몇이오?" 그러자 당신을 연거푸 강타하는 유일한 생각은 몸을 가릴 팬티라도, 바지라도, 다리와 어깨를 가릴 담요 한 장이라도 있어서 당신의 몸을 가리고 싶은 욕망뿐이다.

"열여덟이오, 의사선생. 이젠 너무 늦었나요?"

"당신 손의 X선 사진을 보아야겠소. 장담할 순 없지만."

"고맙소, 의사선생."

"어느 쪽 손이든 X선 사진을 찍어서 그 사진을 나한테 보내요. 내가 주소를 가르쳐주겠소. 어쩌면 뭔가 해결책을 찾을 수 있겠지요."

"고맙소, 의사선생."

돌아오는 길에 당신은 더이상 두 남자의 어깨에 죽은 듯이 매달려 있고 싶지 않다. 병사나 어린아이나 술취한 사람의 역할은 면하고 싶은 것이다. 당신은 저 아래 닿을 수 없는 곳 어딘가에 떠다니는 당신의 다리를 고정시키려고 애쓰는데, 허벅지 안쪽을 기어오르며 찔러대는 잔바늘 같은 고통도 당신 자신의 존재를 확인해주는 모호한 기쁨이 된다. 이제 허벅지 전체와 사타구니가 근육을 움츠러들게 하는 추위 속에서 새삼 친근하게 느껴진다. 그러고는 두 병사의 어깨에 매달려 휘청거리지 않고 중위를 똑바로 마주볼 수 있도록 또다시 한 걸음을 디디니, 눈가리개의 한쪽 귀퉁이로 저 멀리서 복도를 따라 절뚝거리면서 천천히 나아가는 당신 자신의 발가벗은 발의 실로 놀라운 광경을 훔쳐볼 수 있는데, 그것이 정말 당신의 발인지 믿을 수 없을 지경이다. 이제 모든 것이 훨씬 나아지고, 당신은 양옆의 두 어린 사병들에 의해 인도되어 더듬대며 거의 걷는 꼴이 되다가 마침내 그 방의 문지방이 분명한 곳에 이르러서는 긴장한다. 사병들은 틀림없이 당신이 자기도 모르게 굳어지는 것을 눈치챘을 것이다. 당신들 셋한테 들려오는 중얼거림 가운데서 다른 억양을, 이제까지는 거기 없었던 사람을, 귀에 거슬리는 새로운 목소리를 식별할 수 있다.

"오, 히오르히오." 중위가 말한다. "자네가 때마침 돌아와줘서 기쁘네. 안 그래도 자네가 물에 관해 한 말을 대령님한테 말씀드리고 있었네. 자네의 과학적인 의학지식에 우린 정말로 탄복했다고 이 분께 말씀드리고 있었지. 대령님, 그렇지 않습니까? 우리가 그 말을 하고 있지 않았습니까?”

다른 남자는 대답이 없다.

이번에는 그들이 당신을 침상으로 데려가지 않는다. 그들은 분명 그 두 장교가 앉아 있는 탁자 앞에 당신을 세워놓고, 마치 대학이나 기숙사에서 검열을 받기 위해 당신을 선보이는 듯, 마치 당신을 푸주간 창에 걸어놓은 듯, 당신의 체중을 한참 동안 받치고 있다. 당신은 똑바로 서려고, 양발을 바닥에 굳건하게 디디려고 애쓰지만, 그들이 당신을 놓으면 당신은 제 발로 서 있을 수 없으리라는 것을 안다.

“이봐, 히오르히오,” 중위의 목소리가 계속된다. “마침 내가 이 의학적인 문제를 대령님한테 설명하고 있었지. 대령님, 우리가 몇몇 피의자를 잃은 것이 우리 잘못이 아니라고 바로 그저께 제가 말씀드렸던 걸 기억하십니까? 기억하시죠? 우린 상담이 필요합니다. 그게 우리가 필요로 하는 것이죠. 여기 이 의사의 말에 따르면 우린 가끔 이성을 잃는다고 합니다. 우린 이들 민간인들이 얼마나 약한지 깨닫지 못한다는 거죠. 대령님, 대령님이 여기 계셨더라면, 여기 히오르히오가 우리한테 한 충고를, 그가 아는 것들을 들어보셨다면 좋았을 텐데. 이 사람 같은 전문가가 있으면 우린 다시는 민간인을 잃지 않을 것입니다.”

당신은 지금 하루 종일 들어보지 못했던 저 깊고 엄숙하고 귀에 거슬리는 목소리를, 저 날카로운 새로운 목소리를, 대령의 목소리를 듣는다.

“중위, 그것 잘됐군. 따지고 보면 자네가 유별난 것을 요구하는 건 아니지…… 쌴띠아고에서 정권에 기꺼이 협력할 의사협회 사람들을 찾는 건 어렵지 않겠지. 의사양반, 어떻게 생각하시오?”

당신은 침묵하기로, 저 현기증나는 목소리들을 없애기로 결심한다. 그러나 그 순간 중위가 두 사병에게 어떤 무언의 신호를 보냈음이 틀림없다. 왜냐하면 그들이 당신을 놓아버리고, 당신을 거기 탁자 앞에 아무 부축도 없이 내버려두기 때문이다. 당신이 서 있는 바닥에 갑자기 창문이 쩍 열린 듯하고, 당신은 혼자 서 있으려고 애를 쓰는데, 물결 같은 현기증이 당신을 엄습하여 온 사방에서 당신을 강타하는 듯한다. 쓰러지면서도 번개같이 빠른 손들이 기적처럼 나타나 당신이 무너지지 않게 붙잡아주기를, 적어도 '꼬마'의 손이라도, 자라지 못한 병사의 그 자그마한 손이라도, 손바닥뼈가 성장을 멈추었는지 알아보기 위해서는 X선을 찍어보아야 하는 그 손이라도 나타나주기를 기다려도 소용없으며, 그런 동안 엿같은 당신 다리들한테 당신의 뜻에 복종하라고 애걸해도 소용이 없다. 거기엔 아무것도, 아무도 없고, 지난번처럼 바닥에 머리를 부딪히지 않고 어깨를 부딪힌 것만도 운이 좋은 것이다.

"그들은 아마 여기 히오르히오만한 능력을 지니지 못했을 겁니다." 중위는 탁자에서 일어서서 의자를 도로 밀어넣고는 당신한테 다가서면서 말한다. "이 친구만큼의 자격을 갖추지는 못했을지 모르지만 형편이 닿는 대로 해나갈 수밖에 없죠." 당신은 중위의 발이 당신의 복부를 지그시 누르는 것을, 마치 익숙하지만 성가신 애무처럼 느낀다. 당신은 두건 밑으로 길고 빛나는 군화의 앞부리를 볼 수 있다. 그가 언제 군화를 다시 신었나? 당신은 겨우 이것이 당신한테 떠오른 질문이라는 데 가볍게나마 놀랄 겨를이 없다. "우린 환자들이 이런 식으로 우리한테서 계속 죽어가도록 내버려둘 순 없어. 그러니 우리 그 문제에 관해서 내일 이야기하자구, 응, 히오르히오? 우린 흥미로운 이야깃거리가 아직 많지. 잘 들어, 자식아, 너한테 하는 이야기야. 너한테 말할 땐 큰소리로 대답하라구. 알아듣겠어?"

당신은 아무 말도 하지 않는다. 당신은 두건 아래로 그 군화를 보지 않으려고 눈을 감고는 두번째 발길질을 기다린다.

상표의 영역

칠레: 실업률 25%
　　　—『정부통계자료집』

그러자 돌풍에 떠밀린 것처럼 문이 덜컹 열리더니 그가 들어와서는 그녀를 포옹하고 아이들을 번쩍 들어올렸다 내렸다 하면서 8개월 만에 처음으로 행복해서 웃는다. 그는 다시 집안의 가장이, 베이컨을 집으로 가져오는 사람이, 밥벌이를 하는 사람이 된 기분이다. 글쎄, 여보, 직장을 구했어. 난 고용됐어, 난 고용돼서 내일은 하루 종일 연수를 받고, 목요일부턴 독자적으로 일할 거고, 신제품을 파는 쎄일즈맨이 되는 거야. 그러니 돈 페르난도의 가게에 가서 말하라구. 우리한테 한번 더 외상을 달라고. 내가 이제 고용계약을 해서 전혀 문제가 없고, 내가 모든 판매액에서 10퍼센트 커미션을 먹게 될 건데 그 물건들은 날개 돋친 듯이 팔린다고. 그리고 우리는 쌀 조금, 양파 몇개, 밀가루, 계란, 애들한테 줄 우유가 좀 필요하다고 하라구……

축하합니다. 여러분들은 여덟명의 초인종 판매원 자리를 채우기 위한 오만명의 지원자들 가운데서 뽑혔습니다. 이 강좌가 진행되면서 여러분들은 우리가 오로지 우리 회사 '건강과 가정'만이 면허를 갖고 파는 매우 특별한 초인종을, 집을 방문한 사람들을 가려내는 초인종을 취급하고 있음을 아시게 될 겁니다. 자, 시범을 약간 보여드리죠. 자원자 없습니까? 고맙습니다. 저 따뜻한 손가락을 좀더 가까이, 저 땀나는 손바닥을 이렇게 갖다대시고, 그래요, 맞아요, 저 집에 기필코 들어가겠다는 명백한 의도를 갖고 문제의 상품을 누릅니다. 초인종은 이렇게 누를 때 두 가지 방식 중 하나로 반응합니다. 첫번째 정상적인 반응은 초인종이 울려서 집안의 사람들이 친구가 찾아왔음을 통고받고 그를 반갑게 맞아들일 수 있도록 하는 것입니다. 두번째 반응은──이는 시중의 모든 다른 제품들과 우리 제품을 구분해주는 특징인데──초인종이 방문자의 요청을 거부하는 것입니다. 초인종은 미세한 전기반응의 방법으로, 이렇게, 바로 이렇게 반응하는 것입니다. 이 시범을 위해 친절하게도 손가락을 빌려주셔서 고맙습니다, 쎄일즈맨씨. 이젠 자리로 돌아가셔도 좋습니다. 두뇌에 지속적인 손상은 없고 다만 피부에 약간의 경련이 일지만, 이로써 우리는 이 불행한 사람을 교정한 셈입니다. 이런 전기자극은 내무부의 인가를 받고 에너지 통상부의 감독을 받으며, 순수하게 교육적인 성격을 지니고 있다는 것을 메모지에다 적으십시오. 초인종을 누르는 사람의 손가락에서 과도한 소심함이 지각될 때만 이 전기자극이 가해집니다. 이런 경우에 초인종은, 창문을 닦는 일이든 개를 산보시키는 일이든 낙엽을 긁어모으는 일이든 어떤 일이라도 부인, 선생님, 아가씨, 뭐든 시켜만 주십시오 하고 자신의 용역을 제공하러 나서는, 약간 해진 칼라와 넥타이를 한 젊은이의 입장(入場)을 자동적으로 봉쇄하는 것입니다. 이 기계장치는, 설령 위장하고 있어도 과도한 허기의 징후가 손에 약간이라도 있으면 즉각 찾아내고 그 이른 시간에 어떤 발고린내도 냄새맡는 마술적인 코를 장착하고 있습니다. 방문자의 발에서 고린내가 나다니! 그런 사지를 가진 사람이란 한번도 허기를 채운 적이 없는 어린 자식들의 빈 우유병에 마음이 무거워 빵 몇조각을 찾으러 도시의 숱한 거리를 이미 돌아다녔고, 저 발들은 쇼윈도우 앞에서 백일몽을 꾸면서 시내의 상점 앞에서 자신의 가난을 이미 펼쳐보였으며 더이상 버스 요금을 낼 수가 없어 점점 더 먼 거리의 마을에서부터 자신의 몸을 질질 끌고 오가고 있었다는 사실을 확인하기 위해서 그보다 더 확실한 증거가 필요할까요? 초인종은 실수가 없으며, 과학적인 법칙에 따라 이 젊은이가 오늘 자기 집뿐 아니라 그밖의 많은 집을 성가시게 할 것이라는 판단을 내렸습니다. 이 경우에 여러분들은 새로운 노동법 84조에 명확히 진술된 대로——이 조문을 분명히 기억해두십시오——안주인이 요리사에게 그날의 식단을 써주고 운전사의 거래명세서를 훑어보는 등 아침나절의 잡사(雜事)에 한참 신경쓰고 있는데 불쑥 나타나서 성가시게 하는 거지, 간청인, 구직인과 아무짝에도 쓸모 없는 사람들을 처벌할 권리가 있습니다. 이 초인종의 용도는 바로 그런 것, 즉 거의 고통이 없는 작은 충격을 가하고 교육적인 신호음을 내어 모든 것을 제자리에 두게 하는 것이죠. 지금이 아침 아홉시라면, 누군가가 해묵은 레퍼토리를 갖고 나타나기 마련이죠. 부인, 세탁할 옷 좀 없습니까? 왁스칠이 필요한 마룻바닥은요? 혹시 자녀분이 피아노나 영어나 식물학이나 아니면 기하학의 개인교습을 받을 필요는 없는지요? 우리의 상대가 매우 말을 잘하며, 사실 옷도 잘 입고 어느정도의 교양까지 갖춘 사람들인 경우가 종종 있다는 점을 이해합시다. 어느 누구도 단지 그들이 실업자라고 해서 범법자들이라고 단언할 수는 없습니다. 그러나 손가락 끝에서 흘러나오는 과도한 흥분감이나 불안감, 혹은 목을 긁는 신경 거슬리는 쉰 목소리가 약간이라도 감지되면 초인종은 어김없이 작동합니다. 이 초인종은 껍데기와 알맹이를 구분할 줄 알고, 집안 친구들을 손바닥처럼 훤히 알고 있어서 믿을 만한 사람들한테는 아예 거기에 당도하기도 전에 자동으로 문을 열어주고 륄리(이딸리아 태생의 프랑스 궁정음악가, 오페라 작곡가로 『사랑의 개선곡』 등을 남김—옮긴이)의 개선곡으로 그들을 맞이합니다. 이 상품은 그 집의 족보를 꿰고 있습니다. 집주인들이 아침 열시에 집 앞 풍경을 망치고 싶어하지 않는다는 것을 아는 거죠. 그래서 아래층 하녀가 분명 따분하기 그지없고 쓸데없는 메씨지를, 보나마나 거부할 수밖에 없는 메씨지를 가지고 왔다 갔다하느라고 주인의 아침운동과 일본식 꽃잎 싸우나를 방해하게 놔두지는 않을 겁니다. 말을 아껴야죠. 쓸데없이 말을 되풀이하느라고 성대를 소모해봤자 무슨 소용이 있나요. 아침 한나절에, 특히 어린 리치가 풀장에서 놀면서 처음으로 손발을 놀리려 하고 즉석 카메라가 찰칵 돌아가는 순간에 초인종이 중뿔나게 울리게 하지는 맙시다. 바깥양반이 점심을 먹으러 집에 도착할 때를 기다리면서 안주인께서 조개구이 요리의 맛을 보고 기름기가 돌도록 그것을 오븐에 도로 집어넣는 동안 안주인 대신 초인종이 방문객을 처리하도록 합시다. 이런 예들을 잊지 마십시오. 왜냐하면 이 예들이야말로 이 상품을 구입하는 진정한 심리적 동기가 되니까요. 이 예들은 여러분이 고객들의 삶과 관습을 존중하고 있음을 보여줍니다. 우리 상품은 가족들이 점심식탁에 앉아 있는 바로 그 시각에 맞춰 포크, 스푼, 의자 등 온갖 것을 팔려고 문에 나타난 가난한 사람들이 외투처럼 입고 다니는 저 부인할 수 없는 변명조의 분위기를 탐지하는 데 단련되어 있음을 기억하십시오. 초인종의 X선과 적외선 장치는 매우 민감하며 해진 옷가지, 낡아서 너덜거리는 팔꿈치, 양말과 어울리지 않는 넥타이, 종이클립으로 붙들어맨 안경 등을 식별해냅니다. 그럼에도 불구하고, 이 시점에서 여러분들은 그 집 젊은이들의 의구심을 덜어줘야 합니다. 이 장치는 찢어진 청바지를 입고 있는 사람들이나 멋진 의복에 여러 색의 헝겊을 덧댄 사람들이 들어오는 것을 결코 막지 않는다고 말해야 할 것입니다. 그런 벼락맞을 생각일랑 버리세요! 이 초인종은 최근의 패션 스타일을 알고 있으며, 강력한 펀치는 물론 정말 유연한 동작을 구사할 수 있어요. 이 상품에는 충전용량을 제한하고 규제하는 자동온도조절장치가 내장되어 있으니, 이야말로 이 석유위기 시대에 열렬한 생태주의의 원형이요 에너지 보존의 대가(大家)라는 것을 증명하기란 어렵지 않습니다. 이 상품의 자기(磁氣) 기억장치는 거듭 위반하는 사람을, 즉 몇달 후에 다시 나타나서 똑같은 국그릇이나 모조 도자기 쎄트를 팔려고 똑같은 초인종을 누르는 사람을 알아봅니다. 한번이라도 버튼을 건드릴 만한 자격이 없다는 점에서 한 방, 게다가 건망증에 걸린 천치라는 점에서 또 한 방, 두배의 충격을 가하여 따끔한 화상을 입힘으로써 다시 그런 일이 일어나 충격을 더 높일 필요가 없도록 조처하는데, 만약에 그래도 세번, 네번 간청하면 그때는 간청인이 완전히 튀겨집니다. 사람들은 이렇게 하여 배우죠. 덴 손가락이 평생동안 잊지 못할 길잡이 역할을 하는 겁니다. 유의하십시오. 폭력에 마음이 상할지도 모르는 구매자들에게, 문제는 가족들을 바깥생활의 자극으로부터 고립시키는 것이 아니라는 것을, 오히려 이런 자극이란 스스로를 현대적인 가정이라고 여기는 곳이라면 정말 품속으로 끌어들여야 한다는 것을 강력히 주장할 때입니다. 신사숙녀 여러분, 이 초인종은 매달 두 명의 거지들을 골라서 이제는 쓸모없는 낡은 슬리퍼를 기부하거나, 아니면 이봐요 아저씨, 이틀 전 저녁에 먹다가 남은 건데 빵 좀 드릴까요? 하고 베풀 수 있도록 해주죠. 이 장치의 이런 시의적절한 관대함 덕분에 때로는 기름과 먼지 냄새가 나는, 허약함과 고통의 냄새가 나는 저 때묻은 손가락들이 이 장치의 당당한 얼굴을, 이 '집사 중의 집사'의 흠잡을 데 없는 안면을 만질 수 있지요. 젊고 패기 넘치는 쎄일즈맨 여러분, 여러분이 이 물건을 내놓을 때는 집주인의 자비심을 보여줄 수 있도록 적당량의 원주민들을 통과시켜줄 줄 아는 이 물건의 상식을, 집안 사람을 보호하지만 결코 격리시키지는 않는 이점을 강조하셔야 합니다. 브릿지(카드놀이의 일종—옮긴이)를 하며 차를 마시는 오후에 주부들이 고아들을 돕기 위해 경품 티켓을 파는 것이 유행인 이 시기에, 이 초인종은 외부세계로부터 정기적으로 침입자를 받아들일 계획을 세울 수 있다는 것을 보장합니다. 그러므로 이 초인종은 천부적인 극적 감각을 갖고 있는 것이죠. 저녁식사 후에 매우 열띤 부부싸움이 한창 벌어지는 가운데 현관문의 초인종이 울려 싸움의 화제로부터 주의를 돌리고 화를 가라앉혀 굶주린 이방인의 등장을 허용함으로써 남편과 아내를 화해시키는 것만큼 더 적절한 것이 어디 있겠습니까? 이 초인종은 가족의 사생활을 존중하지만, 강렬한 감정과 감동어린 개인적 비극을 겪는 미천하지만 격정으로 들끓는 사람들의 존재가 인생의 흥취를 더해줄 수도 있습니다. 뛰어난 정신병리학자들이 프로그램을 작성하였기 때문에 이 초인종은 고객들의 기호와 욕구 깊숙이 파고듭니다. 그리고 여러분들도, 야망에 넘치는 여러분들도, 여러분이 제공하는 제품 못지않게 이 점을 잘 알고 있어야겠지요. 여러분들은 초인종과 마찬가지로 고객들의 이익을 자극하고 고객의 개성에 따라 온갖 변덕에 부응할 줄 아는 기술을 자유자재로 구사해야 합니다. 탁자에 이 초인종 모델뿐 아니라 광범위한 부가적 장치들을 카탈로그와 함께 꺼내놓아야 할 순간이 왔습니다. 부인, 이것은 채찍질 표시를 남기고, 한편 저것은 '독초 모델'이라 불리는데 끈질긴 간청인의 손가락이 아니라 혓바닥을 물어뜯으며, 이 다른 모델은 전기충격을 피하기 위해 감히 고무장갑을 끼는 사람의 팔을 비틀어놓지요. 그리고 선생님, 여기 '따귀치기 모델'이라는 놀라운 발명품의 멋진 견본을 가져왔습니다. 안주인이 망설이기 시작한다든지 다른 혜택을 찾고 있을 때는 이 모든 부가적인 자료들을 펼쳐보여야 합니다. 바로 그때가 안주인의 우월의식을 가지고 놀아야 할 때죠. 이를테면 이렇게 말하는 겁니다. 지금 싸구려 상품을 놓고 말하는 것이 아닙니다, 이 집에 거지가 끊기는 것이 아니라 이 집이 친구를, 진정한 아들을 얻는다는 겁니다, 이 제품을 소유하는 것은 특권입니다, 우린 아무한테나 이걸 팔지 않습니다, 이 초인종은 '좋고말고요' 그룹과 '꿈도 꾸지 마' 그룹 사이의, 당신 딸과 데이트를 할 권리가 있는 사람들과 딸 근처에도 가서는 안될 사람들 사이의 분할선을 표시합니다. 그리고 나서, 이 모든 것을 실감나게 하기 위해서 고객의 면전에서 여러 전형적인 상황을 극화하는 것입니다. 집의 안주인에게 이 댁에 혹시 배관문제가 있으면 수리할 준비가 되어 있습니다, 저는 사실은 면허를 받은 기계공이며 기술자며 핵과학잔데, 부인도 아시겠지만, 현재의 실업률 때문에 이렇게 되었습니다라고 한다든지, 전 정말 훌륭한 목소리를 갖고 있는데 2주마다 한번씩 콩요리를 주시면 노래교습을 해드리지요 한다든지, 혹은 빗, 염소 치즈, 작은 플라스틱 장난감차, 식민지시대의 조명장치 등을 사고 싶지 않은지 묻는 겁니다. 이런 가능한 모든 사생활 침해적인 위협으로 고객을 불안하게 만드십시오. 그리고 바로 그 시점에서 우리 초인종이 버스 하나를 꽉채운 병사들처럼, 부드럽고 말없는 기총소사처럼 등장하는 겁니다. 초인종은 침범하는 손가락 주위를 킁킁거리며 냄새맡고는, 버튼에 손가락 끝이 닿을 필요도 거의 없이──우리가 기적을 약속하는 것은 아니므로 '거의' 없이 라고만 해야겠지요──침입자가 가까이 오기만 해도 반응을 보이며, 침입자가 구걸하고 물건을 내놓고 간청하고 들볶고 하리라는 것을, 침입자는 직장이 없으며 지금이 오후 네시인데도 하루 종일 한 입도, 아침조차도 먹지 않았다는 것을, 그런데도 감히 이런 품격높은 제품에 손가락을 갖다대고 있다는 것을 알아차리는 겁니다. 게다가 훌륭한 예절과 정중한 몸짓으로도 초인종을 속일 수 없으며, 어린애들의 놀이에 관해 쓴 가브리엘라 미스뜨랄(칠레의 서정시인으로 1947년 노벨문학상 수상—옮긴이)의 시를 읊어도 수술이 필요한 귀머거리 벙어리 동생의 사진들을 보여줘도 속아넘어가지 않습니다. 그런 일은 씨알도 먹히지 않습니다. 초인종의 판결은 추천장 없이 찾아온 사람들에게는 상고의 기회도 없습니다. 저 친구는 8개월 전에 직장을 잃었군, 여기 이 친구는 일년 전에 실직했고, 이 친구는 의사한테 갈 돈이 없어서 자식을 잃었군, 이 친구는 이제 잠자리에서 발기할 힘도 없군, 그리고 이 친구는 야채 단지 하나를 준다면 혀로 화장실 바닥이라도 기꺼이 핥겠군, 그리고 이 친구는 으깬 빠스따(달걀을 섞은 가루반죽을 재료로 한 이딸리아 요리—옮긴이) 같은 잇몸을 하고 있군. 모든 방문객들은 이 초인종의 컴퓨터에 입력됩니다. 초인종은 감사할 줄 모르는 목소리들을, 예컨대 부인 저는 건축산데 새장 하나를 지어드릴까요라든지, 부인 저는 정원산데 잡초를 뽑을 수 없을까요라든지, 부인 저는 간호산데 당신 고양이한테 주사 한방 놓아줄 수 있죠 하는 목소리들을 차단하여 집안에서는 안 들리게 하는 방법을 알고 있습니다. 이것이 바로 초인종 씨가, 문지방 전하가, 문지기 각하가, 전기 경이 하는 일들이니, 여러분들 열의를 좀 보이세요, 고객들은 언제나 열의를 좋아합니다. 그리고 따끈따끈한 작은 전극봉(電極棒)은 지나치게 열성적인 손가락을 찌르고 피부조직을 공포에 질리게 하고, 몇초 동안 숨도 멈추게 하여 침입자들은 조금 전 우리 쎄일즈맨 자원자가 경험한 것과 똑같이 뱃속 깊은 곳에서, 남근의 통로에서, 삐걱거리는 척추에서 고통스러운 마비증세를 느끼게 됩니다. 바깥양반이 오늘밤 마실 칵테일을 고르기 위해 술 진열장으로 다가갈 때인 저녁 여섯시에 그들이 그런 식으로 우리를 성가시게 할 순 없다는 것을 가르쳐줘야겠습니다——우린 이제 어떤 사람도 맞을 수 없으니, 우기지 말고 다음 주에 다시 찾아와요, 재작년 다음 주에, 우린 국화 돌볼 사람을 이미 찾았소, 이봐, 당신 자존심이 있는 사람이오, 아가씨, 집집마다 찾아다니면서 이런 식으로 스스로를 팔러다니니 당신은 창녀요 뭐요, 어지간한 사람이라면 생판 모르는 사람한테 일자리를 애걸하며 돌아다니지 않아요, 당신 자격증은 어디 있고 명함은 어디 있소? 가족이 함께 저녁식사를 하고 있는 저녁 여덟시에 어떤 사람이라도 문간에 다가서면 초인종은 검색의 눈초리로 응시합니다. 문에도, 창문에도, 구름다리에도, 관제탑에도 달려 있는 우리의 초인종, 그대의 붕붕거리는 소리 성스럽도다, 부자와 거지를 구분할 줄 아는 초인종, 우리가 매일 전채요리를 즐길 수 있도록 해주는 초인종, 우리의 기도를 모조리 들어주고 싸구려 감상에 젖지 않는 초인종, 물불 가리지 않는 경쟁자들이 오로지 우리의 판매고를 낮추려는 일념에서 우리더러 온갖 종류의 위반을 범했다고 비난하지만 사람을 불구자나 벙어리나 중풍환자로 만든 적이 없는 우리 주님이신 초인종. 주정꾼, 더러운 자, 실업자, 홀아비 등, 신의 은총을 구하고 온갖 부탁을 늘어놓으면서 헛되이 초인종에게 기원하는 모든 사람들을 우리의 문지방에 얼씬도 못하게 해주는 초인종. 너무나 완벽하여 언제 진짜로 창문을 닦아야 하는지, 언제 3층 발코니의 타일을 다시 깔아야 하는지마저 알고 있는 초인종. 오로지 최하의 수리비를 부르는 사람만 통과시키는 초인종. 여러분들, 이 찬가를 외우십시오. 이건 우리 회사의 입문서입니다. 신사숙녀 여러분들, 이제 모든 사람들은 자고 있지만 예절의 파수꾼이며, 감히 악몽이 나타나면 현장에서 감전사시킴으로써 불쾌한 꿈을 막아주는 최상의 방패인 초인종은 깨어 있습니다. 이거야말로 진짜 초인종이며, 아침 여섯시에 작전을 개시할 준비가 되어 있으며 여덟시 조금 전에 현명하지 못하게 당신 문을 두드리는 첫번째 방문객의 손에 따끔한 경고의 비명을 지를 준비가 되어 있는 당신 개인의 통행금지령이며 주문해서 만든 계엄령이며, 당신 딸의 순결과 당신 조상의 평온한 묘와 당신 가문의 모든 초상화를 지켜주는 보호자입니다. 이로써 시계가 한바퀴 돌아 초인종의 삶에 스물네 시간이 흘렀는데, 매분 헌신적인 봉사 그 자체였습니다. 이 나라의 모든 유복한 가정에 이런 기구가 있다면 우린 더이상 비행과 부랑의 문제로 고민하지 않을 것이며, 우리 경제는 이번에야말로 확실히 통제될 것이며, 우리가 평화롭게 살도록 놔두지 않는 이 염병할 거지들도 끝장날 것입니다. 그리고 일단 이 나라의 모든 가정이 이 장치를 갖추고 나면, 여러분들, 수출용으로 이 제품을 진짜로 대량생산하면 어떨까요? 그러면 판매고가 엄청날 겁니다. 모든 목구멍마다 초인종이 하나씩 달렸으니.

여러분들 모두 팜플렛 가지고 있죠? 지시사항들을 명확하게 이해하셨죠? 이제 판매하실 준비가 되었죠? 좋습니다. 여러분 모두의 행운을 빌며 이만 강좌를 끝냅니다.

……초인종을 울리기 직전에 그는 뭔가를 깨달은 듯 물러서고 싶어한다. 그는 뭔

가를 감지하지만 마치 손가락에 대한 통제력을 상실한 듯 자신의 손가락이 비정하게 더 가까이 다가가는 광경을 본다. 이것이 아침나절의 첫번째 판매가 될 것인데 그는 너무나 불안하다. 초인종을 건드리기도 전에 그는 자신의 살이 외치는 명확한 절규를 듣고, 이 집에서도 다음 집에서도 다음다음 집에서도 그 제품을 팔 수 없을 것임을 분명히 이해한다.

창구 앞에 줄을 선 사람이 거의 없었으므로 그녀는 그렇게 오랫동안 기다릴 필요가 없었다.

"너희들은 모두 저기 저 의자에 가서 앉아 있거라." 그녀는 어린 자식들에게 속삭였다. 그녀는 장남이 남동생들과 여동생들을 따라가려는 것을 알아채고는 그 아이를 붙잡았다. "루이스, 넌 아니야. 넌 나와 함께 여기 있어."

자기 차례가 되었을 때 그녀는 한동안 아무 말도 하지 않고 서기의 말을 기다렸다. 서기는 어제 그 사람이었다.

"선생님, 다시 왔습니다. 절 기억하시죠?"

"부인, 뭘 도와드릴까요?"

"이미 제가 설명드렸죠. 아이를 호적에 올리려고 왔어요."

서기는 다시 그녀의 얼굴을 유심히 살폈고 그녀를 알아보는 듯했다. "아, 그렇군요, 물론 그렇지요. 집에 서류를 놓고 오신 분이군요."

"선생님이 이 아이의 등록을 거절하셨지요." 그녀가 말했다. "이번에는 선생님이 요구한 것을 가지고 왔어요."

서기는 그녀가 내미는 서류를 받았다. "부인, 법은 법이죠. 어쩔 수가 없답니다. 적절한 서류를 제출하지 않으면 아무 일도 할 수 없어요."

그녀는 대답하지 않았다. 그녀 곁에 있는 아이는 좀더 잘 보기 위해 발꿈치를 들고 섰다. 그 아이의 눈이 창구의 바닥에 가까스로 닿았다.

"맞습니다, 부인. 아이가 언제 태어났죠?"

"8일 전에요."

초조한 표정이 서기의 얼굴을 스쳤다. "부인, 이건 불가능합니다. 법에는 아이가 3일 내에 호적에 등록되어야 한다고 명시되어 있습니다."

"선생님, 정말 죄송하지만, 8일 전에 태어났답니다." 그녀가 말했다. "정확히 말해서 11월 4일이죠."

"부인 이 아이가 첫애는 아니죠. 지금쯤은 일이 어떻게 처리된다는 것을 아실 텐데요."

"선생님, 제가 직접 이 일을 하는 것은 처음이에요. 원하신다면 아이를 보여드릴 수 있어요. 선생님이 보셔야 될 경우를 대비해서 아이를 데려왔습니다." 그녀는 등록소 벽에 붙은 작은 의자에 앉아 다리를 달랑거리는 한 무리의 아이들 쪽을 막연히 가리켰다. 제일 손위인 딸애가 아기를 안고 있었다.

"등록 당사자 실물의 존재는 불필요하다고 어제 부인께 말씀드린 것으로 아는데요……."

"필요할지도 모른다고 생각했을 뿐이에요. 선생님, 정말 죄송합니다."

"좋아요, 부인, 괜찮습니다. 부인의 경우만 예외로 하지요. 그러나 다음번에는 다른 사람을 보내서라도 법정시한 내에 아이를 등록해야 한다는 것을 충고하지 않을 수 없군요. 이해하시겠죠?"

왠지 모르나 그녀의 목소리가 살짝 변했다.

"선생님, 전 더이상 아이를 갖지 않을 거예요. 이번이 마지막 애랍니다."

"좋아요, 부인, 그건 제가 상관할 바가 아니죠. 하지만 아이를 또 가질 작정이라면, 제 충고를 잊지 마십시오. 다른 사람을 보내요. 애 아버지나 삼촌이나. 물론 미성년자가 아닌 사람이어야 합니다. 성인이어야 합니다."

"선생님, 고맙습니다."

"부인, 출생지는 어딥니까? 이 구역입니까?"

그녀는 증명서를 가리켰다. "선생님, 집입니다. 여기 주소가 씌어 있죠. 같은 주소예요."

그는 종이에다 주소를 옮겨적었다. "경찰증명서 주십시오."

"무슨 말씀이죠?"

"부인, 경찰증명서 말입니다. 아이가 병원에서 태어나지 않은 경우에는 적법한 관청에서 발급한 출생증명이 있어야 합니다."

"하지만 선생님, 이 아이는 바로 저기 있지 않습니까."

서기는 한숨을 쉬었다. 그는 안경을 벗어서 잽싸게 닦기 시작했다. 그런 다음 안경을 다시 썼다.

"부인, 설명해드리죠. 부인은 지역 경찰과의 당직경관이 서명한, 여기 이런 작은 서류 한장을 가지고 오셔야 합니다."

"씰바 경사 말이에요?"

"예, 부인. 내 추측으로는 씰바 경사가 틀림없어요. 아이가 부인이 말하는 날에 태어났다는 것을 그 경사가 증언해야 합니다."

"하지만 경사님은 거기에 오지도 않았는데요. 그분이 어떻게 증언을 하겠어요?"

서기는 아이의 검은 눈이 자신을 응시하고 있음을 느꼈다. 창구 위로 아이의 코는 보이지 않고 검은 두 눈만 보였다.

"부인, 저로서는 그 증명서를 받아오라고 다시 돌려보낼 수밖에 없습니다."

"다시요?"

"……하지만 부인의 상태와 부인이 이미 어제 왔다는 사실을 고려해서, 그리고 아이들을 모두 데리고 왔으니, 증명서 문제는 접어두고 갓난애의 등록을 해드리지요. 그러나 이 모든 것이 규정에 크게 어긋난다는 것을 부인께서 이해하셨으면 합니다."

"선생님, 정말 죄송합니다." 그녀가 말했다. "전에는 남편이 항상 이런 문제들을 처리했어요. 저로서는 이번이 처음입니다."

"부인, 괜찮습니다. 아이의 이름이 뭡니까?"

여인은 한순간도 머뭇거리지 않았다.

"루이스 에밀리오예요."

서기는 눈을 끔벅거렸다. 그러고는 입술을 꽉 다물면서 자기 앞의 책상에 놓인 결혼기록을 살펴보고는 출생란 페이지를 펼쳤다.

"부인." 이윽고 서기가 말했다.

"예, 선생님."

"내가 잘못 본 게 아니라면, 부인한테는 이미 같은 이름을 가진 아이가 있군요."

"맞아요, 선생님. 그애가 바로 여기 내 곁에 있는 남자애지요. 얘 이름 역시 자기 아버지 이름과 똑같이 루이스 에밀리오랍니다, 선생님."

"부인," 서기가 말했다. "이 아이에게 이 이름을 지어줄 순 없습니다. 새로 태어난 아이에게는요."

"왜 안되나요? 전 제 권리를 알고 있어요. 우린 이 애한테 세례명을 지어줄 책임이 있는 사람이에요."

서기는 그녀 뒤에 상당히 많은 사람이 줄을 서 있고 줄이 점점 길어지고 있음을 보았다. 그는 짐짓 손목시계를 쳐다보는 척했다.

"부인, 이 일로 아침 시간을 다 보낼 순 없습니다. 적절한 증명서가 없음에도 이 아이의 등록에 동의했다는 것을 이해해주십시오. 우리는 부인에게 매우 큰 특혜를 베풀고 있는 겁니다. 한 집안에 같은 이름의 아이가 둘이 있을 순 없다는 점을 이해해주십시오. 그건 불법입니다."

"이 아이는," 그녀가 단호하게 말했다. "자기 아버지의 이름을 물려받을 거예요. 그러니, 선생님은 그냥 루이스 에밀리오 곤살레스 하라미요라고 적으시면 됩니다. 그게 제가 바라는 것이에요."

서기는 무뚝뚝하게 의자에서 일어나 그 여인으로부터 약간 이동했다. 그는 처음으로 목소리를 높였으나 줄을 선 다른 사람들——모두 남자들인데——이 그의 말을 들을 수 있을 정도는 아니었다. "곤살레스 부인, 부인이 아들에게 그 이름을 붙일 수 없는 것은 다름아니라 내가 그 이름을 받아들이지 않을 것이기 때문입니다. 나도, 이 등록소의 어느 누구도, 이 나라 어느 등록소의 어느 누구도 받아들이지 않을 것입니다. 부인에겐 이미 이 이름을 가진 아이가 하나 있기 때문에 또 그런 아이가 있을 순 없어요. 그게 법입니다." 그는 다소 진정되어 다시 앉았고 안경을 벗었다가 다시 꼈다. "우리 모두가 같은 이름을 가지고 있으면 어떤 혼란이 생길지 상상만이라도 해보세요."

그녀는 서 있던 위치에 붙박인 듯 꿈적도 하지 않고 창구 너머를 두리번거렸다. 그녀는 서기의 시야를 거의 가렸다. 그녀의 모든 말은 무조건적이었다.

"애 아버지가 이 아이에게 그 이름을, 자신의 이름을 붙이길 원해요. 그러니 선생님이나 저나 어느 누구도 그걸 막을 순 없어요. 제발 거기에다 또렷하게 루이스 에밀리오 곤살레스 하라미요라고 적어주세요."

"부인, 여기는 등록과입니다. 우린 매우 바빠요. 부인 남편이 직접 와서 아이를 등록하라고 부탁하세요. 틀림없이 그분이 좀더 합리적일 거예요. 그분은 이미 이런 일을 해봤을 테니……"

그녀는 좀더 다가서려고 했으나 불가능했다. 그녀는 목소리를 낮추어 속삭이다시피 했다.

"선생님, 제가 설명드리려 했던 것이 바로 그거예요. 다름아니라 그이가 올 수 없어서 제가 올 수밖에 없었던 거예요."

서기는 등기부를 집어들고 첫 페이지를 폈다. 여인의 사진과 그 옆에 그녀 남편의 사진이 있었다. 그가 고개를 들자 아이의 시선과 마주쳤는데, 그 시선은 그를 붙들고 놓아주지 않았다. 그는 다시 등기부에 주의를 돌렸으나 곧 단호한 몸짓으로 등기부를 덮었다.

"부인, 대단히 죄송합니다. 정말로, 제가 죄송하다고 말할 땐 진심입니다…… 그러나 제가 할 수 있는 일이 아무것도 없군요. 부인께서 이 아이에게 다른 이름을 지어주실 용의가 있다면, 지금 당장 그 일을 처리할 수 있습니다. 그렇지 않으면, 기다리고 있는 다른 사람들의 일을 처리할 수 있게끔 좀 비켜달라고 요구하지 않을 수 없군요."

"선생님, 그럼 이 일을 처리해주시지 않겠다는 겁니까?"

"부인, 이미 말씀드렸지요, 부인의 문제를 해결할 수 없다구요. 어떻게 할지는 부인 스스로 결정하십시오. 다음 분?"

그녀는 창구의 한쪽으로 비켜섰다. 그녀가 그 순간까지 차지했던 자리에 한 남자가 들어섰다. 여인은 그가 어떤 절차를 거치는지 차분히 지켜보았다. 그 남자와 서기 사이에 약간의 대화가 오가더니 모든 것이 아주 쉽게 완결되었다. 그 남자가 가고 난 후 서기는 그녀를 쳐다보는 것을 피했다. 그는 줄을 선 다음 사람을 불렀다.

그녀는 그렇게 한동안 거기에 있으면서 아이들의 아버지들이 지나가는 것을 꼼짝하지 않고 지켜보았다. 다만 한순간 아들의 손을 잡았을 뿐이었다. 등록절차는 신속하게 진행되었으며, 흠잡을 데 없고 쉽고 완벽했다. 한 아이의 이름은 안또니오였다. 또다른 아이는 호르헤 우고였다. 다음 아이는 구메르신도 쎄바스띠안이었다. 모두 갓 태어났고, 모두 아버지가 등록을 했으며, 아버지가 부재중일 때에는 삼촌이나 혹은 한번은 할아버지가 등록을 했다.

갑자기 서기는 평소보다 목소리를 높였다.

"오늘 아침은 이번이 마지막입니다." 그의 목소리는 마치 기차의 출발을 알리는 것 같았다. "나머지 분들은 오늘 오후에 다시 찾아오시면 되겠습니다."

그녀의 눈길이 가까이 서 있는 남자의, 적절한 서류를 다 갖춰 온 신사의 어깨에 머물렀다. 그 신사가 떠나자, 그녀는 잽싸게 그 자리에 뛰어들었다.

"에밀리오 루이스라고 적으면 어떻게 되나요?" 그녀의 목소리가 급류처럼 터져나왔다.

"부인," 서기는 눈은 들지도 않고 몸뚱이에, 등에, 목에 산더미 같은 피로감을 느끼며 말했다. "그 아이에게 다른 이름을 지어주시지요, 그러면 한번에 일을 처리할 수 있어요. 부인은 어차피 아이를 신고해야 할 거잖아요. 버스요금을 아끼는 것은 물론이고 하루 더 기다리지 않아도 되지 않습니까? 어떻습니까?"

"걸어왔어요." 그녀가 말했다.

사무실이 비기 시작했다. 모두가 점심을 먹으러 자리를 뜨고 있었다. 서기의 동료 하나가 지나갔다.

"서두르게, 페데리꼬."

그는 그리로 가겠다고, 그 음식점에서 기다려달라고 말했다.

"부인, 보시다시피 우린 문을 닫으려 합니다. 부인은 여기에 머물러 있을 수 없습니다. 바깥에서 기다려야 할 겁니다."

그녀는 그의 말에 전혀 주의를 기울이지 않았다. "애 이름을 나중에 바꿀 수 있을까요?" 그녀가 물었다. "새 법이 생겨 이름을 새로 정할 수가 있다고 하던데요."

그는 매우 피곤한 듯했다. 그는 의자에서 일어나 책상 위의 서류들을 천천히 챙기기 시작했다. 사무실에 남아 있는 사람은 거의 없었다. 또다른 동료 하나가 문가에서 그를 불렀다. 그는 폐문(閉門)을 알리기 위해 창구에 걸어놓는 작은 고리줄 하나를 집어들었다.

그녀가 단호한 몸짓으로 그를 저지했다.

"선생님, 제게 문을 닫지 마세요. 좋습니다. 아이에게 다른 이름을 지어주겠어요…… 제 일을 처리해주실 거죠?"

그는 손에 여전히 고리줄을 든 채, 마치 아득히 먼 소리에 귀기울이고 있는 듯 조용히 그 자리에 서 있었다. 고리줄이 공중에서 앞뒤로 흔들렸다. 그는 여전히 문가에서 자신을 기다리는 동료에게 신호를 했다. 그러고 나서 손을 뻗쳐 그날 아침 두번째로 그 등기부를 받아들었다.

"마루하," 그녀가 소리쳤다. "아기를 데려와."

그는 여전히 앉지 않은 채였다.

"좋습니다." 그는 펜을 집어들고 왼손으로는 여전히 고리줄을 잡은 채 말했다. "어떤 이름을 적으실 겁니까?"

그녀는 차분하게 단어들을 발음했다. "쌀바도르." 그녀가 말했다. "그럼 쌀바도르라고 적으세요."

그는 마지막으로 남아 있던 동료가 상황을 이해하고는 자리를 뜨는 것을 보았다. 사무실에 남아 있는 유일한 사람은 외로운 관리인뿐이었는데, 그는 그들로부터 멀리 떨어진 그 방의 맞은편에 서서 일반인 출입문들을 닫을 수 있게 일이 빨리 끝나기를 다소 초조하게 기다리고 있었다.

그는 낮은 목소리로 그 이름을 되뇌었다.

"쌀—바—도—르."

여인은 갓난애를 품에 안고는 서기에게 보여주었다. "쌀바도르 곤살레스 하라미요예요." 그녀가 음절마다 끊어 말하면서 설명했다. "여기 있어요."

아이들은 서기가 능숙하고 더없이 정확하게 그 이름을 적는 광경을 보려고 창구 위로 기어오르려 했다. 그러고 나서야 그는 그녀에게 서류와 함께 등기부를 건네주었다.

"여기 서명하십시오." 그가 말했다.

"전 글을 쓸 줄 모릅니다."

서기는 말없이 그녀에게 펜을 주었다. 그러고는 단언했다. "부인 그건 문제가 되지 않아요. 조금도 문제가 되지 않는다는 것을 장담합니다. 맨 밑의 저기 점선 위에 그냥 ×표시만 하세요, 그러면 돼요."

"어쩌다보니 배우지 못했어요." 그녀가 말했다. "이런 문제들은 모두 그이가 처리했거든요."

서기는 그녀가 표시를 한 서류를 받았다.

"부인, 증인을 데려오지 않으셨죠?"

"증인이라뇨?"

"법에는 아버지가 아이를 등록하지 않을 경우에는 등록인은 성인 남자 한 명을, 가급적이면 가장 가까운 친척을 데려와야 한다고 되어 있습니다."

"아무도 데려오지 않았는데요." 그녀가 주위를 둘러보며 말했다.

다시 한번 서기는 자신을 흥미롭게 관찰하고 있는 다른 아이들의 눈과 함께 그 아이의 검은 눈이 자신을 물끄러미 쳐다보고 있음을 의식했다.

"그럼, 부인, 괜찮으시다면," 그가 말했다. "제가 증인으로 서명을 하죠."

"선생님, 대단히 고맙습니다. 정말 친절하시군요."

"괜찮습니다. 늘 이렇게 하거든요."

서기는 증명서에 자기 이름을 쓰고는 싸인했다. 그러고는 고리줄을 걸어 창구를 닫고, 펜과 함께 서류 한 부를 치우고는 조심스럽게 서류더미를 챙기기 시작했다.

"쌀바도르 곤살레스 하라미요란 말이죠?" 그가 말했다. "그게 이 꼬마의 이름이란 말이죠?"

여인은 양손으로 장남의 얼굴을 감싸서 들어올렸다. 그 아이는 서기를 응시하는 눈길을 거두고 크고 검은 눈을 자기 어머니와 어머니가 자기에게 보여주고 있는 아기에게 고정시킬 수밖에 없었다.

"네 동생은 이제 이름이 생겼단다." 그녀가 말했다. "어떻게 생각
하니? 아빠가 기뻐하지 않겠니? 아빠가 기뻐할 거라고 생각지 않
니?"

그 아이는 더없이 차분하게 눈길을 되돌리고는 깊이 숨을 들이마
시면서 그날 아침 처음으로 말했다.

"그러실 거예요." 루이스 에밀리오가 말했다. "아빠가 돌아오시면
정말 기뻐하실 거예요."

그는 애써 작은 미소 같은 것을 지어 보였다.

동시에 그는 자기 등뒤에서 서기 역시 미소짓고 있음을 느꼈고, 추
측했고, 알았다.

거인

어 차피 그들이 그를 죽이려 할 것이므로, 내일이면 그
들이 그의 두 형의 죽음에 관해 대령이 어머니한테 한 것과 똑같은
황당한 이야기를——부인, 죄수들 각각이 사슬에 묶여 있었지만 들
것까지 몽땅 갖고 탈출했어요, 그래서 완전무장을 한 경비병이 자기
방어를 하지 않을 수 없었죠, 그런데 부인, 어찌된 일인지 탈출한 병
원에서 10킬로미터 떨어진 맞은편 언덕 위의 나무에 시체가 매달려
있었어요라는 그 황당한 이야기를——어머니한테 할 것이므로, 그
의 형들은 해질녘에 한 장소에서 체포되었다가 새벽에 다른 장소에
서 죽은 채로 발견되거나 집 앞에서 사라졌다가 나중에 어떤 외딴 해
변에서 죽은 수많은 사람들 가운데 단 둘에 불과하므로, 그리고 그를
체포한 사람들이 어차피 그를 죽일 작정이므로, 뗴오는 자신이 어떻
게 해야 할지 알고 있었다. 그들이 추위와 타박상으로 이미 시퍼렇게
멍든 자신의 몸을 들것에 묶어놓고 화상당한 피부와 부러진 갈비뼈
를 그대로 두고 가버린 순간, 그는 바로 그날 밤에 거기서 탈출하기
로 결심했다.

그런 어둠속에서 뭔가를 구분한다는 것이 어려웠을 것이며 뜰 수
있는 한쪽 눈도 붓고 충혈되어 전혀 도움이 되지 못했지만 그는 양손
을 더듬어서 사슬의 흔들리는 양끄트머리에 내리뻗어 매듭을 지을
수가 있으며, 이렇게 함으로써 침대를 한치 한치씩 끌고 당기고 이동
할 수 있다는 것을 발견했다. 왜냐하면 자기 형들에 관한 보고서에
적혀 있는 대로 들것에는 실제로 바퀴가 달려 있었기 때문이다.

아무리 위험한 조건에서도 죄수들이 실제로 탈출을 시도했다는 부인할 수 없는 증거로 내일이면 자신을 기자들 떼거리에게 선보일 거라는 생각을 그는 걷어치웠다. 그들은 그가 무엇을 했건간에 어차피 탈옥수처벌법을 적용하여 그의 등에다 차마 믿기 힘든 총알을 박아넣을 것이다. 그는 가슴이 터져 산산조각이 나는데도 피로 물들일 벽하나 없이 자기 형들을 황천길로 보냈던 바로 그 들것의 바로 그 녹슨 테두리에 묶여 침상째로 실려나가기를 기다리면서, 저 권위주의적인 군홧발 소리가 복도에 울리기만을 하염없이 기다릴 수는 없었다. 그는 이미 기다릴 만큼 기다렸다. 날이면 날마다 그들이 그의 눈을 가려 데려갔던 그 지하실에서, 하루가 끝없는 한 세기처럼 여겨졌던 나날 동안, 독수리의 숨결과 독수리의 발톱과 독수리의 영원한 굶주림을 지닌 사람이 도착하기를 기다렸던 것이다. 그 사람은 그가 이미 시체라도 된 양 그의 몸을 덮치곤 하였는데, 그 독수리 같은 사람이 할 일이라곤 그의 비명을 즐기면서 간장을 쪼아먹고 입술을 삼키고 뼈를 비트는 것뿐이었으며, 내일이면 똑같은 시간에 똑같은 일이 되풀이될 것이고, 그 다음날도 기다림, 기다림밖에 없을 것이다. 굶주림도 닿을 수 없는 저 속내에서, 그는 후회할 짓은 하지 않았다고, 수백만의 다른 사람들과 함께 성취한 것에 대해 전적으로 자기 혼자 책임을 떠맡았다고, 거듭 되뇌었다. 그리고 겉으로는, 자신의 노조 조직화 사실을 인정하였으며, 공장은 거기서 일하는 사람들의 것이므로 공장을 접수하는 일을 도왔고, 이 족쇄에 묶인 양손을 사용하여 통행금지를 알리는 현수막을 떼어버렸으며, 공장 노동자들 절반이 해고를 당하는 판이라서 사실 그때 자신이 기아(飢餓)파업을 주도하였다고 자기 입으로 속삭이는 소리를 들었다. 그리고 속으로는, 나는 사나이며 사나이라는 것이 자랑스럽다는 것을 인정한다고 다짐했다.

그러나 그들이 그에게서 알아낸 것이라곤 그것밖에 없었고──그 외에는 이름 하나, 주소 하나도 자백받지 못했다──그들 취조인들에게는 아무짝에도 쓸모없는 그의 말들로만 배를 채우고 그와 다음 수감자들에 대한 허기, 비워줘야 하는 감방에 대한 허기는 여전한 상태에서 그를 끝장내려고 이 병원으로 이송했던 것이다.

군부의 공식 보고서에는 형들이 각각 일주일 간격으로 혼자 복도까지 나가는 데 성공했으며, 침상 시트로 경비병들의 목을 졸랐으며, 그런 다음 사슬로 묶인 침상을 등에 지고 경비병이 없는 승강기 안으로 억지로 밀고들어갔다고 씌어 있었다. 분명히 말도 안되는 소리였으나, 그 공식 기록의 모순들을 누가 조사하거나 지적하겠는가? 군부의 성명서와 신문에 실린 몇줄 안되는 기사에 따르면 형들이 바로 이같은 일을 했다는 것이며, 그러고는 병원의 중앙 복도에서 자기들이 움직이는 소리를 아무도 들을 수 없게끔 침상 바퀴에 조용히 침을 발라서 경비병 두 명을 더 때려누이고 그들의 총을 훔쳤으며, 경비병들에게 앰뷸런스를 부르게 하여 인근 도시의 숲속으로 도망가려 했다는 것이다. 언론 보도에서 대령은 이 사랑스런 땅의 평화를 사랑하는 시민들에게 그들이 테러행각을 계속하지 못하도록 하기 위해서는 불행하게도 그들을 사살할 수밖에 없었다고 말한 것으로 인용되었다.

그러나 희생자가 된 형들 각각의 관 앞에 서서 떼오는 그것은 사실이 아니라고, 병사들이 자기들을 처형하려고 병원으로 데려가리라는 것조차 형들은 알아차리지 못했다고 속으로 생각했다. 그렇지만 그것이야말로 사건의 정확한 진상이었다. 즉 그들은 비정하게 형들을 사살하고 나서 멋진 탈출극을 꾸며냈고 물론 고인이 된 형들은 이를 부인할 수 있는 위치에 있지 않았던 것이다. 그리고 떼오는 자기 차례가 되면——이제는 그가 가족의 장남이고 분명 블랙리스트에 올라 있는 다음번 인물이기 때문에 자기 차례는 곧 돌아올 텐데——그들 손에 죽기를 기다리고 있지만은 않을 것이며 사실은 그 터무니없는 탈출극을 대령이 말했던 대로 차근차근 실천함으로써 그들을 역습하리라고 맹세했다.

그렇기 때문에 떼오는 지금 온몸이 조여드는 데도 불구하고 복도로 밀고나갔는데, 형들이 각각 병실을 빠져나갔을 때 상병은 잠들어 있었다고 하더니 아닌게아니라 상병은 실제로 평화롭게 잠자고 있었다. 왜냐하면 그 병사는 구속자가 그토록 가당찮은 탈출을 도모하리라고는 상상할 수 없었기 때문이다. 그래서 들것을 소리 안 나게 이리저리 움직여, 코를 골면서 출구를 지키는 병사의 맞은편에 들것 머리가 오도록 하고는 사슬에 묶인 양손을 사용해 병원 시트를 펼쳐 목에 단단히 감아 불시에 격렬하게 잡아당기는 것은 그렇게 어렵지 않았다. 그 목은 이제 숨을 쉬려고 버둥거렸고, 눈은 불거져나와 공기를 찾아 한껏 부풀어오른 아련한 허파를 통하여 죄수를 알아보고 공포를 느꼈지만, 들것에 묶인 환자에게 목이 졸리는데 숨쉬기가 이렇게 불가능해질 수 있다는 것이, 지금 자신한테 일어나고 있는 죽음이 꾸며낸 공식 기록의 보도에 따르면 이미 몇달 전에 자신한테 일어난 것이라는 사실이 믿어지지 않았으며, 다만 지금 자신이 정말로 죽임을 당하고 있다는 것, 지금 자신의 혀가 입에서 축 늘어져 있다는 것, 자신의 몸통 어딘가가 점점 가라앉는 칠흑같은 물에서 필사적으로 빠져나오려 하고 있다는 것만 믿을 수 있을 따름이었다. 저 망가진 팔들이 자신을 내버려두었으면 하고 죽은 체하는 연기를 해보았으나, 그 팔들은 계속 그의 목을 죄어 마침내 그는 어떠한 관중 앞에서도 연기를 할 필요가 없게 되었다.

떼오는 마치 이것이 텔레비전의 살인극, 다른 누군가가 촬영하고 있는 다큐드라마에 나오는 한 장면이 아니라는 것이 믿어지지 않는 듯 쓰러진 상병을 뚫어지게 쳐다보았다. 하지만 첫번째 장애물은 건너뛴 셈이었다. 이제 승강기로 갈 차례였다.

그들이 그와 어머니한테 준 공식 보고서에 모든 각본이 이미 씌어 있었다. 그렇기에 떼오는 공용(公用) 승강기를 조정하는 사람이 뚱뚱한 하사관이며 그를 기습할 수는 없다는 것을 알고 있었다. 반면에 들것은 대각선 방향으로밖에 집어넣을 수 없지만 일반 승강기를 이용하는 것은 가능하였다. 떼오가 좀 미심쩍다는 뜻을 표했을 때, 대령은 마치 현안이 형들의 조작된 죽음이 아니라 사각형을 다루는 기하학 수업인 것처럼 설계도와 화살표를 그려가며 그것이 가능함을 분명히 보여줬던 것이다. 그러므로 간수들은 그의 탈출에 협조한 셈이었다. 그들이야말로 날조된 형들의 탈출을 진짜로 작동하는 틀에 끼워맞추기 위해서 자기도 모르는 사이에 병원의 일정, 경비병의 근무교대, 승강기와 들것의 치수 등을 조사하고 해명한 장본인들이었으니까. 이 미로를 헤치고 나아가기 위해서 그는 오로지 그 황당한 지시들을 문자 그대로 따르고, 군부가 그를 자유로 인도하게끔 내버려두면 되었다.

그런데, 그들에게 붙잡힌다면 어떡하는가? 저 병원 벽들에 녹음장치와 녹화장치의 자기망(磁氣網)이 도처에 깔려 있다면 어떡하는가? 이 모든 것이 과거와 미래의 모든 총살형을 정당화하는 음모에 불과

하며 자신은 그들의 손에 놀아나는 것이라면 어떡하는가? 내일 그들이 자신의 탈출을 찍은 필름을 자신과 마찬가지로 다른 사람들도 그 불가능한 짓을 감행했다는 증거로 전시한다면, 그리고 그의 최후의 운명이 공식적인 거짓말을 거부하는 사람들을 침묵시키는 데 사용되는 것이라면 어떡하는가?

떼오의 유일한 반응은 분노를 느끼며 승강기의 버튼을 누르는 것뿐이었다. 총알이 내 살을 갈라놓는다면, 그들이 총알 한 발을 더 소모하도록 해주겠다. 우리가 죽기 전에 그들이 뛰고, 땀흘리고, 두려워하는 꼴을 보고야 말겠으며, 누군가의 기억 속에서 옆구리가 갈라져 갈기갈기 찢긴 몇년 후에도 계속 길길이 날뛰는 수말처럼 나는 그들의 눈동자 속에 떠다니며 남아 있을 것이다. 그들이 나를 감시한다 해도, 그들이 사진을 찍고 있다 해도, 이 모든 것이 게임이라 해도 상관없다. 왜냐하면 들것과 사슬과 사살조가 대기하는 가운데 다음엔 내 형제나 누군가의 형제가 등장할 것이기 때문이다. 그러나 그 사슬은 지금 내 몸을 묶고 있는 이 사슬은 아닐 것이다. 그들은 이 사슬 대신 딴것을 사용해야 할 것이다. 나는 이 사슬을 돌려주지 않을 것이고, 우리는 세상의 모든 들것들을 다 빼앗아버릴 테니까. 그래서 다음 형제의 차례가 되면, 탈출로는 필시 뒷계단을 통한 길이거나 아니면 창문에서 뛰어내려 오랑우탄처럼 나뭇가지에 매달리는 수밖에 없지만, 탈출구가 있긴 있으며 거기 어딘가에 분명 경비병이 없는 통로가 있다는 것을 깨닫기만 하면 될 것이다.

떼오의 형들은 죽음으로써, 그들의 진짜 죽음으로써, 그리고 그들의 보고된 죽음으로써 오류에 빠질 수 있는 첫번째 길들을 시험하였으며, 그럼으로써 군부가 그들 가족을 하나씩 모두 빠뜨리고자 하는 그물망을 우회적으로 드러냈으므로, 뗴오는 자신도 시도를 해야 한다는 것을 알고 있었다. 왜냐하면 그것이 자기의 탈출이 아니라면 누군가의 탈출이 될 것이며, 그가 오늘 성공하지 못한다면, 누군가가 내일 그 길을 발견할 것이기 때문이다. 그리하여 마침내는 어떤 한 사람이 바깥세상으로 나감으로써 탈출이 가능할 뿐 아니라 수백만 명의 우리들이 처형자들의 손아귀에 있는 총들을 녹여버리고 썩은 쓰레기 박스 안에 숨고 의사나 환자로 위장하고 죽은 체하면서도 결국에는 죽지 않음으로써 기어이 탈출할 것이라는 메씨지를 전할 것이다.

그는 일반용 승강기에 들어갈 준비를 하기 위해서는 지금 자신이 시도하는 것처럼 옆으로, 마치 다른 사람의 곡식을 추수하는 농장 노동자처럼 허리를 숙인 채로 일어서야만 했는데, 평소 막일에 단련된 터라 으스러진 어깨의 심한 통증에도 불구하고 그 일을 능히 감당할 수 있었다. 그는 사슬에 묶였음에도 반쯤 몸을 들어올린 상태로, 마치 신대륙의 정복자들을 둘러메고 안데스 산맥의 산길을 헤쳐나가는 어느 인디언 조상처럼, 자신도 이해하지 못하는 전쟁에 사용할 거대한 대포를 끌고 사막을 건너는 어느 짓밟힌 조상처럼, 자신은 결코 타지 못할 배들의 항해에 연료를 공급할 석탄을 찾아 콜록거리며 갱도를 따라가는 어느 광부 조상처럼 허리를 숙인 채, 탈출을 시도한 적이 없으나 그래도 살해당한 저 두 형과 탈출을 시도했으나 그럼에도 비참한 죽음을 맞이했던 저 할아버지들로부터 물려받은 그 모든 힘으로 자기의 짐을 지고 있었다. 승강기의 문이 스르르 열리자 그는 승강기 안으로 쓰러졌는데, 마치 지나간 일들이 자신과 함께 쓰러지면서도 동시에 그를 붙잡아주는 듯했다. 왜냐하면 승강기가 그의 짐을 어느정도 받아주었고 그는 자신이 사슬에 기대어 쉴 수 있다는 것을 알고 있었기 때문이다. 그의 수그린 머리는 1층 버튼에서 불과 반 인치밖에 떨어져 있지 않았는데, 이마로 버튼을 누르면 승강기 문이 닫히면서 출혈이 다시 시작될 줄 알면서도 그렇게 했고, 그러자 상병이 홀 저쪽 끝에서 바닥에 누워 마치 기도하듯 하늘을 바라보고 있는 모습이 보이지 않아서 좋았다. 아니, 이제 그는 쉴 수 있었고 승강기가 내려가는 동안 다음 단계를 계획할 수 있었다. 대령이 어머니와 그에게 설명했던 것과 똑같이 간호사는 자기 일을 하느라고 바빠서 간여하지 않을 것이고 쪽문 옆 로비 끝에 서 있는 경비병들은 승강기를 등지고 있을 것이다. 젊은이, 물론 그들은 승강기를 등지고 있었지. 그들의 임무는 입구를 감시하는 것이지 어떤 건장한 수인이 1층까지 용케 내려왔으리라고 추측하는 것이 아니지, 그렇잖은가. 그래서 자네 맏형의 계획과 둘째형의 계획이 그만큼 악랄하다는 거야, 젊은이. 왜냐하면 그들은 예상하지 못한 순간에 경비병들을 덮쳤거든. 하지만 부인, 그래도 당신 아들들은 끝장났지요. 아무리 자신이 영리하다 생각해도 거기선 아무도 탈출하지 못해요.

실제로 경비병들은 병원에 늘 깔려 있는 역겨우면서도 달콤하고 유독하면서 약간 시큼한 마취제 냄새 너머에서, 서류를 작성하면서 책상에서 고개를 들지 않는 간호사 너머에서, 빛나는 리놀륨 바닥 저쪽 끝에서 그를 등지고 있었는데, 대령이 그 장면을 묘사했던 꼭 그대로였다. 소리를 내지 않고 두 명의 병사들한테로 가는 것이, 홀을 가로질러 그들 뒤로 가는 것이, 이제 간호사의 시야에서 벗어나, 그들의 말에 따르면 형들이 그랬던 것과 똑같이 사슬의 예리한 끝을 잡고——그래, 젊은이, 그들은 사슬이 달그랑거리지 않도록 조심했지

――마치 사슬의, 자기 형들을 묶었던 것과 똑같은 그 사슬의 고리가 권총의 총신인 양 병사들의 등을 푹 찌르는 것이, 그리고 마침내 경비병들의 무기를 빼앗는 것이 믿기지 않을 정도로 쉬웠다.

아니야, 젊은이, 그들은 사슬을 풀 수가 없었을 거야. 그 병사들은 열쇠를 갖고 있지 않았고 그렇다고 총을 쏘아서 사슬을 끊는다면 건물 전체에 경보를 울리는 격이었을 테니까 자네 형들은 앰뷸런스를 부르게 했던 거야.

지금이 진실의 순간이며, 결정적인 시점이며, 씌어진 각본을 버려야 할 순간이었다. 왜냐하면 앰뷸런스에 타는 것은 죽음으로 인도되는 길이었기 때문이다. 그는 이제 병원에서뿐 아니라 형들의 죽음에 관한 이야기로부터도 탈출할 길을 찾아야 한다. 그래서 떼오는 경비병들에게 앰뷸런스를 부르라고 명령하고 그들의 눈을 가린다. 그리고 앰뷸런스가 도착하자 대령이 예측했던 꼭 그대로, 마치 저 2차대전의 영화들 가운데 하나인 것처럼 그들에게 앰뷸런스의 하얗고 둥근 공간 속으로 기어오르라고 명령한다. 그러나 그는 영화에서 하도록 되어 있는 것처럼 그들 뒤를 따라 기어오르지 않는다. 들으라는 듯이 욕을 내뱉으면서 그는 다른 들것 하나를 앰뷸런스 속으로 들어올리고 그 들것으로 경비병들을 구석으로 몰아세운 다음 쉰 목소리로, 북쪽으로, 그의 형들이 발견된 도시 저편의 협곡 쪽으로 가라고 명령한다. 그는 그들의 뇌로――그들에게도 뇌라는 것이 있다면――티없이 깨끗한 앰뷸런스 안쪽 벽을 기꺼이 피범벅으로 만들어주겠노라고 으름장을 놓고, 형들이 앰뷸런스에 탔던 것으로 되어 있듯이 그도 그 차에 탄 것으로 짐작하면서 놀라 고함치며 한밤의 어둠 속으로 질주하는 그들을 흐뭇하게 지켜본다.

그리고 이제 그는 마침내 저 대령이 발언하지 않았던 말들의 속으로 타고들어갔다. 부인, 뗴오의 두 형들이 각각 위험을 무릅쓰고 저 앰뷸런스를 탔다면, 그들이 불행하게도 기관총 사격을 받아 담장에 쓰러졌다면, 반면에 뗴오는 소총을 노처럼 사용하여 자신의 보트를, 말하자면 돛이 달린 자전거를 남쪽을 향해 저었고, 소총들이 마치 멋진 동화에 나오는 두 개의 거대한 마술 목발이자 자신을 구원하러 오는 두 형들이고 자신은 바위에 사슬로 영원히 묶인 어떤 거인인 양 속력을 냈던 거요. 그러나 그 바위는 언덕 위로 끝없이 밀고 올라가야만 하고 그래봤자 다시 굴러떨어져서 다시 한번 더 밀고 올라가야 하는 그런 바보 같은 바위가 아니었다. 그것이 바위라면 사슬이 팔로 변한 사람의 바위였고, 과거의 잘못을 되풀이하지 않는 바위였으며, 저 멀리서 어떤 해방자의 손길이 나타나 생명의 불꽃을 전해주기를 기다리지 않고 직접 생명의 불꽃을 훔쳐서 다른 사람들에게 건네주려는 바위였으며, 일단 언덕 꼭대기나 땅바닥 끝에 도착하면 뭔가 유용한 것을 짓는 데 사용될 수 있는 바위였는데, 어쩌면 결국 그 지점에서 기관총 부대가 그의 마지막 사진을 찍기 위해 기다리고 있을지 몰랐지만 뗴오는 그런 생각을 또다시 뿌리쳤다.

그들은 그를 기다리고 있지 않았다.

바로 그 순간 그는 저 북쪽에서 기관총들이 앰뷸런스를 벌집으로 만드는 소리를, 그들이 차 문을 열자 총을 재장전하고 다가서는 병사들의 발치에——또 한 형제가 덫에 걸려들었다는 듯, 또 한마리의 돼지가 시장에 끌려간다는 듯 미소를 짓는 대령의 발치에——빈 들것이 바깥으로 굴러떨어지면서 산산조각난 침구들을 쏟아놓는 소리를 들었다. 그런 동안 뗴오의 들것은, 진짜 들것은, 바퀴 달린, 아니

날개 달린 듯한 들것은 아무도 감시하지 않는 숲을 상처투성이의 자랑스러운 팔뚝으로 헤치고 나아갔다. 그는 대령이 이제껏 진실을 말한 것이 아니었을뿐더러, 지금쯤은 없어져버린 몸뚱이를 곰곰이 생각하면서 엄마를 찾아갈 수밖에 없음을 깨달았을 거라고 확신했으며, 엄마한테 셋째아들이 죽은 두 아들과 마찬가지로 병원을 탈출하려다가 붙잡혔다고 느긋하게 말하는 대신, 치안부대가 총기를 사용할 수밖에 없었다는 사실을 개탄하는 대신, 그녀한테 가구 하나 없는 방에서 외롭게 발가벗겨진 시신을 확인하며 슬피 울라고 청하는 대신——이런 이야기 대신 대령은 깊은 숨을 쉬고는 엄마를 노려볼 거라는 것을 확신했다. 그런 동안 떼오는 주체할 수 없을 정도로 수많은 팔다리를 갖고 태어난 경이로운 동물처럼 어둠속으로 탈출하였고, 자신과 들것의 강물에 몸을 맡기고 짖어대는 개들과 심문관들의 아득한 분노를 멀리한 채 푸른 별들 아래로 도망치면서, 대령이 엄마에게 알려주었을 그 말들, 대령이 마치 이를 하나하나 뽑아내듯이 억지로 내뱉어야만 할 그 말들, 그가 결코 계획하지 않았던 말들, 어떤 보고서의 각주에도, 연구를 다듬으라고 조언자들이 그에게 빌려주었던 소책자에도 들어 있지 않은 말들의 힘에 불가사의하게 이끌려 믿기지 않는 탈출을 했다. 사람들한테 어둠을 두려워 말라고 가르치기 위해 세상에 가져온 횃불과 같은 그 말들을 예상한 사람은 오로지 나뿐이었다. 나는 귀담아 듣는다. 대령이 엄마에게 내뱉는 저 날카롭고 결정적인 영광스러운 말들을, 대령이 내뱉자마자 주워담으려 한 저 말들을, 내가 상상의 존재가 결코 아니며 나 외에는 아무도 내 이야기를 할 권리가 없음을 입증하는 저 말들을, 대령이 언론에 밝히지 않은 저 말들을, 마치 그의 입을 걷어차서 빼내듯 내가 그에게 진술을 강요하고 있는 저 말들을, 엄마에게는 내가 다쳤을지언정 온전하다는 것을, 언젠가는 우리가 승리할 가능성이 있으며 이 이야기를 우리 식으로 할 가능성이 있다는 것을 의미하는 그 말들을, 따지고 보면 단순하기 그지없는 그 말들을.

"좋소, 부인, 이것만 확실하게 말해주시오. 당신 아들 떼오가 숨어 있는 데가 어디요? 그 자식이 금방 우리를 따돌렸단 말이오."

외진 땅

호쎄 살라께뜨에게 바침

그래도 나는 아직 여기서 성(城)을 지키고 있다.

사람들은 내게 그 도시는 남은 것이 아무것도 없다고 했다. 나는 돌아서서 쳐다볼 용기가 나지 않았다. 그러나 모든 것이 파괴되었을 리가 없다. 내 등에 닿는 산들바람 속에는 초록의 기운이, 뭔가 신선한 것에 대한 희망이 실려 있다. 가만히 들어보라. 열기에 다 녹아버린 듯하지만 자그맣고 움츠러든 생물들이 물을 마시느라, 필시 숨어 있는 샘에서 물을 마시느라 바스락거리는 것을. 그리고 다른 소리들도. 둘 다 진흙 속에 묻혔건만 종 하나가 다른 종(鐘)을 부르듯 누군가가 좁은 길을 가고 있는 소리를. 화염 너머의 저 그림자들이 죽은 재를 휘젓는 바람이 아니냐고 다른 사람들이 말하더라도, 나는 그것이 일꾼들이고 그들이 나무를 모으고 있다는 것을 알고 있다. 나는 곧 첫번째 은신처들이 은밀히 은밀히 다시 지어지는 소리를 들을 것이다. 그렇기 때문에 나는 이제 우리의 유일한 집이 된 저 성벽을 떠나지 않았던 것이다. 내 뒤의 도시에 그나마 남아 있는 것들을 계속 박살내고 뒤흔들어놓는 적의 대포가 있는 저 언덕 쪽으로 얼굴을 돌린 채 나는 끊임없이 성벽을 배회한다. 나는 무슨 일이 일어나는지 지켜보지 않을 것이다. 지금 일어나는 일을 어떻게 할 수 없는 한, 나는 그걸 지켜보지 않을 것이다.

사람들은 내 형이 떠났다고 한다. 어떤 사람들은 그가 죽었다고 단언했다. 나는 어느 쪽이 옳은지 확신할 수 없다. 나는 그의 부재의 고통을 느낄 겨를이 없다. 내 눈은 오로지 저 더러운 숲을 끊임없이 면밀하게 살필 시간밖에 없다. 그곳에선 적이 감시를 하면서 나침반이나 계산법을 사용해 이 성벽의 위치를 알아내려 하니까.

적이 나를 발견하는 날이면, 내가 그 아래서 처음으로 별들을 보고 이름을 지어준 늙은 느티나무를 기억할 사람이 아무도 남지 않게 된다. 그 나무가 도끼질에 넘어졌고, 내가 태어난 집이 지금 늪에 잠겨 썩어가고 있다면, 그런 사실을 차라리 알고 싶지 않다. 나더러 돌아서서 우리한테 일어난 일들의 그 엄청난 의미를 이제는 받아들이라고 간청하는 사람들이 있다. 아무것도 남지 않았다고 그들은 말한다. 그러므로 우리는 우리 가족들을, 아니 가족들 가운데 남은 사람들을 데리고 이 계곡을 떠나야 한다는 것이다. 그들은 나더러 이 도시가 즐거운 기억에 불과하게 될 것이라는 사실을, 포도주가 우리의 목을 따뜻하게 적시고 우리가——우리 손자들이 알아보고 따라부를 수는 있어도 그 뜻을 이해하지는 못할——옛 찬가를 부르기 시작할 때 솟아나는 즐거운 기억에 불과하게 될 것이라는 사실을 받아들이라고 간청한다. 그들은 이제 이 도시가 자신이 존재할 수 있는 유일한 차원으로, 즉 싸구려 여인숙 바깥에서 팔리는 역사 속의 정물화로, 혹은 폭격을 받은 거리들——이제는 망각 속으로 들어갔기 때문에 어쩌면 결코 존재한 적이 없을지도 모르는 거리들——이 표시되어 있는 지도로 존재할 수 있게끔 놔두어야 한다고 한다. 그렇게 그들은 말한다.

내가 우리의 손실을 부인하는 것은 아니다. 정원은 쓰레기로 가득하고, 공기는 썩어가고 있으며, 심지어 나무마저 땅에 들러붙은 모종의 검은 정액 같은 냄새가 난다. 왜 내가 다른 사람들처럼 자신을 속이겠는가. 오렌지 하나가 더럽혀졌을 때, 책 한 권이 불탔을 때, 빛은 다시는 전과 똑같은 식으로 환해지지 않는 법이다. 그러나 뭔가 할수 있는 일이 있을 것이다. 안개가 내려 나를 휘감으면, 난 소리를 내질러서 최소한 적들이 두려움을 느끼게 하고 우리가 언젠가는 돌아와 지금의 나처럼 아직도 저기에, 아직도 어딘가에 있을 자카란다 꽃향기를 맡을지도 모른다는 의구심을 갖게 할 수 있다. 자신들을 향해날아오는 그 향기의 자취를 영원히 봉쇄하기 위해서 그들은 이 도시를 물에 잠기게 할 것이고, 내 기억들을 물에 빠뜨리려 할 것이다. 그러나 나는 물을 지켜보지 않을 것이다. 물을 보면 내가 맡은 꽃향기가, 저 희미하고 아득한 꽃향기가 가짜라는 생각이 들 수 있으니까. 만약 그 물의 존재를 받아들인다면, 그 깊은 속을 들여다본다면, 나는 내 물건들을 끌어모아 떠나야 할 것이다. 분명히 말하건대, 그땐내가 떠나는 수밖에 없을 것이다. 그러니 나더러 돌아서라고 청하지말라. 내겐 그럴 때가 오지 않았으며——그리고 결코 오지 않을지도모른다.

"완고한 사람." 그녀가 감연히 말한다. "이건 마지막 남은 성이고당신은 최후의 방어자예요. 다른 사람들은 다 떠났어요. 그리고 당신형도 당신을 잊었구요."

그럴 때도 올 것이다. 어쩌면 이 도시가 내가 기억하는 것만큼 번창했던 적이 없었다고 나 스스로 말하거나 다른 누군가가 내게 말하는 것을 들을 날도 올 것이다. 그렇다, 그 예전에도, 적들이 오기 전인 그 기쁨의 시대에도 공원 하나 개방되어 있지 않았고 나무 한 그루 자랄 기회가 없었던 어떤 동네에서는 태양은 무자비했고 가혹했다.

"그 도시는 당신 머릿속에서만 존재할 따름이에요." 그녀가 말한다. 그녀는 그런 말을 하기는 하지만, 여기 내 곁에 머물러 있는다. 나무뿌리를 씹고, 더러운 빗물을 찔끔찔끔 마시고, 낡고 주름진 커튼을 고쳐서 우리 몸을 가릴 것을 만들면서 그녀는 제2의 방어벽이 되어 여기 내 곁에 머물러 있을 것이다.

"내 머릿속에만 있는 건 아니오." 나는 그녀의 말을 바로잡는다. "거기에만 있는 건 아니라구."

폐허가 된 성문 다리와 우리의 거처로 통하는 길 너머로 새들은 허공에서 죽는다. 새들은 공중을 날다가 어느 순간 날갯짓을 하려 하지만 허사에 그치고, 땅으로 맹렬히 떨어지면서도 그들이 만나는 그림자가 자신들을 보호하러 온 동료라는 환상에 매달린다. 그래서 난 아무 말 하지 않는다. 나의 유일한 대답은 위험하지 않을 때는──정상적인 시대에 사람들이 그랬던 것처럼 배들이 암초에 부딪혀 좌초되지 않도록, 순례자들이 우리를 발견하여 우리의 식탁에서 빵을 나눠 먹을 수 있도록──횃불을 깜박이게 하고 타오르게 하는 것이다. 그녀에게 남아 있는 것이라곤 이것뿐, 전령(傳令)이 올 수 있도록 밤을 밝히려는 내 의지, 저물어가는 빛을 받아들이길 거부하는 내 어깨의 의지, 지평선이 사라지는 것을 용납치 않는 내 의지뿐이다. 내가 이 자리에서 움직이지 않는 한, 그녀는 여기에 있을 것이며, 나와 나란히 성을 방어할 것이다.

밤마다 순찰을 돌기 전에 나는 그녀에게 찾아간다. 그녀가 쉬고 있는 탑으로 더듬어 가면 거기서 그녀가 나를 맞이한다. 그녀는 내가 그녀를 찾아낸 날과 마찬가지로 파괴되어 있었고 그녀가 숨어 있던 집처럼 썩어문드러져 있었다. 그녀는 내게 말하길──어쩌면 다른 사람의 말이었는지 모르지만──자신이 나의 형수라는 것이다. 나는 확신할 수 없다. 왜냐하면 나는 그 첫만남에서도 손가락으로 그녀의 얼굴을 만지고 싶지 않았기 때문이다. 그녀가, 혹은 다른 누군가가 그녀의 얼굴이 텅 비어 있고 황폐하다고 말했다.

"아무도 나를 못 알아보게 하려고 그들이 일부러 내 얼굴을 조금씩 태웠어요."

그녀는 내게 그 얼굴을 보라고 요구했다. 내가 그녀의 얼굴을 볼 수밖에 없도록 그녀는 문간의 그림자에서 비껴섰다. 나는 눈을 꼭 감고 양손을 그녀의 볼이 있어야 할 자리에, 그녀의 이마가, 그녀의 눈썹이, 그녀의 입술이 있어야 할 자리에 갖다댔다. 내 손에 닿는 그녀의 얼굴은 마치 폐허 위에 떠다니는 빙산처럼 느껴졌다.

"내 얼굴을 봐요." 그녀가 말했다.

내 손이 밑으로, 그녀의 목으로 내려갔다. 나는 용기를 내어 짙은 어둠속에서 그 목이 하얗다고 상상했다. 나는 무르익은 사과의 기억으로 입을 채우는 상상에 집중했다. 농부가 작물을 망치리라는 것을 알면서도 한 알의 씨앗은 건질 수 있으리라는 절대적인 믿음을 갖고 폭풍우 속에서 밀을 추수하듯, 나는 그녀의 옷을 벗기려 했다.

"안돼요." 그녀가 말했다. "안돼요, 이런 식으론 안돼요."

내가 그녀와 사랑을 나눌 수 없다는 것을, 그러고 싶지 않다는 것을, 그것이 불가능하다는 것을 어떻게 말로 다 설명할 수 있겠는가. 그런데도 내 두 손은 마치 저절로 그런 것처럼 그녀의 배로 내려갔다. 몸은 개입시키지 않은 채 내 손은 멀리서 그런 식으로 그녀를 계속 만져야 했다. 아무리 멀리에서라도 그녀 성기의 갈라진 틈을, 한 때는 그녀 허벅지의 음악이었던 그 틈을 마치 내가 다른 사람인 양 탐구해야만 했다. 어디에선가 내 손은 부드럽게 떠다니는 우리 속의 아이를, 우리가 지금도 하나될 수 있는 저 숨겨진 곳을 발견할 것이다.

"이런 식으론 소용없어요. 내 얼굴을 보지 않으면 소용없어요."

그녀는 내 한쪽 손을 잡고 그것을 다시 한번 자신의 얼굴로 이끈다. 여기저기서 그녀의 머리카락이 다시 자라나기 시작했다. 그녀에게는 머지않아 바람에 흩날릴 만큼의 머리카락이 생길 것이다——그러면 그때 침략자들이 다시 찾아올 것이고, 그녀를 찾아내면 이번에는 머리카락 밑동에서부터, 머리가죽 깊숙이에서부터 시작할 것이며, 그러면 머리카락이 다시 한번, 다시 한번 자라날지 누가 아는가.

"당신은 속임수를 쓰고 있어요." 그녀가 내게 말했다. "그런 식으론 안돼요."

나는 율동하는 그녀의 심장 박동에 한동안 귀기울이면서, 그녀의 허파가 항상 새롭게 가득 찼다 비었다 하는 것에 대해, 그녀의 근육이 한결같이 명령에 정확히 복종하는 기적에 대해 생각하면서 거기에 꼼짝않고 있었다. 그녀 안에 아무도 건드리지 않은 순결하고 범할수 없는 다른 무엇이, 누군가가 언젠가는 탐구하게 될 다른 무엇이 또 있는가?

갑자기 그녀의 어조가 변한다. 그녀는 형에 관해 묻는다. 아무 예고도 없이, 이런 식으로. "사람들이 당신 형을 수도원의 폐허 속에서 봤다고 해요. 벽을 따라 발을 질질 끌며 걷고 있었다고들 해요. 그렇게들 말해요."

사람들은 형에 관해 많은 말을 한다.

형의 눈길이 다시 한번 여기 내 옆에 있을 때는, 내가 지켜온 이 벽에 그가 다가오는 것이 보일 때는, 불에 탄 골목들 자리에 새로 태어난 초원을 우리가 그에게 보여줄 수 있을 때는, 내가 형이 한때 심어놓은 씨앗들, 형이 심긴 했으나 자라는 것은 보지 않으려 한 씨앗들의 소리를 적으로부터 방어하면서 저기 성벽 위에 완고히 버티고 있는 동안 젊은이들이 옛 도시의 폐허에 혹은 옛 도시의 옆에, 사이에, 너머에, 속에, 위에, 아래에, 더럽혀진 묘지들 사이의 바로 이 공간에 세우기 시작한 새로운 도시를 형이 볼 때는……

"그런데 이 아이들은?" 형이 물을 것이다.

"형, 형의 자식들이야."

"그리고 이런 식으로 곡식을 거둬들이는 것은? 그리고 네 발걸음이 신중한 것은? 왜 그렇게 차분하지? 용서를 하되 잊어버리지는 않는 법을 어디서 배웠니?"

"형, 우리 사는 방식이 그래. 형한테 주는 선물이야."

"너 변했구나."

"그래. 이 몇해 동안 우리가 배운 것이 몇가지 있어."

여기 성벽 위는 춥다. 나는 돌을 버팀대 삼아 그녀 곁에 드러눕는다. 지켜볼 수 없는 것들에 신경쓰지 않고 여기, 여자의 온기 가까이에서 사는 것도 나쁘지 않다. 나는 눈을 뜨고 그 여자 너머로, 적이 잠들기는 하지만 쉬지는 않는 저 언덕의 회색지대를 찬찬히 쳐다본다.

"아이를 가질 수 있소?" 내가 그녀에게 묻는다.

"내가 아이를 가지고 싶어하는지 물어보지 그래요?"

"아이를 가질 수 있소?"

"당신은 전령들을 보냈어요." 그녀가 대답한다. 그녀의 손이 야만적인 바람으로부터, 마치 과거에서 찾아온 듯이 바람처럼 저며오는 슬픔으로부터 내 등을 보호하려고 애쓰면서 따뜻한 넝마처럼 나를 감싼다. "당신은 전령들을 보냈지만, 그들은 길을 잃었어요."

다시 내 손은 그녀의 다리 사이에 잠깐 들어가고 그녀의 가슴으로 기어올라 여느 때처럼 그녀의 얼굴을 향해 미끄러지듯 올라가지만 거기서 얼굴을 회피하고 다시 한번 내려온다.

"당신 형은 우릴 지나칠 거예요." 그녀가 내게 말한다. "다른 모든 사람들과 마찬가지로 그는 이제 여기엔 아무도 없다고 생각할 테니까요. 심지어 적들조차 우리가 성을 포기한 것으로 믿고, 그렇게 선포하고 있어요."

"적들은 내가 여기 있다는 것을 알고 있소."

나는 모종의 아이러니가, 부드럽게 비웃는 소리가 나오리라 예상하면서 말을 멈췄다. "물론이에요. 당신은 여기 있어요. 당신은 아직 성을 지키고 있어요."

"……그리고 다른 사람들도 나름대로 최선을 다하고 있다는 것을 아오." 나는 말을 끝맺었다.

"당신이 메씨지를 줘서 보낸 사람들은 어디에 있어요?"

그건 사실이다. 나는 부하들을 보내 내가 여기에 있음을 바깥세상에 알리도록 했다. 세상사람들에게 이 도시가 폐허가 되어 있을지는 몰라도 인근의 숨겨진 성에는 누군가가 아직 성을 지키고 있음을 알리도록 했던 것이다. 사자(使者)들은 나쁜 소식을 갖고 왔었다. 우리의 마지막 수비대가 무너졌고, 우리 땅의 모든 성에 백병전의 시기가, 칼로 목을 위협하고 겨누는 시기가, 군홧발로 척추의 정확한 급소를 찾아내는 시기가 왔다는 것이다. 마지막으로 전선을 뚫고 온 밀사들은 한마디도 하지 않았다. 그들은 어깨 망또를 벗어놓고 가버렸는데, 망또는 아무 결실 없이, 아니 어쩌면 영웅적으로 바람에 흩날렸다. 마지막 확인을 해준 것은 지평선이었다. 여러 날 동안 산맥들이 부서진 유리의 연기 너머로, 검은 얼음의 장막 너머로 사라졌는데, 그 연기와 장막이 걷히지 않아 아무리 강한 전사들이라도 그 광경을 보면 기가 꺾였을 정도였다.

나는 버텼다. 내가 다른 사람들보다 더 용감해서가 아니었다. 아마 운이 더 좋았기 때문일지도 모른다. 그러나 주된 이유는 그것이 내가 할 수 있는 유일한 일이었기 때문이다. 나중에 얼마나 많은 사람들이 나처럼 과수원의 레몬을 지켰는지, 우리들 가운데 몇이 이 언덕에서 저 언덕으로 서로를 볼 수 없으면서도 이 계곡에서 아직도 버티고 있는지, 안개가 걷히면 새로 지은 성벽들이 얼마나 나타날 것인지 알 수 있는 날이 올 것이며, 오고야 말 것이다. 다른 누군가가 필시 있을 것이다——멀리서 들리는 저 소리들은 인간의 소리일 수밖에 없다. 그 소리의 운율만 들어도 나는 생존자들이 있으며, 지하 군대가 모여들고 있음을 확신한다.

나의 도시에서 다리들이 무너지고 배가 가라앉던 그 침략의 밤에 아무도 살아남지 못했다고 사람들은 단언하였다. 내가 떠나지 않기로 결심한 것은 그때였다.

나는 이미 이 도시를 등지고 있었다.

"우리들 가운데 몇이나 남았나?"

"아무도 남지 않았습니다"는 것이 대답이었다. "오직 저기 잿더미 속에서 먹을 것을 찾아 헤매다 죽어가는 달 하나만 남았습니다. 대장님, 도망갑시다."

달만 남았다고? 달 하나와 잿더미뿐이라고. 그렇다면 내가 쏘고 있는 이 화살들은 어디서 나온 것인가? 내 몸을 겨우, 겨우 가리는 옷들은 어디서 구했던가? 옷감이 필요했고, 바늘과 실이, 바느질할 손과 눈이 필요했을 텐데——그리고 이 음식, 이 부드러운 꿀이랑 이 크래커는——그리고 이제 막 만들기 시작하는 이 지붕은, 이 모든 것은 누가 만든 것인가?

"이런 식으론 소용없어요. 날 보지 않고서는 소용없어요. 소용없어요."

적들은 내게 자양분을 주는 사람들을 알 수 없고 나 역시 알지 못한다. 돌아서면 오직 황량하고 병든 얼굴의 대초원을 바라볼 수 있을 뿐이다. 그러나 다른 사람들은 저마다 할 수 있는 일을, 저마다 요청받은 일을 다 했던 것이다. 침략자가 오면 화롯불 가의 음유시인 곁에 꿇어앉아 모든 신성한 노래들을 수집하여 은밀한 목소리로 노래를 불러 마침내 그 노래가 결코 잊혀질 수 없도록 하고, 음유시인에게는 존경의 염으로 작별인사를 하라, 왜냐하면 그는 곧 떼무덤 속에 들어갈 테니까. 그리고 모든 사람들이 노래를 들을 수 있는 날을 하루 잡아 수천의 노를 저어 강으로 가서 그 멜로디들을 계속 노래하라고 했다. 다른 사람들에게는 부상자들을 돌보고 앞으로 십년 후에 필요할지도 모르니 의약품을 아껴두라고 했다. 또다른 사람들은 아이들을 돌보거나 망치 하나를, 단지 망치 하나와 어쩌면 못 몇개를 아껴두는 일을 해야만 했다. 내가 맡은 일은 최악의 일이 아니었다. 적을 염탐하고 적의 부엌에서 식사를 하고 적의 아녀자들과 키스를 하고 적의 익살꾼에게 미소지어야 했던 사람들을 생각해보라. 아득히 먼 감옥의 가장 깊숙한 감방에서 무슨 일이 벌어지고 있는지를 목격하기 위해, 그 안에서 앉은뱅이가 된 어느 목쉰 사람의 고초를 또렷한 목소리로 증언하기 위해 거기까지 내려갔던 사람들을 생각해보라. 나에게 그들은 성을 포기하지 말라고 했다.

"그들이 도시를 파괴해도 말입니까?"

"성을 포기하지 말라."

나는 그 반대의 명령을 받은 적이 없다.

"대장님, 도시가 불타고 있습니다."

단 한순간 나는 유혹을 느꼈다. 닻을 올리면 얼마나 좋을까. 우리는 마침내 아무런 얽매임 없이, 적의 망원경 한복판 감시의 눈길을 피해 다른 계곡으로 나아갈 것이다. 침략자들이 뒤늦게 도착하여 성을 찾을 때쯤에는 저 멀리 사라지는 우리의 아련한 씰루엣만 보게 될 것이다. 어쩌면 우리가 언제라도 돌아와 사나운 해적떼처럼 그들을 덮칠 수도 있을 것이다.

"대장님, 도망갑시다."

다른 누군가에게 그들은 이렇게 말했을지도 모른다. 침략이 시작되자마자 자리를 떠서 피난처를 찾고 우리의 친구들에게 무슨 일이 일어났는지를 알리고 음식을 보내고 겨울을 대비하여 장갑을 보내고 가능한 한 빨리 돌아오라고. 어쩌면 또다른 사람들은 겁을 먹었는지도 모른다. 하지만 나한테는 그들이 한치도 움직이지 말라고 했었다.

이 도시의 야만적인 숨결이 마치 정신나간 사람이 켜놓고 잊어버린 오븐처럼 내 등을 때린다. 내가 돌아서지 않기로 결심한 것은 바로 그때였다. 불은 사그라질 것이고, 마침내 탈 수 있는 거라곤 아무것도 남지 않을 것이다. 불길은 마치 묶여 길들여진 대양의 파도처럼 성벽을 할짝할짝 핥아댈 것이다. 적이 이 도시를 쥐어짜서 껍질밖에 안 남긴다 해도, 그 껍질에서 새 과일의 탄생을 꿈꿀 수는 없을 것인가? 몇몇 집들, 교회 한 채, 곳간 한두 채, 목수의 벤치 하나는 멀쩡하게 서 있을 테지. 어떻게 알파벳을 가르칠 줄 아는 사람이 아무도 남지 않을 수가 있겠는가? 글을 쓸 약간의 종이는 남아 있지 않을까?

순찰을 가야 할 시간이다. 나는 일어선다. 다 떨어진 코트로 그녀를 덮어주려 한다. 나는 시골 쪽으로, 바다 쪽으로, 그리고 흰눈을 둘러쓴 산맥 쪽으로 눈을 돌린다. 형이 정말로 오지 않는다면 어떡하지? 그땐 어떤 일이 벌어질 것인가?

그녀는 잠들지 않았다.

"날 봐요. 딱 한번만이라도 날 봐주었으면 해요." 그녀가 일어서서 경관을 바라보는 내 시야를 얼굴로 가로막는다. 나는 눈을 감는다. 눈을 감지 않을 수 없다. "난 온몸이 다 탔어요. 날 봐요, 이 비겁한 사람. 난 이가 하나도 없어요. 그들이 내 가슴을 어떻게 했는지 봐요. 내가 정말 아이에게 젖을 먹일 수 있다고 생각해요? 정말 희망이 있다고 생각해요?"

나는 그렇소라고, 이 모든 것에도 불구하고 그렇소, 희망이 있다는 것을 믿소라고 말한다.

"당신 형이 지나갈 때, 성벽을 알아보지도 못할 거예요. 우리가 어제 나무를 심은 정원도. 새로 지은 밀수품 선창도. 거리의 새 이름들도. 그는 다른 언어를 사용할 거예요."

그녀가 내게 말하려는 것은 무엇인가? 그녀가 떠나고 싶어하는 것 같지는 않다. 그녀는 내 형에 관해 왜 그렇게 끈질긴 걸까? 왜 그녀는 뒤틀리고 잘못되고 부서진 것들에만 집착하는 걸까? 이봐요, 당신은 왜 그렇게 매정하오?

"그리고 그가 그냥 지나치고," 그녀가 말한다. "아무것도 보지 못한다면요?"

나는 답변을 찾는다. 최후의 상수원을 방어한 내가, 적이 마지막 과수를 뿌리째 뽑아 불길 속으로 던지는 것을 막은 내가, 바위와 비 속에서 아무런 쾌감도 느끼지 못한 채 연체동물처럼 사랑을 나누었던 내가, 다음날 아침에도 태양이 뜰 수 있게 하기 위해, 그래서 태양이 아침마다 산맥 너머에서 떠오르는 것을 잊어버리지 않게 하기 위해, 그래서 암흑이 영원히 군림하지 못하게 하기 위해, 그래서 언젠가는 미치광이가 갈가리 찢어놓은 이 수수께끼 조각들이 제자리에 끼워맞춰지게 하기 위해 매일 독을 마시고 있는 내가, 성을 방어한 내가 답변을 찾는다.

그가 그냥 지나치고 우리를 보지 못한다면? 그가 돌아오는 길을 잊어버렸다면? 그가 바다 건너에서 다른 가정을 꾸렸다면?

나는 그가 지나가는 것을 지켜볼 것이다. 여기 위에서 그의 모습이 나타나는 것을 볼 것이다. 내 눈은 움직임에 매우 익숙해 있어 아무리 미미한 움직임이라도 식별할 수 있다. 나는 그를 볼 것이다.

"하지만 그가 그냥 지나치고," 그녀가 끈질기게 말한다. "날 알아보지 못하면요? 그가 '이 여자는 누구야? 그리고 이 타버린 얼굴, 이 얼굴 없는 얼굴은 뭐야?'라고 말하면요? '추물이군' 하고 말하면요? 그가 날 알아보지 못하면요, 그럼 어떡하죠?"

그때는 그 순간이 도래할 것이다. 우리가 탄생시킨 아이를 부를 순간이. 나는 형이 탄생의 현장을 보지 못한 형의 아들을 부를 것이다.

"저 사람 보이지? 저기 말 타고 가는 사람 말이야?"

"예, 아빠."

"똑똑히 보이지?"

“예, 아빠.”

“저 사람이 네 삼촌이야.”

“예, 아빠.”

“언젠가는 그가 이 길로 돌아올 텐데, 그러면 그를 ‘삼촌’이라고 불러라. 난 여기 없을지도 모르니까…… 그를 뭐라고 부를 거냐?”

“‘삼촌’이라고 부를 거예요.”

그러고 나서, 나는 내 아들의 손을 잡고, 형이 저 멀리로 사라져가는 동안 가만히 있을 것이다. 그러고는, 그래, 그 순간에, 나는 돌아서서 우리의 도시를 정면으로 바라볼 것이다.

망명지에서 꽃피운 '상상력의 연대'

한기욱

　아리엘 도르프만(Ariel Dorfman)은 우리나라 독자들에게는 그다지 낯익은 이름이 아니다. 국내에서는 『죽음과 소녀』(*Death and the Maiden* 1991)라는 희곡이 공연되어 1993년에 동아연극제에서 입상한 바 있고 이를 각색한 영화(『시고니 위버의 진실』이라는 제명으로 1995년에 개봉)가 적잖은 관중들의 눈길을 끌었지만, 이것말고는 시 몇편과 단편 하나가 번역되었을 뿐이다. 이 몇편으로도 칠레의 군부독재에 저항한 이 작가의 성향이 드러나지만, 도르프만 문학의 중요성과 의의를 전체적으로 가늠하기 위해서는 그의 작품들이 본격적으로 소개될 필요가 있다.

　우리나라에서의 사정과는 달리 문학·문화의 세계시장에서 현재 그가 누리는 인기와 명성은 대단하다. 반체제적 작가라는 결코 유리하지 않은 꼬리표에도 불구하고 그의 시, 소설, 희곡, 비평 등은 이미

30여개 언어로 번역되어 지구촌의 수많은 독자들한테 애독되고 있다. 비평가들로부터도 그는 빠블로 네루다(Pablo Neruda)와 가르시아 마르께스(García Márquez)를 잇는 새세대의 라틴아메리카 작가로, 나아가 지구화시대의 '세계문학'의 가능성을 시험하는 다재다능한 작가로 평가받는다. 사실, 도르프만처럼 전지구적 문화시장에서 대중적인 인기를 누리면서도 주류문화와 다른 '대안적인 문학'의 가능성을 끊임없이 모색하는 작가는 흔치 않다. 게다가 현실의 구체적 삶을 명징하게 그려내되, 통상적인 리얼리스트와 달리 현실을 언제나 상상적 허구와의 관계 속에서 탐구하는 '(포스트)모던한' 면모를 보여주는 것도 도르프만의 남다른 특징이다. 국지성과 지구성, 주류문학과 대안적 문학, 리얼리즘과 (포스트)모더니즘 등의 상충적인 요소들간의 긴장과 갈등, 그리고 이 양자의 결합에서 생겨난 다성적인 울림이야말로 도르프만 예술의 특성이라 할 만하다. 그리고, 이는 작가 자신의 파란만장한 인생역정과 밀접한 연관이 있다.

도르프만은 1942년 아르헨띠나에서 태어났다. 그렇지만 두살 때 미국의 뉴욕으로 이주하여 유년시절을 보냈으니, 어린 도르프만이 전형적인 미국 소년이 되려고 애썼던 것은 당연한 일이었다. 최근의 한 대담에서 도르프만은 미국사회에 적응해야만 했던 어릴 적의 경험에 관해 이야기하면서 그것이 자신에게는 깊은 정신적인 상처로 남아 있다고 고백했다. 이 첫번째 이향(離鄉)은 앞으로 도르프만의 삶을 극적으로 반전시키는 또다른 이주와 망명의 서곡이었다. 부초처럼 삶의 근거가 뿌리뽑힌 채 이 나라 저 나라를 옮겨다녀야 했던 도르프만의 '유배당한' 삶과 작품에 이산자 특유의 단절감과 상실감이 짙게 배어 있는 것은 우연한 일이 아니다.

　유년기가 채 끝나기 전에 도르프만은 또한번 단절의 고통을 감내해야만 했다. '미국 아이'로 정체성을 키워가던 열두살에 부모를 따라 이번에는 다시 칠레로 돌아와야 했으니, 미국에서 겪었던 정체성의 혼란을 뒤집어서 되풀이하는 격이었다. 소년 도르프만이 진짜 '미국 아이'는 못 되었다 해도 이미 영어를 모국어로 습득한데다 미국에 적응하려는 몸부림이 모질었던만큼, 자신을 칠레인으로 생각하기란 정말 어렵고 고통스러웠을 것이다. 그는 칠레로 이주한 후에도 한동안 자신의 '미국적 정체성'에서 벗어나지 못했다고 한다. 칠레에 대한 애정은 훗날 아내가 된, 라틴아메리카 토박이인 마리아 안헬리까(María Angélica)에 대한 사랑과 함께 서서히 뿌리내렸다는 것이다. 그리고 이와 더불어 미국에 대한 애증의 덫에서 차츰 놓여나 미국을 좀더 객관적으로 바라볼 수 있는 눈이 생겨났던 것이다. 그는 수도 쌴띠아고의 칠레대학을 우등으로 졸업하고 이 대학의 에스빠냐문학과 조교를 거쳐 스물셋의 젊은 나이에 교수로 임용되는 한편 문학비평과 창작에 본격적으로 투신한다.

　도르프만은 이십대 후반에 이미 과떼말라의 아스뚜리아스(Miguel Angel Asturias), 아르헨띠나의 보르헤스(Jorge Luis Borges) 등에 관한 뛰어난 논문을 발표하면서 20세기 라틴아메리카 문학을 나름대로 재평가하는 한편, 1971년에는 아르만드 마뗄라르뜨(Armand Mattelart)와 함께 미국 대중문화에 관한 탁월한 비평서『도널드 덕을 어떻게 읽어야 하나』(How to Read Donald Duck, 영어본은 1975)를 발표하여 커다란 반향을 불러일으켰다. 이 책은 몇가지 점에서 주목할 만한데, 우선 그가 어린 시절의 정체성 혼란에서 벗어나 라틴아메리카의 일원인 칠레인으로서 미국의 주류문화를 비판하고 있다는 것이다. 이 책에서 도르프만은 칠레의 반제국주의적인 진보적 지식인이라는 자신의 목소리를 선명하게 드러낸다. 이같은 뚜렷한 정체성의 획득과 더불어 미국의 대중문화에 삼투된 제국주의적 이데올로기를 정확하게 포착하는 예민하고 생생한 감각이 단연 돋보이는데, 이런 감각은 유년기의 혹독한 경험을 통해 미국사회를 그 내부로부터 통찰함으로써 일궈낼 수 있었다. 또하나 주목할 것은 도르프만이 창작활동과 대중적인 문화비평을 거의 동시에 시작했다는 사실이다. 말하자면, 그는 처음부터 문학과 문화가 공유하는 지평을 염두에 두고 작품을 썼으며, 갈수록 미국의 주류문화가 판치는 세계의 문화시장에서 자신의 작품이 어떻게 살아남을 수 있는지, 그리고 어떻게 살아남아야 의미가 있는지를 탐구했던 것이다. 세계시장의 문화적 판세에 대한 주도면밀한 관심은 자연히 만화와 영화 같은 대중문화 장르들에 대한 진지한 모색의 계기가 되었으니, 이 책의 후속편 격인 『제국의 낡은 옷』(*The Empire's Old Clothes* 1983)은 대중문화, 특히 아동용 만화에 대한 도르프만의 관심이 얼마나 지속적인가를 잘 보여준다.

도르프만의 창작 초기에 나온 이 책은 발간 당시 칠레의 정치적 상황에서도 각별한 의미를 갖고 있다. 당시 칠레에는 역사상 처음으로 사회주의 연합정부가, 그것도 선거를 통한 무혈혁명으로 출범했으니 칠레 민중들의 감격과 기대는 형언하기 힘들 정도였다. 칠레는 1818년 에스빠냐로부터 독립한 후 한편으로는 대토지를 소유한 소수독재집단(oligarchy)의 헤게모니와, 다른 한편으로는 에스빠냐, 영국, 미국 등 제국들의 간섭과 지배에 끊임없이 시달려왔다. 칠레에서는 일찍이 서구식 민주주의가 정착되고 19세기 후반에서 20세기 전반에 걸쳐 철도와 광산 건설을 주축으로 산업화가 부분적으로 이루어졌으나, 자원과 농지가 빈약한데다 그나마 소수독재집단이 독점하여 노동자를 비롯한 기층민중의 삶은 비참하기 그지없었다. 그러나 민중세력을 대변하는 급진당, 사회당, 공산당 등이 생겨나 이들은 20세기 중반에 이르러서는 소수 지배계급의 헤게모니에 도전하게 되었다. 1964년 선거에서 대통령에 당선된 에두아르도 프레이 몬딸바(Eduardo Frei Montalva)는 보수주의자였지만, 칠레의 낡은 경제구조와 소수독재집단을 근절하고 농업부문의 과감한 개혁으로 칠레의 만성적 저개발을 극복하려는 점에서는 사회당과 공산당의 입장과 일치했다. 프레이정부는 좌파세력의 도움을 받아 대토지 소유자의 휴농지를 몰수하여 농민에게 돌려주는 농지개혁법을 통과시키고, 구리광산을 소유한 미국의 대기업 주식을 사들이는 등 주요 광산자원의 국유화를 꾀했다. 프레이의 개혁은 한계가 있었지만, 민중들을 정치적 주체로 각성시키고 중도세력인 기독교민주당과 급진당 일부마저 급진화시키는 계기가 되었다. 1969년 좌파와 이들 세력이 인민통일전선(Popular Unity)을 결성하여 이듬해에는 이 전선의 후보인 사회당 출신의 쌀바도르 아옌데(Salvador Allende)를 대통령으로 당선시키는 경이로운 과업을 이룩했다.

칠레 문학의 국부로 추앙받던 빠블로 네루다를 비롯한 좌파 성향의 문인과 진보적인 지식인들은 아옌데정권을 열광적으로 지지했고, 당시 이십대의 교수이자 신예작가인 아리엘 도르프만 역시 예외는 아니었다. 하지만 아옌데정권의 앞날은 그리 밝지 않았다. 정부는 인민통일전선의 정책강령대로 농지개혁을 확대하고 미국에 장악당한 광산과 금융 등의 기간산업을 국유화하고 국민소득을 기층민에게 좀

더 유리하게 재분배하는 등 사회주의적 개혁정책을 단행하려 했지만, 대토지를 소유한 소수독재집단과 일부 중산층 및 친미 매판자본가들의 거센 반발에 부딪치게 되었다. 아옌데정부가 집권한 1970~1973년 동안 좌우파 진영 양쪽은 서로 팽팽히 맞선 채 연일 시위와 파업을 벌이면서 자파의 세력을 과시하는 형국이었다. 여기서 미국의 닉슨정부는 우파의 시위와 파업, 싸보따주를 지원하고 칠레의 경제를 압박함으로써 눈엣가시와 같은 아옌데정권을 무너뜨리기 위해 안간힘을 다했고, 칠레의 진보적 지식인들은 미국의 이같은 제국주의적 행태를 맹렬하게 비판하면서 아옌데정부를 옹호했다. 그러므로, 이 시기에 출간된 도르프만의 문화비평서는 아옌데정부를 파탄시키려는 미국의 실제적인 간섭과 이데올로기적 영향력에 대한 적극적인 대응의 의미를 갖고 있다.

1972년에 집필하여 1973년 아르헨띠나에서 출간된 도르프만의 첫 장편소설 『경계를 늦추지 말라』(*Moros en la Costa*, 1991년 『사나운 비』 *Hard Rain*로 영역되면서 약간 수정되었다)는 혁명과 반혁명의 소용돌이가 몰아치던 이 시기의 칠레를 다양한 실험적 수법으로 그려내고 있다. 처음으로 역사의 주역이 된 민중들의 환희와 희망이 주된 이야기를 이루는 가운데 폭력과 불안이 불쑥불쑥 등장하여 이야기의 흐름을 뒤집어놓는 이 기이하고 매혹적인 소설은 한편으로는 혁명기의 현실에 대한 냉철한 탐구이자 반혁명의 기운을 예감하는 불길한 예언이기도 했다. 도르프만은 이 책이 태어나는 과정에서 또한번 기구한 운명을 맞는다. 1973년 9월 11일 아우구스또 삐노체뜨(Augusto Pinochet)가 이끄는 군부세력이 미국의 지원을 받아 아옌데정권을 무력으로 무너뜨린 쿠데타가 일어난 것이다. 이 책이 아르헨띠나의 출판사에서 인쇄되는 동안 도르프만은 자신의 전작인 『도널드 덕을 어떻게 읽어야 하나』가 불타는 모습을 텔레비전에서 지켜보아야 했고, 이것이 출간될 즈음에는 아르헨띠나 대사관에 피신해 있는 신세가 되었으니, 삐노체뜨의 쿠데타로 말미암아 그의 삶은 다시 한번 결딴나고 말았다. 그나마 다행스러운 것은 이 소설 덕택에 가족과 자신의 생명을 부지할 수 있었던 점이다. 이 작품은 즉시 주목을 받아 유명한 문학상의 수상작으로 뽑혔고, 아르헨띠나 정부는 칠레의 장군들에 압력을 가하여 아르헨띠나 독자의 흠모의 대상이 된 이 젊은 작가의 망명을 허락하도록 설득하였던 것이다. 이로써 도르프만은 생지옥으로 변한 칠레를 극적으로 탈출할 수 있었으나, 자신의 대부나 마찬가지였던 아옌데 대통령을 비롯한 동지들과 친척들이 군부의 손에 죽고, 고문당하고, 사라지는 광경을 지켜보아야만 했다. 이 쿠데타로 인하여 수만명의 사람들이 살해되고 실종되고 부상당했던 것이다.

작가에게 망명이란 죽은 자의 땅으로 유배당하는 것과 같다. 낯익은 자연과 어려운 시절에 함께 삶을 산 사람들, 이들과 자신을 이어주던 크고작은 끈들, 기억, 애착, 믿음, 사랑 등이 의미를 상실한 땅으로 한순간에 내던져지는 것이다. 유년기에 단절의 아픔을 겪은 도르프만에게 이 망명은 특히 고통스러웠을 것임에 틀림없다. 하지만 도르프만은 이 쓰라린 패배를 딛고 삐노체뜨 군부독재와 맹렬하게 싸움으로써 또한번의 고향상실을 극복하려고 몸부림쳤다. 삐노체뜨의 기나긴 독재기(1973~1990년) 동안 그는 처음에는 유럽과 미국 여러 곳을 떠돌면서, 1985년 이후에는 미국 듀크(Duke)대학의 교수로 재직하면서, 강의와 창작활동을 병행했다. 전세계의 유력한 신문과

잡지에 삐노체뜨정권의 만행과 인권유린을 고발하는 한편, 창작활동을 통해서도 칠레의 좌절된 삶의 원인을 진단하고 새로운 삶의 희망을 탐색하는 작업을 멈추지 않았다. 실종자를 둘러싼 주민들과 군부의 갈등을 양쪽의 시각에서 세밀하게 파헤친 두번째 소설『과부들』(*Widows* 1981, 영어본 1983), 라틴아메리카의 설화적이고 구전적인 양식을 활용하여 칠레의 역사를 탐구한 세번째 소설『마누엘 쎈데로의 마지막 노래』(*The Last Song of Manuel Sendero* 1982, 영어본 1986), 시인으로서의 명성을 떨치게 한 시선집『싼띠아고에서의 마지막 왈츠』(*Last Waltz in Santiago* 1988), 여기 소개되는 단편선집『우리 집에 불났어』(*My House Is on Fire* 1990) 등은 모두 이런 노력의 결실들이다.

도르프만이 저항작가로 알려지게 된 것은 이 시기의 작품들이 독재세력의 행태를 치열하게 비판하는 한편 부당한 권력의 횡포로 찢겨진 칠레 민중들의 척박한 삶을 생생하게 그려낸 덕분일 것이다. 그러나 그는 이런 비참한 현실을 고발하거나 사실적으로 그려내는 데 그치지 않고, 이런 삶을 살고 있는 이들이나 이미 죽은 자들과 상상의 대화를 나눔으로써 그들의 삶을 상상 속에 온전하게 복원하여 새로운 삶을 모색하는 희망의 밑천으로 삼는다. 그가 소설, 시, 희곡, 단편, 영화 등의 여러 장르를 넘나들면서 놀라운 양식적 실험을 거듭하는 것도 항상 새로운 눈으로 칠레의 상처받은 삶을 탐구하는 동시에 그 삶을 뛰어넘는 새로운 세계를 상상해보려는 노력의 일환이라 하겠다. 칠레는 현실의 칠레이자 동시에 작가 자신이 새로운 상상력으로 일궈낸 상상의 칠레이기도 한 것이다. 도르프만이 자신을 '상상의 리얼리스트'(an imaginary realist)라고 생각하고 '상상력의 연대'(solidarity of the imagination)를 강조하는 것도 이런 맥락에서이다.

1990년 삐노체뜨가 대통령직에서 물러나 군부로 복귀함으로써 칠레에도 민주화가 찾아왔고, 도르프만은 이제 자유롭게 칠레로 내왕할 수 있게 되었다. 그는 더이상 망명객이 아니지만, 예전의 칠레로 되돌아갈 수는 없었다. 칠레의 국적은 여전히 갖고 있지만 더이상 칠레에만 속하는 존재가 아님을 깨달은 것이다. 그의 말대로 그는 남북 아메리카의 경계에, 나아가 모든 장소들의 변경에 살며, 양쪽을 이어주는 다리와 같은 존재가 되었다. 정체성의 미묘한 변화와 더불어, 그의 최근 작품에도 변화의 징후가 엿보인다. 무엇보다도, 1990년 이후에는 연극과 영화 쪽에 각별한 노력을 기울이고 있음이 눈에 띄는 변화라 하겠다. 이는 세계의 문화시장에서 대안적인 작품이 숨쉴 수 있는 공간을 일궈내는 과제가 중요하다는 판단에서 비롯되었을 것이다. 군부독재가 끝난 후 민주화 시대로 이행하는 과정에서의 어려움을 다룬 희곡『죽음과 소녀』(1991)는 칠레의 달라진 사회정치적 상황에 대한 발빠른 대응인 동시에, 점점 지구화되고 있는 문화시장에서 시나 소설보다 폭넓은 대중적 호소력을 갖고 있는 연극과 영화로써 '대안적인 문학'의 교두보를 마련하려는 시도이기도 하다. 자신의 소설이나 단편을 각색한『과부들』(1987),『독자』(Reader 1995),『가면』(Mascara 1996) 등의 희곡과, 자신이 각색하고 로만 폴란스키(Roman Polanski)가 감독한 영화『죽음과 소녀』(1994), 아들 로드리고 도르프만(Rodrigo Dorfman)과 함께 각색한 BBC방송의 텔레비전 드라마『시간 속에 갇힌 자들』(Prisoners in Time 1995), 동명의 단편을 각색한 단편영화「우리 집에 불났어」(1997) 등은 도르프만의 최근 경향을 보여주는 작품들이다.

또하나의 변화라 할 만한 것은 문체상으로 반(反)재현적인 경향이 두드러지게 강화되었다는 점이다. 이는 네번째 소설 『가면』(1988)에서 이미 징조가 보였지만, 최근작인 『콘피덴쯔』(*Konfidenz* 1995)에서는 더욱 두드러져 카프카(Kafka)의 소설처럼 상상인지 현실인지조차 애매하며 무엇 하나 확실한 것이 없는 세계가 펼쳐진다. 신뢰와 기만, 진정한 자아와 허구적인 자아를 구분하기 어려운 극단적인 상황을 환상적인 수법으로 끌어가는 이 소설은 구체적인 현실과 대안적인 상상의 세계를 항상 선명하게 그려내던 기존의 작품들과는 다른 느낌을 준다. 하지만, 이런 반재현적 경향과 비사실적인 기법이 두드러진다고 해서 현실의 구체성에서 멀어진다고 간단히 평가할 수는 없다. 진정한 현실과 가상적 현실의 구분이 점차 어려워지는 오늘날의 상황에 좀더 본격적으로 대응하려는 노력의 일환일 수 있겠기 때문이다.

도르프만의 대표작을 꼽으라면 장편소설 『마누엘 쎈데로의 마지막 노래』와 희곡 『죽음과 소녀』를 거론할 수 있겠지만, 그의 풍부한 예술적 자산과 독창성을 가장 뚜렷이 보여주는 것은 소설집 『우리 집에 불났어』에 수록된 11편의 단편이 아닐까 한다. 이 단편들은 하나하나가 탄탄하게 짜여 있을뿐더러 저마다 고유한 목소리로 칠레의 삶을 노래하고 있어 도르프만의 빼어난 이야기 솜씨와 풍성한 레퍼토리를 실감케 한다. 한 작가의 엇비슷한 단편들을 한데 모은 경우는 많지만, 이 단편들처럼 기법과 문체가 다르고 화자(話者)와 등장인물도 각양각색인 예는 드물지 않나 싶다. 전형적인 단편 형식의 「식구」나 「독자」, 서간체를 활용한 「외로운 이의 투고란」, 강연 형식의 「상표의 영역」, 차라리 산문시라 할 「외진 땅」 등 전혀 다른 이야기 양식들을 각각 능숙하게 요리하는 솜씨는 이 작가의 기량이 경지에 달했음을 보여준다.

　같은 이야기 양식이라도 칠레의 현실을 어떤 각도에서 포착하는가에 따라 독자의 실감은 전혀 다를 수 있다. 삼촌이 갇힌 감옥소 경비병으로 전출가게 되는 군인 아들과, 칠레의 뒤틀린 상황에서는 적이나 다름없는 '군발이' 자식이 못마땅한 전직 노조위원장 아버지의 갈등과 화해를 다룬 「식구」는 독재정권 아래서 입은 상처를 가족간의 사랑으로 치유하는 풀뿌리 민중의 삶의 현장을 감동적으로 그려낸다. 특히 아버지와 땀흘리며 언덕오르기 경주를 하던 기억이라든지 가족과 마을 사람들이 함께 퍼먹던 닭죽과 같은, 사소하다면 사소한 삶의 요소들이 기층민들의 삶에서 얼마나 중요한지를 보여주는 대목들은 이 작품이 투쟁만 외쳐대는 관념적인 저항문학과는 격이 다름을 절감케 한다. 「식구」가 민중적 정서와 사실적인 필치가 잘 어우러진 수작이라면, 「독자」는 통상적인 사실주의 테두리를 뛰어넘는 발상과 테크닉을 화려하게 구사하면서도 현실비판의 견결함을 잃지 않는 독특한 작품이다. 우선 이 작품의 화자가 독재정권에 반대하는 민중작가가 아니라 그의 작품의 '독자'일 수밖에 없는 검열관이라는 설정부터 특이하다면 특이하다. 민중작가랄 수 있는 도르프만으로서는 칠레의 상황을 '적'의 입장에서 읽어보려는 시도인 것이다. 작품은 매우 사실적인 필치로 '교황'이라는 별명을 가진 한 노련한 검열관의 메마른 일상을 실감있게 그려내는 것으로 시작된다. 자연스럽게 흘러가던 이야기의 흐름은 이 검열관이 한 민중작가의 『변모』라는 작품 속에서 자신과 흡사한 인물을 발견하면서부터 급진전한다. '현실의 이야기'와 '이야기 속의 이야기'가 맞부딪치는 가운데 작품은 현실의 삶을 박진감있게 그려낼 뿐 아니라, 어느덧 현실의 변화가능성까지 모색한다. 이 작품에서 도르프만이 포스트모더니즘 소설의 전유물처럼 여겨지는 메타픽션적인 요소를 현실탐구의 도구로 활용하는 솜씨는 감탄할 만하다. 솜씨도 대단하거니와, 더욱 놀라운 것은 작가가 민중의 적일 수밖에 없는 검열관과 일종의 대화를 하고 있다는 점이다. 말하자면 '적과의 대화'를 통해 변혁의 가능성을 탐구하는 것이다.

이 점은 투고편지 형식으로 씌어진 「외로운 이의 투고란」에서도 발견할 수 있다. 이 작품은 남편에게 배신당했다고 믿는 아내의 이야기를 통해 칠레의 찢겨진 현실을 뒤집어서 보여준다. 칠레의 참담한 현실에 대한 책임은 아옌데 쪽의 좌파조직원인 남편보다는 군부쿠데타를 지원하는 우파조직의 부녀회원인 아내에게 돌아가야 마땅하지만, 아이러니컬하게도 아내 쪽에서 아옌데정권의 실정과 부패상을 성토하고 있는 것이다. 이 여인이 칠레의 현실을 이처럼 거꾸로 파악하기 때문에 민중의 해방을 위해 좌파운동을 하는 남편을 오해할 수밖에 없고 이것이 이 작품을 원천적으로 아이러닉하게 만든다. 가령, 남편의 좌파운동을 '불순한' 사람들의 부추김 탓으로 돌린다든지 남편이 여동지와 접선하는 장면을 바람피우는 것으로 간주하는 아내의 일방적인 해석을 대하면 절로 웃음이 나온다. 하지만, 이런 아이러니와 우스꽝스러움에도 불구하고 여인의 남편에 대한 애틋한 사랑이 절실하게 느껴지고, 여인이 부지불식간에 내뱉은 하소연이 아옌데의 사회주의 개혁의 한계나 결함을 예리하게 꼬집는 비판이 되어버린다는 데에 이 작품의 묘미가 있다. 가령 "남자들이 아옌데씨를 지지하는 것은 쉬웠습니다. 그들은 기름 한병, 설탕 2파운드를 타기 위해 열 시간씩이나 줄을 서 있어야 할 필요가 없었거든요"와 같은 대목은 사회주의 개혁의 어려움을 일러줌과 동시에 이 개혁의 주체들마저도 남성 위주의 사유와 관행에서 벗어나지 못했음을 확연히 보여준다. 이 단편은 '우리' 쪽, 즉 민중해방의 대의를 위해 투쟁하는 남편 쪽에서 바라보았을 경우 놓쳐버리거나 무시되었을 민중현실의 일면을 '적'의 하소연을 통해 풀어냄으로써 사회주의 개혁이 좌절된 원인을 뼈아프게 반성하고 있는 것이다.

「외로운 이의 투고란」에서 적대진영으로 갈라진 부부가 서로간의 대화를 일궈내지 못함으로써 부부간의 믿음마저 상실하는 비극에 이른다면, 「대부」의 시골 아낙네와 호적등록소의 직원은 아낙네의 무지와 관료적인 행정법규에도 불구하고 작지만 의미있는 일——아이를 호적에 올리는 일——을 성취한다. 작가는 교육받지 못한 가난한 민중과 특히 여성에게 불리한 사회적 관행을 예리하게 집어내는 한편 한 하급공무원의 인내심과 따뜻한 마음씨가 이들간의 장벽을 무너뜨리고 대화를 이뤄내는 감동적인 장면을 잔잔하게 그린다. 이렇게 보면 적과의 대화만 중요한 것이 아니라 함께 살아갈 사람들 모두에게 대화란 인간의 공동체적인 삶을 가능하게 만드는 필수조건이다. 심지어 소리내어 대화를 할 수 없다면 눈으로라도 상상으로라도 대화를 해야 하는 경우도 있다. 「횡단비행」에서는 두 비밀조직원간의 무언의 대화가 이들을 항상 따라다니는 공포에 대한 최고의 방책이 되며 동지애와 신뢰를 쌓는 밑거름이 된다는 것을 실감할 수 있다. 중년의 뻬드로는 모니까라는 여조직원이 칠레에 입국하는 순간 그냥 거기에 있음으로써 안전함을 알려주는 아주 간단하고 보잘것없는 임무를 수행한다. 하지만 이 사소한 일에도 상상의 대화를 통해 서로의 처지를 이해하는 것이 필수적이다. 뻬드로는 비행기에 타고 있을 여조직원이 자신을 상상하는 장면이나 옆좌석에 앉아 있을 법한 한 아이가 아버지의 이야기에 귀기울이고 있는 장면을 상상함으로써 다른 누구와도 대화를 나눌 수 없는 자신의 불안을 극복한다. 설령 뻬드로의 상상이 허구라 할지라도 그것은 그의 믿음을 지탱해주는 자그마한 진실과도 같은 것이다.

   도르프만의 작품에서 대화와 아울러 현실, 허구, 진실의 관계가 핵심적이 되는 것은 바로 이 지점이다. 대화란 것이 원래 양쪽 혹은 여러 쪽의 이야기가 서로 맞부딪치는 과정을 내포하는 것이라면, 여기에는 반드시 현실과 허구의 복잡미묘한 관계가 끼여들기 마련이다. 허구라고 여겨지던 것이 오히려 진짜 현실임이 판명되기도 하기 때문에 어느 쪽에서 보는 현실이 옳은 것인가, 그리고 어디까지가 진실인가는 간단히 정할 수 없는 것이다. 이런 현실과 허구의 문제는 어린아이의 관점을 통해 칠레의 살벌한 상황을 그려낸 「우리 집에 불났어」에서 두드러지게 나타난다. 화자인 오빠의 눈에는 누이동생은 아직 냉혹한 현실을 감당할 수 없는 철부지며, 그렇기에 엄마 아빠를 흉내내는 놀이를 하는 척함으로써 동생을 자기가 해석한 현실의 세계로 끌어들인다. 그가 동생과 함께 의자와 담요로 지은 '우리 집'은 그러니까 어린아이 특유의 감수성으로 만들어낸 허구의 집이자 적과 동지로 나뉜 칠레의 살벌한 현실의 반영물인 셈이다. 오빠가 보기에는 '우리 집'에 불쑥 찾아온 생면부지의 남자가 적임에 틀림없는데도 순진한 누이동생은 이를 우리 편 아저씨로 착각하는 것이 안타깝다. 그러나 '우리 집'을 부수는 것은 적이 아니라 우리의 아버지와 우리들의 친구인 레안드로 아저씨이며, 현실을 거꾸로 읽은 쪽은 동생이 아니라 오히려 자신임이 판명된다. '우리 집'이 무너지는 것과 동시에 화자인 오빠의 현실인식도 허구임이 드러나지만, "아빠, 누구나 [친구를] 알 수 있다고요?"라고 속으로 절규하는 어린 화자의 항변은 깊은 여운을 남긴다. 적을 동지로 오인하는 순간 삶이 송두리째 끝장나버리는 칠레의 상황에서는 오빠 쪽의 경계심과 경직된 현실인식이 오히려 정당한 측면이 있기에 더욱 그렇다. 동지임이 입증되기 전에는 모든 사람을 적으로 간주해야 하는 상황에서 동심의 세계인 '우리 집'도, 칠레 국민의 공동체인 '우리 집'도 온전할 리가 없다. 이런 무거운 의미를 함축하고 있음에도 이 작품이 생기와 훈훈함을 잃지 않는 것은 어린이의 심리와 행동양식이 매우 실감나게 그려져 있고, 남매간의 따뜻한 정감과 천진난만한 동심이 물씬 느껴지기 때문일 것이다.

현실과 허구의 관계가 결코 단순치 않음을 보여준 작품이 「우리 집에 불났어」라면, 「거인」은 이 양자가 얽히고설켜 진실과 거짓을 구분하기 힘든 상황에서도 진실을 찾아나서는 일이 결정적으로 중요함을 일깨워주는 작품이다. 군부의 고문과 학살에 이미 두 형을 잃은 떼오는 형들과 마찬가지로 적들에게 붙잡혀 감옥을 거쳐 병원에서 죽음을 기다리는 신세가 된다. 형들은 바로 이 병원에서 고문을 당하다가 앰뷸런스에 실려가 어디에선가 사살되었지만, 형들을 체포하고 수사한 대령은 이들이 탈출하다가 사살된 것으로 꾸며 유족들에게 형들이 죽은 경위를 해명했던 것이다. 이 작품의 묘미는 떼오가 형들의 죽음을 날조한 군부의 각본에 따라 행동하는 것이 적들의 허를 찌르는 묘책이 되어버리는 묘한 상황, 즉 허구가 현실로 실현되는 역설적인 상황에서 비롯된다. 그러나 이보다 더 의미심장한 것은 떼오가 대령이 꾸며낸 각본을 버리고 "마침내 저 대령이 발언하지 않았던 말들의 속으로 타고들어"가야 할 순간을 깨닫는 대목이다. 떼오는 각본과는 달리 앰뷸런스에 타지 않고 새로운 길의 개척에 나서는 것이다. 부당한 권력이 만들어낼 수밖에 없는 허구는 활용할 필요가 있지만, 이것의 효용에 사로잡혀 진실을 궁구하는 마음을 잃어버리는 순간 죽음으로 추락한다는 것을 꿰뚫어본 것이다. 떼오가 찾아가는 새 길은 어떤 각본도 씌어지지 않은 창조의 길이며, 이 길을 용감하게 가는 것이야말로 민중의 해방을 쟁취하는 일에서도 핵심적이다. 이 작품은 역설적인 상황을 마치 한 편의 잘 만들어진 영화처럼 흥미진진하게 전개시키면서 다른 한편으로 현실, 허구, 진실의 복잡한 관계를 민중의 입장에서 탁월하게 고찰하고 있다.

그렇다면 민중의 적은 누구이며, 민중에게 잔인한 만행을 저지른 칠레의 군인들은 어떤 사람들인가. 「뿌따마드레」는 이 물음에 대한 완전한 답변은 못 되지만 적어도 칠레의 군인들이 어떤 풍토 속에서 성장하는지를 엿볼 수 있게 한다. 「뿌따마드레」에 등장하는 뿌따마드레, 호르헤, 치꼬는 직업군인의 길을 택한 해군 사관생도들이라는 점에서, 징집되어 군인이 된 「식구」의 화자와 일단 구분할 수 있다. 이 세 명의 장교 후보생들이 휴가를 맞아 이국의 사창가를 찾아갔다가 퇴짜를 맞고 그 분풀이로 칠레의 만행을 규탄하는 한 미국 여대생을 강간하러 간다는 이야기는 상당히 불길한 의미를 담고 있다. 언뜻 보면, 여대생을 겁탈하러 가는 것이 분풀이에서 비롯된 우발적인 행위처럼 여겨질 수 있겠으나, 그 여대생의 주소와 신상을 미리 챙겨둔 뿌따마드레의 용의주도함을 보면 계획된 측면이 있는 것이다. 더욱 의미심장한 것은 서로간의 뚜렷한 차이에도 불구하고 호르헤와 치꼬는 칠레 군인의 핵심적인 정서를 대표하는 뿌따마드레에게 결국 이끌리고 말며, 칠레 군대가 사나이다움(machismo)과 반공정신을 핵심으로 삼는 한 그에게 이끌릴 수밖에 없다는 사실이다. 칠레 군인의 내면 깊숙한 곳에서 왜곡된 성, 가부장적인 사나이다움, 친미반공 이데올로기가 합체된 괴물이 자라나고 있는 것이다.

「상담」은 고문을 자행하는 '민중의 적'의 행태와 심리를 고문 피해자의 곤경과 대비하여 세밀하게 그려낸 작품이다. 고문을 당하는 의사의 딜레마는 고문자인 중위에게 그럴싸한 거짓말을 하여 자신이 혁명활동에 가담하지 않았음을 납득시켜야 하지만 그렇다고 고문자들에게 굴복한다든지 아부함으로써 인간으로서의 존엄을 잃어서는 안된다는 것이다. 왜냐하면 자신을 자신으로서 당당하게 서게 하는 소중한 그 무엇을 잃어버린다면 그땐 정말로 자신의 넋이 망가지기 때문이다. 이같은 한계상황에 처한 의사의 절박함과 곤경을 그려내는 솜씨도 볼만하지만, 고문의 피해자인 의사 쪽의 절박함과 가해자 쪽인 군인들의 극히 일상적인 태도가 극도로 대비되어 나타날 때의 기이함이야말로 이 작품의 매력이다. 상대방의 인간성을 여지없이 짓밟는 고문에 대해 아무런 죄의식도 느끼지 못할 만큼 마비되어 있는 중위가 자신의 비만을 걱정하거나 아들 낳은 자랑을 늘어놓는 등 인생잡사에는 민감하게 반응하는 모습이 부조리극의 한 장면처럼 터무니없기도 하지만 어찌 보면 너무나 낯익은 모습이기도 한 것이다. 피고문자가 정보도 대지 않고 죽어버리는 사태를 방지하기 위하여 의사의 '상담'을 받아 고문의 수위를 조절할 필요가 있다는 중위의 발상도 섬뜩하지만, 자신이 현재 고문하고 있는 의사에게 이런 상담역을 제의하는 것은 그로테스크하기까지 하다. 그로테스크하기로는 「상표의 영역」도 이에 못지않다. 「상담」이 고문을 통해 인간의 온전함을 유린하는 현장을 고발한 것이라면, 「상표의 영역」은 상품화의 확장에 따라 인간의 영역의 벼랑 끝에 내몰린 칠레 민중들의 곤경을 매우 사실적이면서도 고도로 상징적인 방식으로 그려낸다. 가진 것이 없는 사람은 자신과 부자의 경계를 더욱 강화하는 초인종을 팔아서라도 삶을 유지해야 하지만, 자신이 파는 초인종이라는 상품이 자신의 설 자리를 더욱 좁혀버리는 부조리를 빚어내는 것이다. 처음에는 사실적이던 이야기가 점점 상징적이고 환상적으로 변하면서 자본주의의 심장을 겨누어 육박하는 듯한 풍자와 아이러니의 칼날이 차츰 확연히 느껴지는 것이야말로 이 작품만의 독특한 재미이다. 게다가, 칠레 민중의 구체적인 삶을 생생하게 그려낸 사실적인 세부묘사도 빼놓을 수 없는 미덕이다.

도르프만이 「외진 땅」을 이 단편집의 맨 끝에 배치한 데는 충분한 이유가 있다. 여기서 그는 칠레의 '우리 집'을 남들처럼 버리고 떠나지 않겠다는 비장한 각오를 환상적 분위기 속에서 처연하게 보여주기 때문이다. 앞의 작품들에서 드러난 것처럼 칠레의 삶 자체는 현재 폐허가 되다시피 했지만 적들의 재침공을 경계하면서 타다 남은 희망의 깜부기불로 새로운 삶을 일궈내겠다는 것이다. 이 일은 얼굴과 가슴이 타버린——모국 칠레의 상징이기도 한——형수의 몸을 직시하면서 사랑을 나누는 것만큼 어려운 일이지만 그렇게 해야만 새로운 아이가 태어날 수 있고, 훗날 형이 돌아왔을 때 그 아이를 형의 아이라고 말할 수 있는 것이다. 그리고 이 아이에게는 저기 보이는 형을 삼촌이라고 가르칠 수 있는 것이다. 이 이야기는 망명객이 된 도르프만 자신의 심경을 토로하는 산문시이자, 칠레의 참담한 현실을 딛고 새로운 '그날'이 올 때까지 성(城)을 지키겠다는 다짐이다.

도르프만 작품의 번역을 맡은 것은 역자에게는 행운이었다. 번역의 어려움이야 이 단편집이라고 해서 덜할 리 없지만 단편들 하나하나가 자아내는 분위기가 사뭇 달라서 지루하지 않았고, 게다가 견결한 믿음과 희망을 잃지 않는 작품의 훈훈함이 번역의 수고를 '희망의 연대(連帶)'로 바꾸어주었기 때문이다. 그리고 우연찮게도 역자는 듀크대학에서 연수할 기회를 얻어 작가 도르프만을 상면할 수 있었으니, 역자로서는 드문 인연이라 아니할 수 없다. 이 단편집 머리에 '저자 서문'까지 써주었을 뿐 아니라 작품처럼 따뜻한 마음으로 환대해준 도르프만에게 감사드리며, 그의 부인 마리아 안헬리까에게도 고마움을 표하고 싶다. 이런 행운의 기회를 제공하신 백낙청 선생님과 「독자」와 「상담」을 교정해주신 김영희 교수께 감사드리며, 역자가 쓰고 옮기는 모든 글의 첫번째 '독자'이자 예리한 '검열자'인 아내 강미숙에게도 이 자리를 빌려 고마운 마음을 표한다. 그리고 창비사의 실무진 여러분들, 특히 원고를 말끔히 손질해주신 염종선씨에게 깊은 감사를 드린다. 여러분들께 도움을 받았음에도 남아 있는 번역상의 잘못은 물론 역자의 책임이며, 독자 여러분의 많은 질정을 바란다.

번역대본으로는 *My House Is on Fire*(Hamondsworth : Penguin Books 1990)를 사용하였다. 원래의 작품들은 에스빠냐어로 씌어졌으나 어릴 때부터 에스빠냐어와 영어를 모국어처럼 구사한 저자 도르프만이 직접 영역에 동참했으니, 한국어 번역이 일반적인 의미의 중역(重譯)과는 다를 것이다. 이 단편들 가운데 「독자」의 한국어 번역

본은 민족문학작가회의의 『내일을 여는 작가』 1997년 1 · 2월호에
이미 실렸으나 이번 기회에 다시 손질하였음을 밝혀둔다.

ⓒ 아리엘 도르프만 1990
한국어판 ⓒ (주)창작과비평사 1998

우리 집에 불났어

초판 발행일/1998년 2월 28일
2쇄 발행일/1998년 6월 10일

지은이/아리엘 도르프만
옮긴이/한기욱
펴낸이/김윤수
펴낸곳/ (주)창작과비평사

등록/1986년 8월 5일 제10-145호
주소/서울시 마포구 용강동 50-1 우편번호 121-070
전화/영업 718-0541, 0542 · 편집 718-0543, 0544
        독자관리 716-7876, 7877
팩시밀리/영업 713-2403 · 편집 703-3843
하이텔 · 천리안 · 나우누리 ID/Changbi
인터넷 홈페이지/www.changbi.com
전자우편/changbi@changbi.com

우편대체/010041-31-0518274
지로번호/3002568
조판/다우리

ISBN 89-364-7045-0 03840
* 책값은 뒤표지에 표시되어 있습니다.